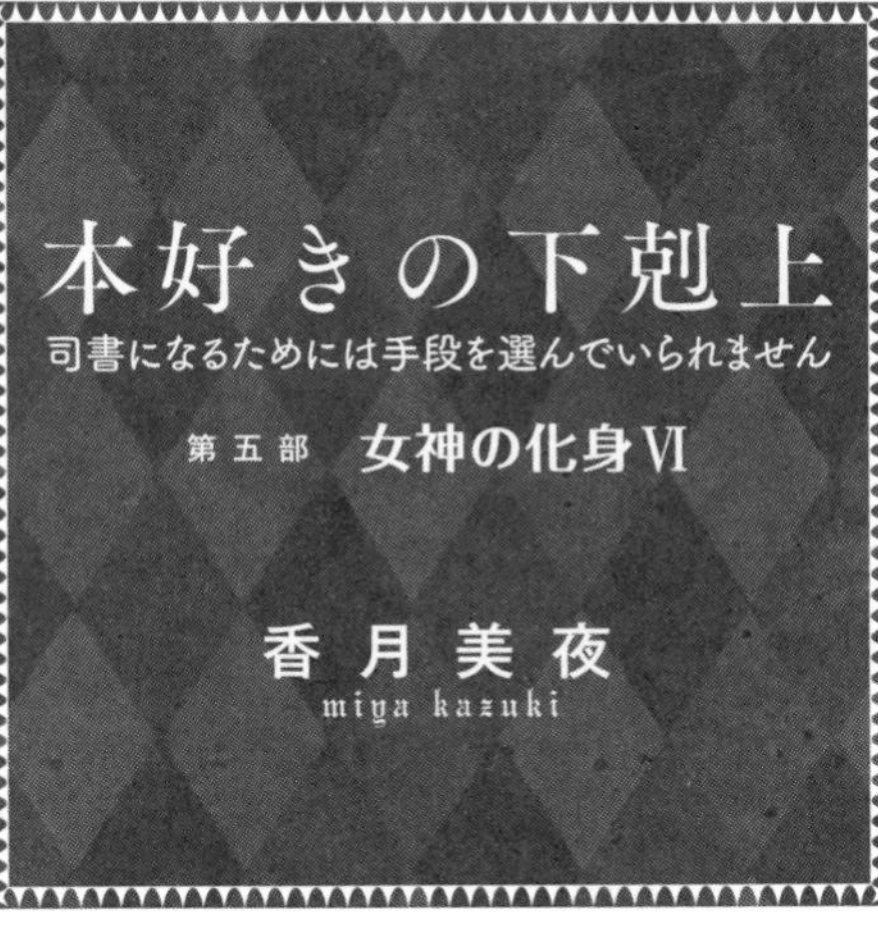
本好きの下剋上
司書になるためには手段を選んでいられません
第五部　女神の化身Ⅵ
香月美夜
miya kazuki

JN067723

TOブックス

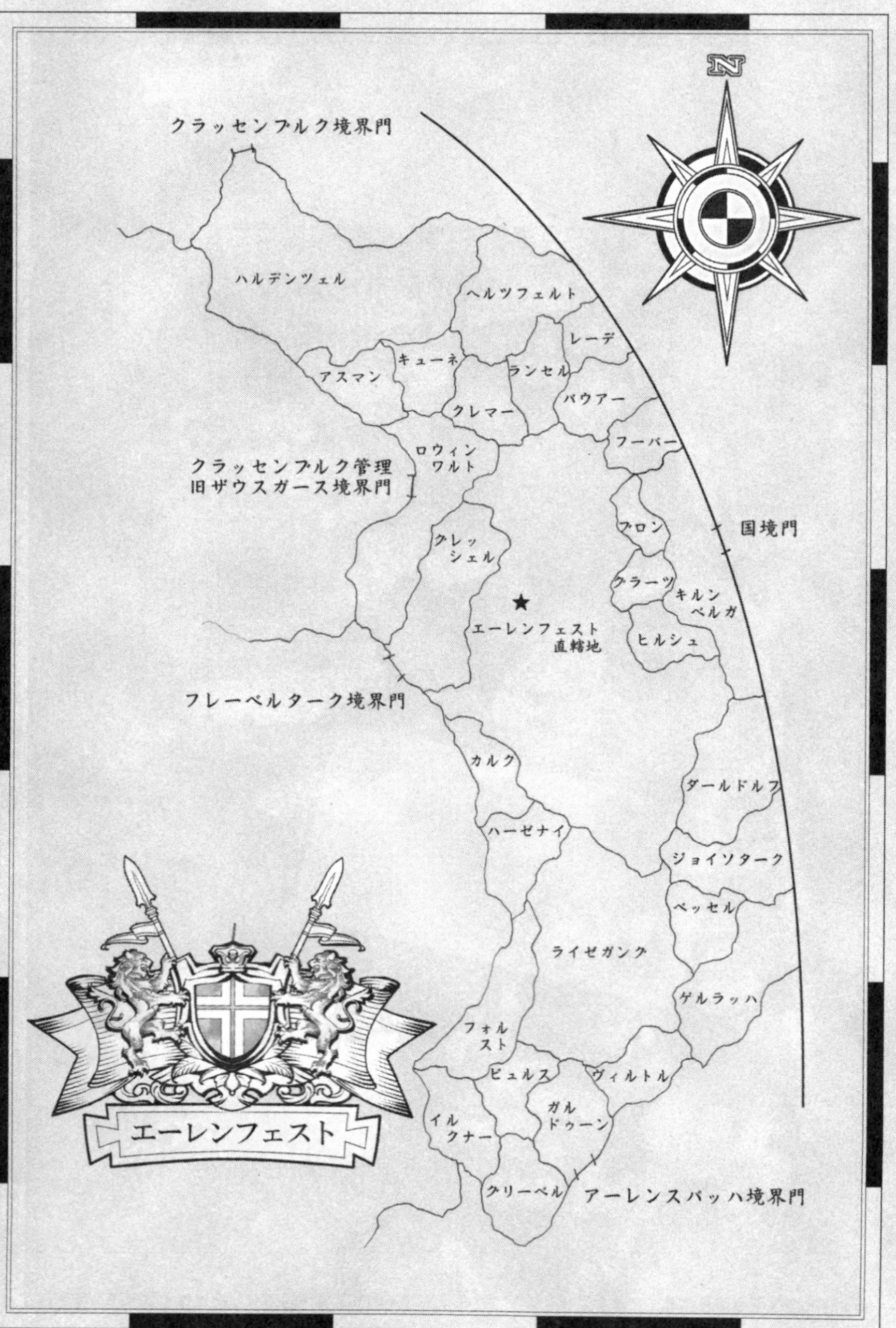
N
クラッセンブルク境界門
ハルデンツェル
ヘルツフェルト
レーデ
キューネ
アスマン
ランセル
クレマー
バウアー
フーバー
ロウィン
ワルト
クラッセンブルク管理
旧ザウスガース境界門
ブロン
国境門
クレッ
シェル
グラーツ
キルン
ベルガ
エーレンフェスト
直轄地
ヒルシュ
フレーベルターク境界門
カルク
ダールドルフ
ハーゼナイ
ジョイソターク
ベッセル
ライゼガング
ゲルラッハ
フォル
スト
ビュルス
ヴィルトル
ガル
ドゥーン
イル
クナー
グリーベル
アーレンスバッハ境界門
エーレンフェスト

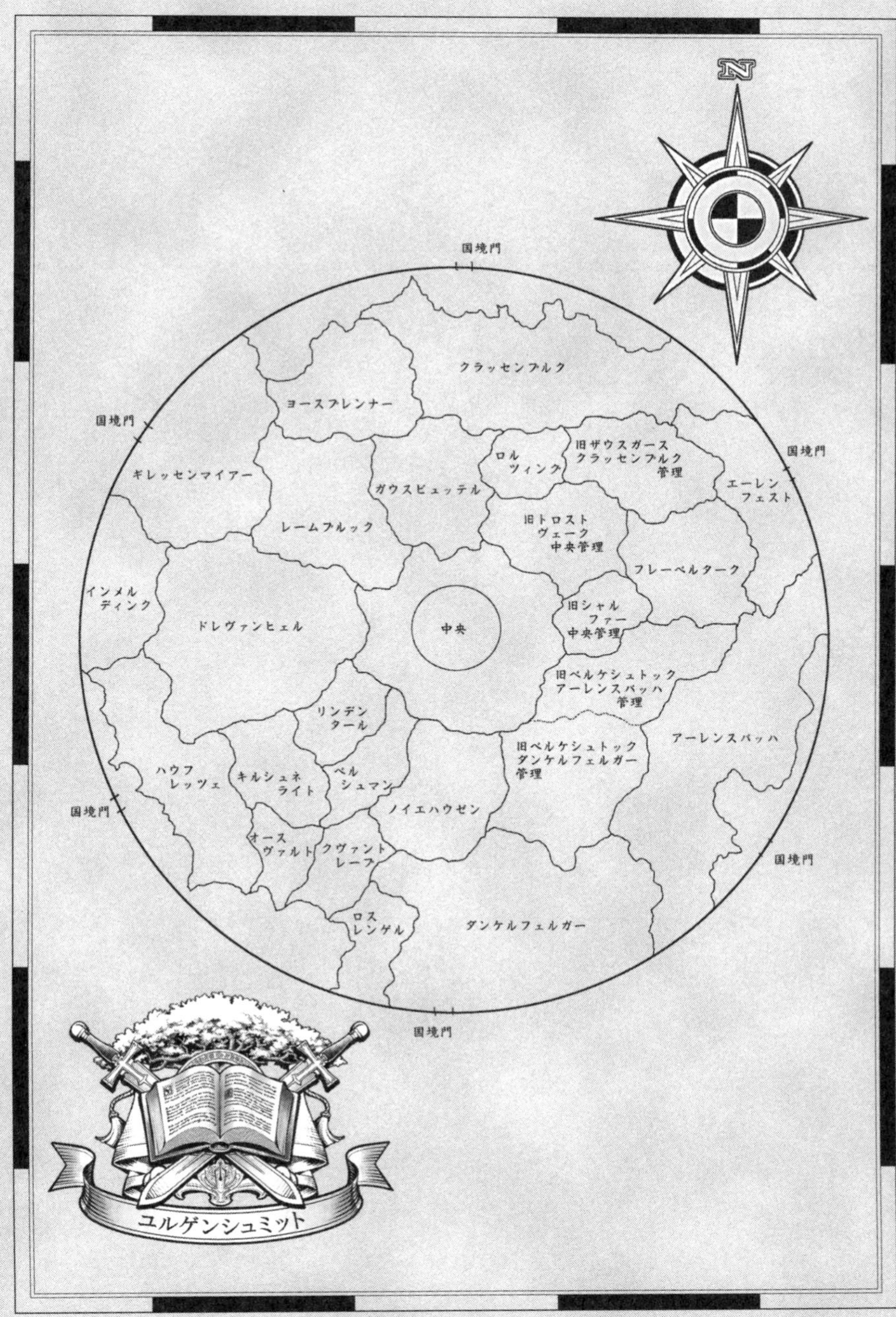
N
国境門
クラッセンブルク
ヨースブレンナー
国境門
ギレッセンマイアー
ロル
ツィンク
旧ザウスガース
クラッセンブルク
管理
国境門
エーレン
フェスト
ガウスビュッテル
レームブルック
旧トロスト
ヴェーク
中央管理
フレーベルターク
インメル
ディンク
ドレヴァンヒェル
中央
旧シャル
ファー
中央管理
旧ベルケシュトック
アーレンスバッハ
管理
リンデン
タール
旧ベルケシュトック
ダンケルフェルガー
管理
アーレンスバッハ
ハウフ
レッツェ
キルシュネ
ライト
ベル
シュマン
国境門
ノイエハウゼン
オース
ヴァルト
クヴァント
レーフ
国境門
ロス
レンゲル
ダンケルフェルガー
国境門
ユルゲンシュミット

第五部　女神の化身Ⅵ

イラスト：椎名　優　You Shiina
デザイン：ヴェイア　Veia

登場人物

第四部あらすじ

貴族院におけるローゼマインは、最優秀で問題児。祝福で魔術具の主になったり、大領地とディッターをしたり、王族に恋の助言をしたり、黒の魔物を倒したり、採集場所を癒やしたり……。そんな中、フェルディナンドの出生の秘密を知る中央騎士団長の進言によって、婿入りの王命が出された。それを受け、フェルディナンドはアーレンスバッハへ旅立った。

エーレンフェストの領主一族

ローゼマイン
主人公。少し成長したので外見は9歳くらい。中身は特に変わっていない。貴族院でも本を読むためには手段を選んでいられません。貴族院三年生。

ヴィルフリート
ジルヴェスターの息子。ローゼマインの兄で貴族院三年生。

ジルヴェスター
ローゼマインを養女にしたエーレンフェストの領主でローゼマインの養父様。

フロレンツィア
ジルヴェスターの妻で、三人の子の母。ローゼマインの養母様。

シャルロッテ
ジルヴェスターの娘。ローゼマインの妹で貴族院二年生。

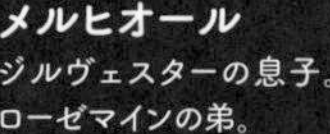

メルヒオール
ジルヴェスターの息子。ローゼマインの弟。

ボニファティウス
ジルヴェスターの伯父。カルステッドの父。ローゼマインのおじい様。

フェルディナンド
エーレンフェストの領主一族。王命でアーレンスバッハへ行った。

ローゼマインの側近

オティーリエ
ローゼマインの筆頭側仕え。ハルトムートの母。

リーゼレータ
中級側仕え。アンゲリカの妹。

グレーティア
中級側仕え見習いの四年生。名を捧げた。

ハルトムート
上級文官で神官長。オティーリエの息子。

クラリッサ
上級文官。ハルトムートの婚約者。

ローデリヒ
中級文官見習いの三年生。名を捧げた。

フィリーネ
下級文官見習いの三年生。

コルネリウス
上級護衛騎士。カルステッドの息子。

レオノーレ
上級護衛騎士。コルネリウスの婚約者。

アンゲリカ
中級護衛騎士。リーゼレータの姉。

マティアス
中級騎士見習いの五年生。名を捧げた。

ラウレンツ
中級騎士見習いの四年生。名を捧げた。

ユーディット
中級護衛騎士見習いの四年生。

ダームエル
下級護衛騎士。

貴族院だけの側近

ブリュンヒルデ……上級側仕え見習いの五年生。ジルヴェスターの婚約者。

ミュリエラ……中級文官見習いの五年生。エルヴィーラに名を捧げた。

テオドール……中級護衛騎士見習いの一年生。

エーレンフェストの貴族

リヒャルダ……ジルヴェスターの上級側仕え。
カルステッド……騎士団長でローゼマインの貴族としてのお父様。
エルヴィーラ……カルステッドの第一夫人。ローゼマインのお母様。
ランプレヒト……ヴィルフリートの上級護衛騎士。カルステッドの息子。
アウレーリア……ランプレヒトの第一夫人。
ジークレヒト……ランプレヒトの息子。
トルデリーデ……カルステッドの第二夫人。
ニコラウス……カルステッドと第二夫人の息子。青色神官見習い。
トラウゴット……上級騎士見習い。ボニファティウスの孫。
レーベレヒト……フロレンツィアの上級文官。ハルトムートの父親。
イグナーツ……ヴィルフリートの上級文官見習い。
トルステン……ヴィルフリートの上級文官。
バルトルト……ヴィルフリートの中級文官見習い。
オズヴァルト……元ヴィルフリートの筆頭側仕え。
ベルティルデ……ブリュンヒルデの妹。ローゼマインの側近候補。
ブリギッテ……元ローゼマインの護衛騎士。ギーベ・イルクナーの妹。
ラザファム……フェルディナンドの下級側仕え。
エックハルト……フェルディナンドの上級護衛騎士。カルステッドの息子。
ユストクス……フェルディナンドの側仕え兼文官。リヒャルダの息子。
ヴェローニカ……ジルヴェスターの母親。現在幽閉中。

他領の貴族

トラオクヴァール……王。ツェントと呼ばれる。
ジギスヴァルト……中央の第一王子。次期王。
アドルフィーネ……ジギスヴァルトの第一夫人。
アナスタージウス……中央の第二王子。
エグランティーヌ……アナスタージウスの第一夫人。
オルタンシア……貴族院図書館の上級司書。
ハンネローレ……ダンケルフェルガーの領主候補生。
ゲオルギーネ……アーレンスバッハの第一夫人。ジルヴェスターの姉。
ディートリンデ……アーレンスバッハの領主一族。ゲオルギーネの娘。
レティーツィア……アーレンスバッハの領主候補生。
マルティナ……ディートリンデの上級側仕え。

神殿関係者

フラン……神殿長室の筆頭側仕え。
ザーム……神殿長室担当。
モニカ……神殿長室担当兼料理助手。
ニコラ……神殿長室担当兼料理助手。
ギル……工房担当。
フリッツ……工房担当。
ヴィルマ……孤児院担当。
デリア……灰色巫女見習い。ディルクの姉。
ディルク……孤児。デリアの弟。
コンラート……孤児。フィリーネの弟。
ベルトラム……孤児。ラウレンツの弟。
カンフェル……青色神官。
フリターク……青色神官。

ローゼマインの専属

フーゴ……専属料理人。
エラ……専属料理人。
ロジーナ……専属楽師。

グーテンベルク

ベンノ……プランタン商会の旦那様。
マルク……プランタン商会のダプラ。
ルッツ……プランタン商会ダプラ見習い。
ダミアン……プランタン商会のダルア。
インゴ……木工工房の親方。
ディモ……木工工房のダプラ。インゴの弟子。
ザック……鍛冶工房のダプラ。発想担当。
ヨハン……鍛冶工房のダプラ。技術担当。
ダニロ……鍛冶工房のダプラ。ヨハンの弟子。
ヨゼフ……インク工房のダプラ。ハイディの夫。
ハイディ……インク工房のダプラ。ヨゼフの妻。
ホレス……インク工房のダプラ。ヨゼフの弟子。

下町関係者

コリンナ……ギルベルタ商会の針子。
ギュンター……マインの父親。
エーファ……マインの母親。専属染色職人。
トゥーリ……マインの姉。専属髪飾り職人。
カミル……マインの弟。
ディード……ルッツの父親。
カルラ……ルッツの母親。
ラルフ……ルッツの兄。

第五部 女神の化身Ⅵ

プロローグ

「これで領主会議は終わりか。フロレンツィア、体調はどうだ？」

いくら衣装を工夫しても少し目立つようになってきたお腹を見下ろし、フロレンツィアは少し考える。できれば休みたいのが本音だ。けれど、領地に戻るまでに決めておかなければならないことはたくさんある。

「今は大丈夫です。様々な対応について話し合いが必要でしょう？　着替えてから貴方のお部屋へ伺いますね」

今年の領主会議は驚きの展開の連続だった。神具から夜空が出現した星結びの儀式、ローゼマインを中央神殿に入れようとした他領の貴族達、ローゼマインの次期ツェント候補発覚、王族からの呼び出し、貴族院での奉納式、採集場所の癒し……。どれもこれも今までの領主会議では起こらなかったことばかりだ。領地へ戻るまでに摺り合わせておきたいことは多い。

……まさかヴィルフリートとローゼマインの婚約が解消されるなんて……。

婚約が解消されればヴィルフリートは次期領主でいられない。彼は婚約解消を望んでいたから喜ぶのだろうか。シャルロッテは二人の婚約によって次期領主候補から下ろされた。「理不尽ですわ」と泣いていた娘は婚約解消にどのような顔をするだろうか。潰された選択肢が戻ったことを喜ぶのか、同腹の兄の将来が理不尽に奪われたことに泣くのか、フロレンツィアにはわからない。

メルヒオールは男児だが、ヴィルフリートと対立しないように補佐役の領主一族になるための教育を施してきた。次期領主教育は年齢的にまだ間に合うが、神殿長に繰り上がることが決まっている。メルヒオールもローゼマインと同様に貴族としての交流や教育不足に陥るかもしれない。フロレンツィアにとって心配なところだ。

……でも、一番心配なのはヴィルフリートですね。

領主一族の中で最年長の男児という立場は危険だ。特に、ヴィルフリートは次期領主とされていた期間があり、貴族院でも優秀な成績を収めていて、周囲の思惑に乗せられやすい性格をしている。今後も下手に担がれる可能性を考えると、最悪の場合は暗殺されかねない。もしくは、白の塔へ幽閉されてヴェローニカと同じように魔力を搾り取られるだけの存在になる。そうでなくても、領主一族から外される可能性は高い。

……ようやくオズヴァルトを筆頭側仕えから外すことができたというのに……。

婚約による次期領主決定でオズヴァルトが増長し、ヴェローニカのやり方を踏襲し始めた。フロレンツィアはそれを苦々しく思っていたが、側近の任免権はヴィルフリートにある。側近の入れ替えを促してみたが、「共に危機を乗り越えてきた側近なのに、何の瑕疵もなく入れ替えるつもりはない」と受け入れられなかった。

粛清を理由にようやくオズヴァルトを外すことができたが、同時に領主夫妻の側近も激減した。領主夫婦で側近を共有しなければならない状況になり、ヴィルフリートへ回せる人材がいなかった。

主会議が終われば業務に少し余裕ができるので、フロレンツィアの側近から一人回す予定だった。それなのに、領主会議中に婚約解消が決まったのである。

……本当にどうしたらいいかしら。

未だにオズヴァルトと隠れて連絡を取っているらしいとの報告が、領主会議中にヴィルフリートの護衛騎士から届いている。名捧げ側近のバルトルトが手紙を仲介しているようだ。

……次から次へと問題ばかり……。神々をお恨みしたくなるほど間が悪すぎますわ。

ヴィルフリートが領主一族である以上、元側近と親しくするのは問題だ。解任や辞任の理由を理解していないと周知するようなものだし、無用な騒動に発展する可能性が高い。

……側近の扱いと距離感について教材が必要ですね。レーベレヒトに相談してみましょう。

「フロレンツィア様は少し休んだ方がよろしいのではございませんか？」

「心配は嬉しいけれど、エーレンフェストに戻るまでにアウブと決めておきたいのです。貴女達は帰還準備を進めていてくださいね」

フロレンツィアは自室で締め付けの緩い衣装に着替えると、側仕えに帰還の準備を任せて夫の部屋へ向かった。お茶の支度を終えた側近達を衝立の向こうへ排し、二人だけで盗聴防止の魔術具を使う。そのくらい今回の領主会議の決定は秘匿しなければならないことだ。

「それにしても、予想外過ぎるだろう」

長椅子に並んで座ったジルヴェスターが大きく息を吐き出す。それと同時に領主らしい顔が剥がれ、面倒臭さを隠そうともしない素の顔になった。

「ローゼマインが次期ツェント候補で、王の養女になるとは思わなかったな」

グルトリスハイトを見つけ出すことは、ユルゲンシュミットを統治する上で何よりも大事だ。それがなければ領地の境界線を引き直すことも、廃領地に新しい礎を設置して新領地とすることも、国境門の開閉もできない。だから、トラオクヴァールは中央神殿にツェントと認めないと言われていたし、同様の主張をする反乱が起こるし、政変が終わって十年ほどが経っているというのに本当の意味で後始末が終わらないのだ。

「本来ならば、エーレンフェストのような中位領地から王族に望まれるのですから、喜ばしく誇らしいことですよね。グルトリスハイトが見つかる可能性があるならば、何をおいても王族に協力するべきですもの」

フロレンツィアはエーレンフェストが勝ち組領地として扱われることが決まった時に、勝ち組領地が今のユルゲンシュミットを支えるためにどれだけたくさんの負担をしているか知らされた。

大領地は手分けして廃領地を管理している。グルトリスハイトがなく、礎を管理できないまま魔力だけを注がなければならないのだから、かなり魔力的な負担が大きい。短期間ならばともかく、長期になればなるほど負担は重くのしかかってくる。現に、アーレンスバッハが管理を任されている旧ベルケシュトックは与えられる魔力が少なくて困窮していると報告があった。

「上位の大領地でさえ魔力にそれほどの余裕がない中、王宮の魔術具の一つが崩壊したのでしょう？　領主一族ならば崩壊という言葉から礎に近い魔術具だと推測できるので、王族の焦りや緊急性がよくわかります」

この情報はローゼマインを王の養女とする話し合いの中で王族から機密事項として教えられたことだ。グルトリスハイトがなくても王族が魔力供給していれば何とか統治できるだろうと考えられていたが、どうにもならないことが目に見える形で突きつけられたのだ。ユルゲンシュミットの崩壊が近付いていて、一刻も早くグルトリスハイトを手にしなければならない緊急事態である。

そんな現状を考えれば、いくら探しても十年以上見つからなかったグルトリスハイトに近付ける可能性がどれだけ希少か理解できる。ローゼマインがグルトリスハイトに最も近いところにいる次期ツェント候補だと判明したならば、王族が養子縁組をして一刻も早く取り込もうとするのは当然だ。たとえローゼマインが次期領主でも王の養女にされただろうとフロレンツィアは思う。

「けれど、今のエーレンフェストではとても喜んであげられません。無条件に笑顔でローゼマインを送り出してあげることもできないなんて、ローゼマインの養母（はは）としても、王族を支える領主一族としても情けない限りではありませんか」

フロレンツィアはコクリとお茶を飲んで、そっと息を吐いた。彼女が生まれ育ったフレーベルタークもグルトリスハイトがないため、苦労している。未だに反乱を起こす者が出るのも、廃領地のアウブが不在なので登録メダルを使った適切な罰を与えることができないからだ。

「今、ローゼマインがエーレンフェストからいなくなるのは本当に困るな」

「えぇ。今でなければローゼマインもあれほど拒否（きょひ）感を示したり、条件を付けたりしなかったでしょうに……。直接交渉（こうしょう）したジギスヴァルト王子はさぞ驚いたでしょうね」

クスとフロレンツィアは小さく笑いを漏らした。普通の領主候補生ならば国の現状を理解しているので、領地のためにもグルトリスハイトを最優先で得なければならないと考えるはずだ。王族が中領地の事情より国の事情を優先するのは当然だと納得しただろう。グルトリスハイトを得られれば、全ての状況が改善するのだから。

だが、ローゼマインは政変の被害が少なかった中立領地の、しかも神殿育ちだ。王族や他領の被害を実感できていない。自領を最優先に考えて協力を渋り、様々な条件を出した。王族の驚きも無理はない。同時に、エーレンフェストにとってはその交渉が非常にありがたいものだった。指摘されなければ、王族に条件を付けることさえフロレンツィアには思い浮かばなかったくらいだ。

「仕方ないと理解はできるが、領地への影響が大きすぎて頭が痛い。これが一年前であったらフェルディナンドの連座回避ではなく、王命の婚約取り消しを条件にできたのだが……」

「そうですね。フェルディナンド様の婿入りがなければ、ローゼマインが王族に対して強硬な態度を取ることもなかったでしょう。せめて、フェルディナンド様の移動が当初の取り決め通り、この領主会議の時期であればよかったのですけれど……」

フェルディナンドの移動が秋の終わりに前倒しにならなければ、彼が他領の執務に深く関わることもなく、星結びの儀式が延期されたところで何の問題もなかった。ディートリンデとの関わりがないので、連座回避のためにローゼマインが神経を尖らせることもなかっただろう。領地内の事業の引き継ぎにも少しは余裕があったし、粛清の始末ももっと楽に終わっていたはずだ。

……それに、ヴィルフリートが問題行動を起こす時期もずれたはずですもの。

ヴィルフリートは春になって突然フェルディナンドに対するローゼマインの心配や献身を問題視し、反発したり対抗したりする姿を見せるようになった。もちろん、フェルディナンドが婚姻で移動した後もローゼマインがずっと心配していれば、同じようにいつかは反発しただろう。けれど、その反抗が今ではなかったはずだ。婚約者との関係が拗れた今のような状態ではなく、もっと穏便な状態で婚約解消できたと思う。

「本当に儘ならないこと」

フロレンツィアが溜息を吐くと、ジルヴェスターは労るようにそっと背中を撫でてくれた。緊張が解れるように体から力が抜けていく。視線を向ければ、隣に座る夫の顔も疲労の色が濃い。フロレンツィアも手を伸ばしてその頬を軽く撫でた。些細な触れ合いにじんわりと温もりを感じる時間は貴重だ。

「今回の件で改めて感じましたが、王の養女になるにはローゼマインの視野が少し狭いですね」

「そうか？」

「ユルゲンシュミットの礎に何かあれば、エーレンフェストもアーレンスバッハにいるフェルディナンド様も無事では済みません。為政者となる領主一族ならば、犠牲者が少ない方を選ぶべきです。けれど、ローゼマインは自分の感情や好悪で判断するでしょう？　ヴィルフリートもそうですけれど、年の割に幼すぎるところがあります」

二人とも貴族院の成績は良いのだが、領主一族として根本的なところでの教育不足が目立つ。片やヴェローニカによる教育、片や神殿育ち。幼い頃の教育環境というものは、フロレンツィアが考えていた以上に影響が大きい。

「確かにローゼマインはユレーヴェで二年間眠っていたし、神殿にいる時間が長いから貴族としての常識には未だに疎いな。表面を取り繕うことはできるが、根本的に違うと感じることはある。自分のやりたいことが最優先で、気乗りしないことは後回しにすると聞いた」

貴族女性にとって必要な刺繍の練習も後回しにされがちらしい。それは側近達の報告からフロレンツィアも知っていることだ。

「だが、ローゼマインは視野が狭いというより、自分に近しい者しか目に入れない傾向があるという方が正しい気がするな。幼い頃から関係のある平民を貴族より大事にするのも、婚約者のヴィルフリートより後見人だったフェルディナンドを心配するのも、ユルゲンシュミットの一大事よりエーレンフェストの現状に目を向けるのも、おそらく根は同じだ。自分の手が届く範囲には手を尽くすが、それ以外は関知しない」

自分よりもローゼマインのことを知っている夫の言葉に、フロレンツィアは納得した。確かに、ローゼマインの言動は大人の自分達が舌を巻くほど目配りができ、機転が利くこともあれば、洗礼式前後の子供が知っているようなことさえ覚束ないこともある。非常に歪だ。

「逆に考えると、王の養女になって中央や王族を大事に思えば、ユルゲンシュミットを一番に思うようになるだろう。そのためにはアレの大事な存在を中央に置く必要がある」

「そういうローゼマインの考え方が中央にも通じると良いのですけれど、どうなるかしら？　今までは神殿育ちで貴族の常識に疎い部分が王族の利に繋がっていましたが、中央へ移動すると、それが教育不足として粗に見えるかもしれません」

アナスタージウスとエグランティーヌの結婚においても、貴族院で奉納式を行って魔力を集めたことも、他の貴族は全く思いつきもしないし、提案もしないだろう。ローゼマインが無知だからできたことだとフロレンツィアは思う。

「わたくしも教育不足を何とかしたいと思っていたのですけれど、ローゼマイン本人が城に来たがらないのでどうしても難しいですね」

夕食やお茶会の時間に交わす世間話の中で、フロレンツィアは母として子供達に伝えたり教えたりしていることがある。けれど、城にいないローゼマインにはそれらの知識が身につかない。貴族との交流自体が少ないので、本来ならば自然と身につくことが身につかないのだ。

「中央へ移動するまでに少しは……と思っても、ローゼマインは移動準備と執務の引き継ぎが忙しくて今まで以上に城には寄りつかないでしょう?」

第一夫人としての教育を施したいと言った時も、神殿の執務が優先だと断られた。「ローゼマインへの教育は急ぐ必要はない」「第一夫人としての教育よりも優先することがある」と周囲に言われたので強行はしなかった。今となってはもうローゼマインだけではなく、フロレンツィアにも余裕がない。出産を終えると乳児が優先になる。

「ローゼマインは神殿でエルヴィーラと会っているし、別に実家への出入りを禁じているわけでもないので、実母から貴族女性としての教育を受けているでしょう。けれど、上級貴族と領主一族では立場が違うので、その点だけは少し心配ですね」

フロレンツィアの心配をジルヴェスターは苦笑しながら軽く手を振って払う。

「ローゼマインは自分で何とかするだろう。アレは今までそうしてきた。王族と直接交渉して自分の要求を押し通す強さがある。今まで困難に思えたことを機転と理解不能な方法で片付けてきた。私はそれほど心配していない」

「……相変わらず貴方は楽観的というか、放任が過ぎるというか……」

貴族の常識が足りていないことを心配しているのに、そのままで良いとジルヴェスターに言われてフロレンツィアはそっと額を押さえた。

「時間がなくて進めようがないローゼマインの教育より、他領との関係やエーレンフェスト内のことが優先だろう。あまりにも影響が大きすぎる。ローゼマインは普通の未成年の領主候補生ではない。引き継ぎをしなければならないことは多いぞ」

「移動するまでの一年で何とかなると思いますよ。ローゼマインもそれを計算して王族と交渉していたではありませんか」

ジルヴェスターと同じようにローゼマインは移動による領地への影響をとても考えていた。自分が請け負っている仕事を誰にどのように引き継ぐのか、すでに計画があるはずだ。

「神殿はメルヒオールが引き継ぎを始めていますし、印刷業はエルヴィーラが責任者になっています。下町とのやり取りはブリュンヒルデを中心に、自分の側近に分担させるでしょうね。今の二人の関係では難しいでしょうけれど、できればヴィルフリートにも引き継がせたいです」

「どう考えても無理だな。引き継ぎが円滑に進むとは思えぬ。側近同士も険悪なのだ。あちらこちらで反発が起こるだろう」

ローゼマインにもヴィルフリートにも余計な負荷がかかることはフロレンツィアにもわかってい る。けれど、息子の将来の立場を少しでも良くするためにはローゼマインの仕事を何か引き継いで おいた方が良いと思う。

「せめて、シャルロッテに何か引き継ぎを任せられないかしら？　あの子はローゼマインと仲が良 いですし、大きな問題は起こらないと思います」

シャルロッテにローゼマインの仕事の引き継ぎを任せられれば、後々ヴィルフリートが関わるこ とも可能になる。

「いや、シャルロッテにはフロレンツィアの補佐を任せなければならぬ。出産から半年くらいはそ ちらにかかりきりになるのだ。一年以内に引き継ぎを終えなければならないローゼマインの仕事を 引き受ける余裕はないだろう」

「……ブリュンヒルデにわたくしの補佐を任せられれば良かったのですけれど、未成年でまだ婚約 者ですものね」

正式に領主一族になっていないブリュンヒルデに第一夫人の仕事を補佐させることは難しい。出 産後も質問のためにフロレンツィアの部屋に出入りできるシャルロッテに補佐を任せ、ブリュンヒ ルデがローゼマインの仕事を引き継ぐ方が無理なく進められる。それがわかっていても、フロレン ツィアには反抗期真っ只中（ただなか）の息子の将来が心配でならない。

「貴方はヴィルフリートの分担をどのようにお考えですか？」

ヴィルフリートの教育は領主会議が終わってから本腰を入れることになっていた。それなのに、その会議中に婚約解消が決まったのである。教育不足より今後の立場が心配だ。

「ヴィルフリートは今まで通り私の補佐だ。私の仕事も増えるからな」

「それをすんなりと呑み込んでくれるでしょうか？　婚約解消によって次期領主ではなくなったのに……と、また拗ねた態度を見せるのではないか不安です」

　ボニファティウスに「このままでは面倒を見切れぬ」と次期領主教育の中止を言い渡されたのは、領主会議間近のことだ。領主会議中に側近から届く報告書を見ているけれど、あまり態度が改まっているようには見えない。むしろ、次期領主教育が中止されたことを喜んでいるように見える。眉を寄せてフロレンツィアが不安を吐露すると、ジルヴェスターはフロレンツィアの眉間を解すように指で押さえながら苦笑した。

「私がヴィルフリートに任せるのは、次期領主としての仕事ではない。婚約を解消して次期領主でなくなろうとも領主一族の義務が消えるわけではない。それに、ヴィルフリート自身がローゼマインとの婚約解消を望んでいたのだ。不快だったことが解消されれば、反抗しようもなかろう」

　夫は貴族達から見える形で領主一族の仕事を与えることで、ヴィルフリートの立場を守ろうとしている。フロレンツィアにはそれが理解できるけれど、果たしてそれが貴族達にどのくらい通用するだろうか。婚約解消をすれば、ヴィルフリートは次期領主の立場から落ちた傷持ちの領主候補生になる。次期領主でいられなくなった領主一族がエーレンフェストではどう扱われるのか、ギーベ・グレッシェルの起こりを見ればわかる。

……いっそのこと、あの二人に恋情が芽生えていたら簡単だったのですけれど。二人の間に恋情があれば、王の養女となったローゼマインの婚約相手としてヴィルフリートを王族に婿入りさせたり、グルトリスハイトを王族に渡した後のローゼマインをエーレンフェストに降嫁させたりする交渉ができた。それができれば、フロレンツィアはヴィルフリートの将来を心配せずに済んだだろう。

けれど、ヴィルフリートは婚約解消を願って両親に反発しているし、ローゼマインにとって婚約はただの義務で無関心だし、王族は将来にわたってローゼマインを取り込みたいと考えている。婚約を継続させられる要素が全くなかった。

「……貴族達に疎まれているあの子が領主一族のままでいられると思いますか？」

「それを守るのが父であり、領主である私の役目ではないか。そして、フロレンツィアが今一番考えなければならないのは出産だ」

ジルヴェスターがフッと笑ってフロレンツィアのお腹に手を当てる。フロレンツィアはその揺るぎない自信が頼もしいと思う反面、心配で堪らなくなった。夫が格好を付けて無理をすることを知っているからだ。

「ライゼガング系貴族はローゼマインの移動に反対するだろうが、王の養女になることは光栄なことだ。移動してしまえば騒ぎ続けられないだろうし、ブリュンヒルデとの婚約もある。多少時間はかかるだろうが、収めることは可能だろう」

粛清によって旧ヴェローニカ派が瓦解し、旗頭だったヴィルフリートが婚約解消によって次期領主から下ろされれば、ライゼガング系貴族の騒ぎは長続きしないとジルヴェスターは考えているようだ。けれど、フロレンツィアはあまり楽観的になれない。次期領主の立場が揺らいだことのないジルヴェスターと、第三夫人の娘で嫁ぎ先によっては領主一族でなくなる可能性の高かったフロレンツィアでは同じ領主一族でも考え方が違う。

……実際にローゼマインが移動するまでに少しライゼガングの古老達の力を削(けず)っておいた方が良いかしら？

婚約解消されてもヴィルフリートが領主一族でいられるように、先に何か手を打っておいた方が良いかもしれない。

「そのように難しい顔をしなくても、私とて上手(うま)くいくかどうかわからぬと思っている。だが、ローゼマインが移動することが伝わらなければ、ライゼガング系貴族が動くことはない」

ローゼマインが王族の養女になることを知っているのは、今のところ、話し合いに参加した王族、エーレンフェストの領主夫妻、ローゼマインだけだ。側近達や領主会議に同行した貴族達は王族から何度も呼び出されていることを知っていても、話し合いの内容を知らない。

「では、移動直前まで貴族達には情報を伏せておいた方が良いですね。今は貴族達の調整に割(さ)ける余力がありません。ローゼマインが移動する頃ならば、おそらく最低限の授乳時期も終わっていて、わたくしも動くことができるでしょう」

「うむ。しばらくは口外法度(こうがいはっと)で、引き継ぎに必要な一部の側近にだけ個別で伝える形が良かろう」

引き継ぎを行う者にはそれとなく知らせることになるだろうし、ローゼマインの移動準備の過程で知られることも出てくるだろう。それを考えていて、フロレンツィアはハッとした。

「ローゼマインの移動準備はどうしますか？　わたくし、おそらく出産すると動けませんよ」

　エーレンフェストの利益を最大限に考えてくれたローゼマインのために、フロレンツィアは領主の第一夫人として、養母として、できる限りの準備をしてあげたいと思う。けれど、気持ちだけでどうにかなることではない。産後の自分の状態や新生児の世話がどのようなものか、フロレンツィアは三人の子供を産んでいるので嫌でもわかる。

「別に其方が動かなくても、ローゼマインには実母のエルヴィーラがいるではないか。移動準備はそちらに任せれば良い。城で行うより情報漏洩もしにくいし、ローゼマインも気安いだろう。私からカルステッド経由で伝えておこう」

　エルヴィーラは印刷業の引き継ぎもあるので、決して暇ではないだろう。それでも、彼女の娘に対する愛情を知っている。ローゼマインも養母より実母と過ごせる時間を大事にしたいだろう。フロレンツィアは夫の提案に頷いた。

「そうですね。ローゼマインの側近への協力要請も神殿で交流の多いエルヴィーラの方が得意かもしれません。わたくしもできる限りの協力はしますと伝えてくださいませ」

　ローゼマインの移動準備と引き継ぎ、子供達への婚約解消の影響、アーレンスバッハの葬儀、出産準備、グレッシェルの改革など考えなければならないことがたくさんある。フロレンツィアは「一緒に頑張りましょうね」と呟きながら、そっとお腹を撫でた。

領主会議の報告会（三年）

「おかえりなさいませ、お姉様」

「戻ったか、ローゼマイン！」

　転移の間から出ると、シャルロッテとボニファティウスとお留守番の側近達が出迎えてくれた。その向こうにはメルヒオールもヴィルフリートもいる。帰りは身分の高い者から帰還するので、先に戻っている領主夫妻と話をしているのが見えた。

「ローゼマイン、シャルロッテ。領主一族の会議は明日の午後に行う。遅れぬように気を付けろ」

　わたしの到着に気付いたジルヴェスターが普通の顔でそう言った。わたしが王の養女になることを報告する会議だと、周囲に全く感じさせない表情だ。領主らしい態度に少しばかり感心し、わたしもそれを真似て微笑みながら「かしこまりました」と返事をする。

「明日の会議に出られるように、今日はゆっくり休め」

　フロレンツィアをエスコートして本館の居住区域に向かうジルヴェスターを見送ると、わたし達も自室のある北の離れへ移動しなければならない。他の貴族達が転移陣を使えないからだ。

「ローゼマイン、このようにすればエスコートができるのではないか？」

　ボニファティウスが手を腰に当ててそう言った。

「大変恐れ入りますが、ボニファティウス様。本来エスコートは婚約者であるヴィルフリート様のお役目ではないか、と……」

レオノーレが少し困った顔で声をかける。ボニファティウスは「その婚約者が希少な孫娘との触れ合いの機会を譲ってくれると言ったのだ」と反論しつつ、ヴィルフリートに同意を求めた。

「……宴などでボニファティウス様がローゼマインをエスコートするのは難しいので、ここから北の離れまでならば良いのではないか？」

ヴィルフリートは許可したけれど、コルネリウスが顔を顰めて難色を示す。

「おじい様にローゼマインのエスコートをさせるのは危険です」

「コルネリウス、何を言うのだ⁉　腰の手を動かさなければ問題なかろう⁉」

祖父と孫娘の触れ合いで、わたしは何度か危険な目に遭ったことがある。だから、護衛騎士達が警戒しているのだが、ボニファティウスは手を腰に当てたまま胸を張った。

「では、本当におじい様が腰の手を動かさずにいられるのか確認します」

コルネリウスやアンゲリカは真剣な顔でボニファティウスの腰の手を動かそうとしたり、何度かぶら下がったりして強度確認を始めた。

……厳重すぎ！　二人は真剣なんだろうけど、皆は笑いを堪えてるから！

メルヒオールだけは「楽しそうですね」と羨ましそうに見ているけれど、ヴィルフリートやシャルロッテ達は明らかに笑い出すのを堪えている顔だ。

「ご覧の通り、全く崩れそうにありません。この辺りにつかまれば、ローゼマイン様の腕も疲れないと思います」

少し時間をかけて検証した結果、コルネリウスは仕方がなさそうにわたしがつかまることを認めてくれた。わたしはコルネリウスが示したボニファティウスの手首辺りに自分の手を置いて歩いてみる。ボニファティウスはずいぶんと速度に気を遣ってくれているようで、何とかエスコート風には見えるだろう。普通のエスコートっぽく見せるためには、まだわたしの身長が足りない。傍から見ると「腕を組んでいる」というより「吊革につかまってる」みたいに見えるのだ。

……さぁ、来い。火の神ライデンシャフトの御加護！　成長をわたしは心待ちにしてるよ！

「お姉様、初めての領主会議はいかがでした？　初日の星結びの儀式だけではなく、最終日に奉納式まで行うことになったとボニファティウス様から伺って、とても驚いたのですよ」

「わたくしも驚きました。地下書庫で現代語訳している時に王族からお願いされたのですから」

実際は「お願いさせた」が正しいけれど、シャルロッテには言わない。わたしは地下書庫でハンネローレや王族と現代語訳をしていた時の話の中で、誰に知られても問題のない話題をいくつか話し、シャルロッテ達からは留守番中の話を聞いた。

「わたくし達はボニファティウス様のお手伝いをして、魔力供給をしました。それから、メルヒオールやヴィルフリート兄様と一緒に祝詞を覚えていたのですよ」

「あぁ、メルヒオールが洗礼式の祝詞を覚えなければ……と言っていたので、一緒に覚えていたのだ。一人で覚えるよりも効率が良いであろう？」

神殿でハルトムートから出された課題の多さにメルヒオールの側近が泣きそうになりながら取り

組んでいるらしい。そのため、ヴィルフリートとシャルロッテがメルヒオールの暗記を手伝っていたようだ。

「成果は出たのですか？」

「洗礼式の祝詞を覚えました。それから、魔力供給をした後に動けるようになったのですよ」

メルヒオールは神殿で奉納も行っているので、礎の魔術への魔力供給も慣れるのは早かったようだ。そんなエーレンフェストでの日常について話を聞いているうちに北の離れに到着した。

「おじい様、エスコートをしてくださってありがとう存じます」

「うむ。では、また夕食で……」

腰の手に全神経を集中させていたらしいボニファティウスは、エスコートを無事に終えたことでホッとしたように一つ大きく息を吐く。非常に満足したようで、ご機嫌で踵を返した。

自室に戻ると、領主会議に同行した成人の側近達には明日の午後の会議まで休むように言って、未成年の側近達と交代してもらうことにする。護衛騎士と文官は人数がいるので簡単だけれど、側仕えはグレーティア一人になってしまうのでどうしたものかと考えていたら、リーゼレータが一歩前に進み出た。

「ローゼマイン様、グレーティア一人では大変でしょうから、わたくしは残りますよ」

「リーゼレータ、でも……」

「地下書庫へお供していたオティーリエと違って、わたくしは寮にいただけですから」

お茶の準備をしたり、寮から昼食を運んだりしていたので、リーゼレータが寮にいただけではないことは知っている。それでも、側仕えの気遣いを無下にしてグレーティアに負担をかけるのも主（あるじ）として失格だろう。

「では、リーゼレータには明後日から二日間のお休みを与えますから、今日と明日はよろしくお願いします」

「かしこまりました」

護衛騎士達はそれぞれ寮や自宅に帰り、文官の二人はオティーリエと一緒に帰る。リーゼレータとグレーティアが持ち帰ってきた荷物の片付けを始め、わたしはフィリーネとローデリヒから神殿の様子について報告を受けたり、写本してくれていた物を読んだりして過ごした。

……側近全員を集めて話をするのは、領主一族の会議のすぐ後でいいかな？　あぁ、ブリュンヒルデにも声をかけなきゃ。

夕食の席はエーレンフェストに残っていた皆から報告を聞く時間で、領主会議の報告は会議でということになった。

今日は午後から領主一族の報告会だ。領主一族とその側近達、騎士団、文官の上層部が多く集まる報告会だが、今年が例年に比べて少しだけ違うのは、まだ貴族院に入学する年ではないメルヒオールも出席するように命じられたという点だ。

「どうして私が呼ばれたのかわかりません」

「年齢に関係のない重要な報告があるのではないか？　ローゼマインは何か知っているだろう？」

ヴィルフリートの視線に、わたしはニコリと笑って「会議に行けばわかりますよ」と答える。ここで「わたくしが王の養女になるため、メルヒオールはたった一年で神殿長の引き継ぎを終えなければならないと決まったからです」なんて暴露はできない。

緊張しているメルヒオールを兄姉で取り囲むようにして会議室に向かい、決められている席に着く。領主一族が同行して良い側近は、それぞれ一名ずつ。わたしは側仕えのオティーリエ、文官のハルトムート、護衛騎士のコルネリウスを連れている。文官や側仕えが手早く準備をし、皆の準備が整った後、領主夫妻が入ってくるのも例年通りだ。

「皆、揃っているようだな。これより領主会議の報告を行う」

ジルヴェスターの言葉によって報告会は始められる。

「今年もまた大きな変化があったため連絡事項が多い。大事な決定も多かったので聞き漏らさぬように気を付けてくれ」

例年と同じように順位の発表から始まった。領地対抗戦でアナスタージウスにお願いしていたのが功を奏して、順位は据え置きになり、代わりに勝ち組領地として扱われるようになったことが述べられる。

「おぉ、それは、それは……」

順位が上がらなかったことに安堵と喜びの声がいくつも上がったことで、本当に大人がついてこられていない現状がよくわかった。

「だが、勝ち組になれば今までになかった負担も課される。クラッセンブルクが旧ザウスガース、ダンケルフェルガーとアーレンスバッハが旧ベルケシュトックを共同管理していることは知っているであろう？　負け組領地が遠いために土地の管理をしていないドレヴァンヒェルは、中央を支えるために上級貴族を多数差し出している。そのため、中央に移動できない領主一族は多いけれど、領地内に上級貴族が少ないという状況になっているそうだ」

王族と婚姻によって親戚となっているギレッセンマイアーやハウフレッツェも当然のことながら、今の王族を支えられるように大きな負担を負っているらしい。これまで中立領地だったエーレンフェストも勝ち組に入る以上、王族を支えるための負担を負わなければならない。

「……それは一体どのような……？」

戦々恐々としている貴族達を見回し、わたしに視線を留めた後、ジルヴェスターは「来年、発表になる」と言った。

「ただ、負担だけではない。エーレンフェストの貴族を手っ取り早く増やすために、五年間はエーレンフェストとの結婚を、婿入りや嫁入りに限るというものを認めていただけた。また、生まれた子供に与える魔術具を四十個いただけることになった。負担はあれど、エーレンフェストの貴族を増やすことはできよう」

……あぁ、わたしが王族の養女になるのが、エーレンフェストへの負担って形にするのか。

それだけの補償があるならば負担も致し方無いという貴族と、一体どれだけの負担を強いられるのかと不安に思う貴族に反応が分かれる中、フェルディナンドの星結びの儀式が延期されたこと、領主会議で奉納式が行われたこと、大人でも御加護を得る儀式に再挑戦することが可能になったことなど、神事関係の報告がされる。王族が奉納舞で魔法陣を光らせたことで、次期ツェント候補がディートリンデだけではなくなったことも伝えられた。

それから、シュタープの取得学年が変更になること、それに伴って講義内容に変更があること、貴族院でもクラッセンブルクと共同研究という形で奉納式を行うことになったことなど、来年からの貴族院における変化が告げられた。

「シュタープの取得が三年生に戻るのですか？　貴族の数が増えて余裕が出たというわけではありませんよね？」

「魔力圧縮や得られた御加護によってシュタープの品質が異なるらしい。ダンケルフェルガーとエーレンフェストの共同研究により、これから複数の神々から御加護を得る学生が増える。そして、領主会議で奉納式を行うことで、大人でも御加護の再取得ができるようになる。シュタープは一生に一度しか得られぬ。できるだけ品質を上げておくことは重要だ」

ジルヴェスターの言葉に貴族達はひとまず納得の顔を見せた。

「来年から教育課程が変わることになる。子供部屋の勉強にも大幅な変更が必要ではないか？」

ジルヴェスターが意見を求めるようにわたしを見た。子供部屋で教えていたのは基本的に座学なので、それほどカリキュラムの変更は必要ないと思う。

「シュタープが関係するのは実技です。座学に変更はないでしょう。シュタープの取得が三年生だった頃の教育課程についてはモーリッツ先生に尋ねればわかると思います」

ふむ、とジルヴェスターが頷いた。

「むしろ、売り出す聖典絵本や教育玩具によって、数年後には多くの領地の平均点が上がることを考慮した方が良いのではございませんか？」

「そうだな。発売を解禁した聖典絵本や教育玩具については、王族に献上したその場で宣伝しておいた。かなり興味を引けたと思う。プランタン商会には数を準備しておくように伝えてくれ」

「印刷物は冬の手仕事で作るところが多いので、今から夏までにはそれほど増やせません。グレッシェルが整って取り引き先を増やせる来年以降のために、と冬に量産を命じる方が良いでしょう」

ベンノには聖典絵本の解禁を伝えておいたので、ある程度は量産していると報告されている。それでも、今から商人達がやって来る夏までに印刷物を大幅に増やすのは無理だ。

「ふむ。来年は取り引き数を少し増やすことができるでしょう、と領主会議で他領に言っておいたので、そちらの準備が優先だな」

グレッシェルの準備はどの程度進んでいるのだろうか。この報告会の結果を連絡する時に尋ねてみなければならないだろう。

「初夏にはアウブ・アーレンスバッハの葬儀があり、出席しなければならない。身重のフロレンツィアを残し、私一人で向かうことになる。それに関する準備も頼む」

ゲオルギーネとの確執はともかく、隣の領地の葬儀に出席しないわけにはいかないとジルヴェスターは言った。王族が約束してくれたフェルディナンドの隠し部屋が本当に作られているのかどうかも確認してもらわなければならないので、ジルヴェスターの欠席は困る。

……本当はわたしが自分の目で確かめたいけど……。

引き継ぎと新生活の準備でいっぱいいっぱいになる上に、元々体力がなくて長旅には向かないし、わたしの護衛騎士の内の二人はゲオルギーネの前に連れていけない。こんな状態ではアーレンスバッハへ行く許可が出ないだろう。

それ以外にはランツェナーヴェの姫君がやって来るのを王が断ったとか、トルークを使った騎士達が処分を受けて中央騎士団から除名されたとか、皆が神事を経験したことで神事に対して関心が高まっているとか、細々（こまごま）としたことが報告された。

「皆に伝えることは以上だ。人払いをする。これから先は本当に領主一族だけで良い。側近を含めて退室せよ」

一通りの報告が終わった後、ジルヴェスターは側近達に会議室から出るように命じる。領主会議の報告会の後に側近達を排してまで行われる話し合いなど、これまではなかった。

「アウブ⁉」

「一体何を……」

皆が驚きの声を上げる中、ジルヴェスターは口を開かず静かに皆の退室を待つ。

「ローゼマイン様……」

「アウブの命令です。ハルトムートもコルネリウスも退室してください」

気遣わしそうに見る側近達に退室するように命じて、わたしはゆっくりと息を吐いた。上層部や側近達は何が起こるのかとお互いの様子を探りながら退室していく。残された領主一族は、全ての事情を知っている領主夫妻とわたし以外がとても緊張した顔になっていた。

婚約解消と未来の選択

「皆、こちらに集まってくれ」

領主一族が指示通りに集まると、ジルヴェスターは範囲指定の盗聴防止の魔術具を作動させた。側近を退室させた上に、まだ盗聴防止の魔術具を使うくらい念を入れることにメルヒオールは小さく震えながら青い光を放つ結界を見上げる。

「ここまでして話さなければならないことがあるのか？　一体何だと言うのだ？」

ボニファティウスの声によって、ジルヴェスターはようやく口を開いた。

「一年後、ローゼマインが王の養女になることが決定した。成人後にローゼマインはジギスヴァルト王子と婚約することになるだろう」

領主会議に同行しなかった皆が軽く目を見張った。すぐには何と言って良いのかわからないようで、口をわずかに開け閉めしているが言葉が出てこない。理解できていないように見える皆に、ジルヴェスターは静かな口調で続ける。

「中央に移動するための準備期間として一年の時間が与えられた。その間はローゼマインの身の安全も考え、養女の内定については知らせぬことになっている。外に向いては現状維持のまま、内々に移動準備を調えなければならぬ」

グルトリスハイト関連の話はしない。手に入るかどうかも定かではないし、それがどのように扱われるかもわからないため、伏せておくことになっている。エーレンフェストで引き継ぎが必要な者達に教えられるのは、「一年後には王の養女となって中央へ行く」ということだけだ。

わたしが王の養女になった結果、何が起こるのか一番に理解したのはシャルロッテかもしれない。バッとヴィルフリートを振り返る。ヴィルフリートは目を見張ったまま、固まって動かない。ただ一点、ジルヴェスターを食い入るように見つめていた。

メルヒオールが「では、神殿は……？」と小さく呟く声に、ボニファティウスの声が被さる。

「……な、何を言っているのだ、ジルヴェスター⁉　ローゼマインが王の養女だと⁉　領主候補生は中央に移動なぞできぬ」

声を荒らげ、取り乱しながら食ってかかったけれど、ジルヴェスターはゆっくりと首を横に振るだけだ。

「ローゼマインは私の養女だ。養子縁組を解消すれば、カルステッドの娘である上級貴族の身分に戻る。中央へ移動するのに何の問題もなくなるのだ」

「其方はそのような無茶な要求を呑んだのか⁉」

「王命だからな。様々な条件を付けさせてもらったが、呑まないわけにはいかぬ」

ジルヴェスターはきっぱりとそう言った。ボニファティウスが「条件だと？」と言って、目をぎょろぎょろとさせながら睨む。けれど、ジルヴェスターは想像していた通りの反応だというように、静かに答えを返した。

「先程も言ったであろう？　貴族を増やせるように五年間は結婚に制約を設けること、子供用の魔術具を得ることだ」

「たったそれだけか⁉　それだけでローゼマインを中央に売ったのか⁉」

席を立って激昂するボニファティウスに、報告会では口にしなかったことを述べていく。

「中央へ行ったエーレンフェストの貴族に帰還命令を出すこと、ローゼマインを養女とすることをエーレンフェストへの負担として認めること、そして、フェルディナンドの連座回避と待遇改善。以上だ。フェルディナンドが勝手に王族と取り決めをして、エーレンフェストに利益らしい利益をもたらせなかった去年より、私はよほどアウブらしい仕事をしたぞ」

ジルヴェスターの言葉を聞いていたボニファティウスが青い瞳をくわっと見開いた。

「フェルディナンドの連座回避と待遇改善⁉　そのようなものが一体何になるというのだ？　婿として他領に行った者の連座回避と待遇改善などローゼマインの養子縁組と全く釣り合わぬ。エーレンフェストの利益にも繋がらぬではないか。弟可愛さに血迷ったか？　アウブ・エーレンフェストならばもっとマシな条件を付けろ！」

怒鳴るボニファティウスに嫌な顔をしながらジルヴェスターはわたしを指差した。

「フェルディナンドの連座回避と待遇改善はローゼマインから出された条件だ。私が出した条件ではない」

その瞬間、皆の視線がわたしに向いた。ボニファティウスは顎が外れそうな程驚いたようで、視線をさまよわせる。

「其方、まさかフェルディナンドに懸想しておったのか？　もしや神殿で何か……」

「おじい様、わたくしは別にフェルディナンド様に懸想しているわけではありませんよ。家族同然の方を心配するのがそれほどおかしいことでしょうか？……おじい様はわたくしが中央へ行ったら、すぐにわたくしのことを忘れてしまいますか？　孫娘とは呼んでもらえず、何の関係もないとおっしゃるのでしょうか？」

それはちょっと悲しいなと思いながらわたしが尋ねると、ボニファティウスは「そんなことはないぞ」とすぐに否定してくれた。

「ジルヴェスターとの養子縁組を解消しても、私の孫娘であることに何の変わりもなかろう」

「では、それは懸想と呼ばれる感情なのですか？」

「……な、なんだと？」

きょとんとした顔になったボニファティウスにわたしはニコリと微笑む。

「わたくしがフェルディナンド様を心配するのは、遠く離れようとするわたくしをおじい様が心配してくださるのと同じ気持ちだと思います。王族に受け入れていただけませんでしたけれど、わたくし、本当はフェルディナンド様をエーレンフェストに返してほしいとお願いしたのですよ」

そうすれば、魔力、ライゼガング、神殿や印刷の業務の引き継ぎなどエーレンフェストの問題の大半が片付いたのですけれど、と付け加える。ボニファティウスは「……妙な邪推をした」と少し肩を落として座った。

「ローゼマインは中央へ行くことに忌避感はないのか？」

「あります。わたくしの大事な印刷工房も図書館も手放して、新しい本がすぐに届けられていた環境から、自分が住まう建物の中に図書室を作ることさえ渋られるような環境へ向かうのですもの。不満だらけです」

　生活水準が下がることに対する不満はそう簡単には消えない。少しでも早く印刷工房を中央にも作りたいと思っているし、エーレンフェストと中央を繋ぐ転移陣を改良してスムーズに新刊を届けてもらうことができないか考えなければならないと思っている。

「でも、フェルディナンド様も王命には抗えずアーレンスバッハへ向かったのですもの。わたくしも王命なので仕方がありません。王の養女となってエーレンフェストを引き立てるくらいしかできませんけれど、少しはお役に立ちたいと思っていますよ」

　まだ何やら言いたそうに口を開いたボニファティウスにジルヴェスターが肩を竦めた。

「其方の孫娘が王族に嫁ぐのだ。喜ぶべきことであろう？　ヴィルフリートとは釣り合わぬ。ローゼマインはヴィルフリートには勿体ない、とあれほど言っていたのだから」

　ジルヴェスターが溜息混じりにそう言ったことでボニファティウスがさっと顔色を変え、ヴィルフリートへ視線を向ける。ヴィルフリートは皮肉な笑みを浮かべて、ボニファティウスを見た。

「今更、そのように驚いた顔をしなくても存じています、ボニファティウス様。ずっと言われてきましたから。……どこに行ってもローゼマインの方が優れているとか、ローゼマインの方が次期アウブに相応しい、と」

ヴィルフリートはゆっくりと息を吐きながらそう言って、ボニファティウスからジルヴェスターへ視線を移した。テーブルの上に出されている手は拳にきつく握られて、小刻みに震えているのが見える。

この場に座っているヴィルフリートが様々な感情を呑み込んでいるのがわかった。けれど、先程のボニファティウスと違ってヴィルフリートは取り乱すのでもなければ、声を荒げるわけでもなく、言葉を発する。

「エーレンフェストにローゼマインを繋ぎ留めておくことができる領主候補生が私しかいない。この婚約を続けるのはエーレンフェストの領主候補生としての義務だ、とおっしゃった婚約が解消されるわけですが……」

淡々とした言い方からヴィルフリートにとってもわたしとの婚約は義務だったことがわかる。もしかしたら、本人は解消したかったのに周囲が止めていたのかもしれない。

……それなら、ヴィルフリート兄様にとって今回の王命は渡りに船、なのかな？

王命による婚約解消でヴィルフリートがあまり傷つかずに終わるならば、それが一番だ。わたしは安易にそう考えて、そっと安堵の息を吐いた。

「それで、父上。エーレンフェストの次期アウブはどうなるのですか？」

「次期アウブを決めるのはまだ先だ。すぐの話にはならぬ」

ヴィルフリートの視線を受けたジルヴェスターもじっと見つめ返し、静かに話す。淡々とした物言いの中には、今にもブツッと切れそうなほどに張りつめた緊張感がある。婚約解消を望んでいたから王命で解消できそうでよかったというような単純な雰囲気ではない。ヴィルフリートが必死に感情を抑えようとしていることを痛いほどに感じて、胃の辺りが引き絞られるような気がした。

「シャルロッテが他領の領主候補生を婿にとっても構わぬし、メルヒオールが目指しても構わぬ。フロレンツィアの腹の子がなるかもしれぬし、ローゼマインとの婚約を解消した後で其方が目指しても構わぬ」

「あの、お父様。それは……」

シャルロッテが信じられないというように藍色の目を見開いて、ヴィルフリートとジルヴェスターを交互に見つめる。それまで黙っていたフロレンツィアがニコリと微笑んだ。

「シャルロッテ、貴女はずっと我慢してきました。ヴィルフリートを救うため、ローゼマインの立場を確かなものにするための婚約によって、領主候補生であるはずの貴女がアウブを目指す芽は摘み取られました。それでも、表立って不満を口にすることもなく、進んで二人を支え、常に補佐をする立場にいてくれたでしょう？　エーレンフェストをまとめるために、貴女がどれだけ努力しているのか……」

フロレンツィアの言葉にシャルロッテが藍色の目を潤ませた。自分の努力や苦労を理解して、労ってくれたことを喜ぶ顔に、わたしはシャルロッテへの感謝が足りていなかったことを思い知らされる。よく気が利いて、わたしを慰めてくれたり支えてくれたりしたけれど、わたしはシャルロッテに報いることができていなかった気がする。

……わたし、ダメなお姉様だ。

領主になるには男性が優先されるし、一つ上にはヴィルフリートがいる。おまけにわたし自身が領主になることに興味がない。だから、わたしはシャルロッテが次期領主を望んでいる可能性に全く思い至らなかった。

……婚約を決めたのは養父様だけど、シャルロッテにとってわたしって……。

もしシャルロッテが次期領主を望んで努力していたのならば、ヴィルフリートを救うために婚約し、次期領主の内定を取らせたわたしは、とても邪魔で面倒な存在だったのではないだろうか。

わたしはシャルロッテの様子を窺った。シャルロッテはじっとフロレンツィアを見つめていて、こちらを向かない。

「王命によってヴィルフリートとローゼマインの婚約が解消されるのであれば、わたくしはシャルロッテにも選択肢を与えたいと思いました。シャルロッテが次期アウブを望むならば、婚姻制限のある五年以内に自分の不足を補い、アウブ・エーレンフェストの配偶者に相応しい殿方を見つけなさい。ローゼマインが中央へ行くことになれば、エーレンフェストを取り巻く環境はまた大きく変わるでしょう。その変化をよく見つめ、自分にとって良いと思える選択をなさい」

次期領主を目指しても良いし、将来のエーレンフェストを支えるために上級貴族と結婚して残るのでも構わないし、他領へ出たいならば五年以上先に結婚することで可能になる、とフロレンツィアはシャルロッテに未来の選択肢を提示した。シャルロッテは嬉しそうに笑って頷きながらその言葉を聞いている。

「お父様、次期アウブを決めるのはいつになるのですか？」

シャルロッテの質問にジルヴェスターは一度目を閉じた。

「先程も言ったように、すぐの話にはならぬ。まず、一年後、本当に養子縁組が解消されるかどうかも、今の時点では確定とは言えぬ。かなりの確率でそうなるだろうと言われているが、一年は現状維持だ。側近達にも話さず、このままの状態を続けることになる。不用意な言動は慎むように」

コクリと頷く間にも頭の中で色々な考えが過っているのだろう。シャルロッテはジルヴェスターを見ているけれど、自分の考えに浸っているように見えた。

「私としては次期アウブを決めるのは、私かボニファティウスが死んだ後で良いと思っている。ローゼマインをエーレンフェストに取り込んでおくため、ローゼマインをアウブにしようと画策するライゼガングを抑えるためには婚約と次期アウブの決定を急がねばならなかったが、次はゆっくりで構わぬ。ボニファティウスは中継ぎアウブとなれるように教育をされているから、仮に私が先に死んだとしても時間をかけて選べるであろう」

シャルロッテが明るく瞳を輝かせて「わかりました」と答えた。そんな娘の姿を眩しそうに見つめた後、フロレンツィアはメルヒオールに視線を向ける。

「メルヒオールも同じです。将来的に次期アウブを目指すならば、相応しくなれるように努力するのですよ」

フロレンツィアにそう言われたメルヒオールはしばらく考え込んでから、首を横に振った。

「それは……成人してから考えます。先に私がなるのは神殿長ですから。今は覚えなければならないことがたくさんあって、とても忙しいのです。それなのに、ローゼマイン姉上が一年でいなくなってしまうのですよ。次期アウブなんて考えられません」

次期領主よりも神殿長の業務を優先したい、というメルヒオールにフロレンツィアは軽く目を見張った後、優しく微笑んだ。

「えぇ、そうですね。神殿長としてお祈りをし、御加護を増やすのも、これから先のアウブには必要なことでしょう。自分に与えられたお役目をしっかり果たしながら、成人まで時間をかけて自分の将来について考えていけば良いですよ」

「はい、母上。……ローゼマイン姉上、一年間のご指導、よろしくお願いします」

神殿長になるために努力するのだと決意した顔のメルヒオールに頼られて、わたしはへにゃりと表情が緩むのを感じた。

「大丈夫ですよ、メルヒオール。わたくしの側近を全員中央へ連れていくことはできませんから、神殿に残していくことになります。彼等に相談すれば、必ず力になってくれるでしょう。それに、これまでに教育したカンフェルやフリターク達青色神官もメルヒオールを支えてくれるはずです。わたくしも皆に支えられて、何とか神殿長を務めることができているのですから」

「……執務は彼等に任せられるかもしれませんが、神殿長として一番大事なお役目なのに、私にはローゼマイン姉上のような祝福を贈るのが一番難しいのです」

メルヒオールがちょっと膨れっ面になると、ジルヴェスターが苦笑しながら軽く手を振った。

「ローゼマインは王族から望まれるほどの魔力を持っている。目指すための目標に据えるのは良いが、メルヒオールが同じことをするのはまだまだ無理だ。ローゼマインと同じことをしようとして自分を追い詰めぬように気を付けろ」

　貴族院で魔力圧縮を学び、魔力を増やすことで段々とできるようになることだとジルヴェスターはメルヒオールを諭す。

「この一年間、ローゼマインは神殿業務、印刷業務など、これまで抱えていた仕事を引き継がなければならぬ。その中で、新しい生活の準備も整えるのだ。かなり大変なことになる。ローゼマインをできるだけ助けてやってくれ」

「はい！」

　シャルロッテとメルヒオールが希望に満ちた顔をする中、ヴィルフリートの顔色は暗い。貴族らしい笑みを貼りつけているけれど、一言も発さずに硬い姿勢でじっと座っている。

「シャルロッテ、メルヒオール、ボニファティウス。ローゼマインが王の養女になる件はくれぐれも他言無用だ。側近達に漏らせばライゼガングがどう動くかわからぬ。また、他領に知られると、貴族院におけるローゼマインの危険性が跳ね上がる」

「わかりました」

「では、其方等はここで退室してくれ。……こちらの話はまだ終わっておらぬ」

　ジルヴェスターはそう言ってヴィルフリートに視線を向けた。三人は気遣わしそうにヴィルフリートを見た後、静かに退室していく。ジルヴェスターとフロレンツィアとヴィルフリートとわたしだけが会議室に残された。

「よく我慢したな、ヴィルフリート」

ジルヴェスターの言葉にヴィルフリートは悔(くや)しそうに顔を歪(ゆが)めた。

「私は唯一おばあ様に育てられた領主候補生で、おまけに、白の塔に入った犯罪者で、本来ならば冬の粛清で旧ヴェローニカ派同様に連座処分されてもおかしくないはずの立場です。最も次期アウブに相応しくない領主候補生だから、ローゼマインとの婚約が解消されれば次期アウブではいられぬ。下手したら領主候補生でもいられぬだろう、と父上はあの時におっしゃった。ローゼマインとの婚約が解消されれば、私はどのような扱いになるのですか？」

「……わからぬ。あの時もそう言ったはずだ」

「父上！」

ヴィルフリートが怒鳴りながら強くテーブルをドンと叩(たた)く。予想外の怒声と大きな音にわたしは思わずビクッとした。

「あの、婚約解消後のヴィルフリート兄様の扱いがわからないというのは、どういうことですか？　あの時とはいつですか？　何があったのですか？」

ジルヴェスターとフロレンツィアとヴィルフリートの三人はわかっているようだが、わたしには全く話が見えない。ここにいるのが場違いな気分にさえなってくる。

「今回の粛清によってヴィルフリートは後ろ盾(うしろだて)だった旧ヴェローニカ派を失った。ライゼガングの勢いが強くなっている中でローゼマインとの婚約が解消されれば、次期アウブの芽を摘むためにヴイルフリートは世論によって白の塔に幽閉されてもおかしくはない。現状維持の一年間にどれだけライゼガングを抑えられるかで、どのような状況になるのか全くわからないのだ」

唯一ヴェローニカに育てられた領主候補生で、白の塔に入った犯罪者が次期アウブになろうなどとは片腹痛い。処分せよ、と声高に言っているライゼガング系の貴族がいるらしい。

「はい？　フェルディナンド様とわたくしがエーレンフェストから出ることでエーレンフェストを支えるための魔力が足りなくなるかもしれないという時に、優秀者の領主候補生であるヴィルフリート兄様を処分しろとおっしゃるのですか？　何を馬鹿なことを……。ライゼガングこそ、エーレンフェストの現実が見えていませんね」

「……身も蓋もない言い方だが、その通りだ」

ジルヴェスターはそう言って溜息を吐いたが、ヴィルフリートは剣呑な目をわたしに向けた。

「本来そのライゼガングを抑えるのは、ライゼガングの姫である其方の役目ではないか。自分の仕事を放棄して、其方は何を呑気なことを言っているのだ？」

「え？」

目を瞬くわたしと睨みつけるヴィルフリートの間にジルヴェスターが割って入る。

「ヴィルフリート、止めろ。神殿で育ったローゼマインにライゼガングが血族という意識は薄い。むしろ、ボニファティウスやカルステッドやエルヴィーラの役目で、これから先はブリュンヒルデの役目になることだ」

「ですが、父上！　私は祈念式の時にライゼガングから、ローゼマインと年が同じで、私の方が男で実子だから父上から贔屓されているだけだとか、私がいなければ間違いなくローゼマインが次期アウブであったとか、次期アウブになろうなどとは片腹痛いとか、自分から辞退する程度の見識も持てないのか、と言われたのです。ライゼガングの血を引く婚約者ならば、ローゼマインが少しは抑えてくれても良かったはずです」

それ以外にも毎年最優秀を取るのだから、能力的にはローゼマインが領主候補生の中で最も優れているとか、血筋にも経歴にも全く傷がないから比べものにならないとか色々と言われたそうだ。

「何故そこまで言われて私がアウブにならねばならぬ？　そこまで憎まれている私がライゼガング系の協力を取り付ける必要があるのか？　このような言われ方を私は一生我慢しなければならないのか？　其方と比べられ続け、其方がいるからアウブになれたのだと、恩に着ろと貴族達に言われ続け、幼い頃の思い出さえ懐かしく思うのを後ろめたく思わなければならないのか？」

エーレンフェストに色々と困ったことをしてくれて、フェルディナンドを迫害していたヴェローニカだが、ヴィルフリートにとっては優しい祖母で、幼い頃ずっと育ててくれた人だ。白の塔に入れられても懐かしく思うことはあるだろう。

それは多分、アーレンスバッハへ行ってしまったフェルディナンドを慕わしく思うのと同じような気持ちだと思う。「心配するな。考えるな」と言われても、止められるようなことではない。

「ローゼマイン、私は自分よりも叔父上の心配をし、私に対する助力より叔父上に対する助力を優先する其方の夫として生きていきたいとは全く思えぬ。其方の隣に立つことで貴族達からは其方と比較され続け、其方には叔父上と比較され続けるような生活はまっぴらなのだ。いくら婚約の魔石を作れと言われても、婚約者らしい贈り物をしろと言われても、叔父上と比較されるのが目に見えているのだぞ。とてもできなかった」

わたしはフェルディナンドにもらったお守りの数々を見下ろす。これらはどうやら男のプライドを著しく刺激する物らしい。

……でも、お守りだから外せないんだよね。

「叔父上ばかりに気を遣う其方との婚約を続けたくないと思った時に、私はすでにライゼガングの支持を得ている其方がアウブになれば良いと思ったのだ。……そして、私は父上に直談判した」

ヴィルフリートの言葉にわたしはジルヴェスターを見た。

「わたくし、そんなお話を聞いていないと思うのですけれど……」

「当たり前だ。其方に聞かせればヴィルフリートとの婚約を解消しようとするであろう？　けれど、其方は次期アウブを目指すわけではないのだから、婚約を解消すれば王族や上位領地に其方を取られるのは目に見えている。エーレンフェストを混乱させるだけで誰にとっても不利益だとわかりきっている話を耳に入れるわけがなかろう。其方等二人が共謀して婚約解消をせぬように側近達が総出で止めていたはずだ」

そう言われて納得した。確かに側近達からヴィルフリートとの接触を邪魔されていた気がする。

……わたし、そんな時期に心配のオルドナンツを送ったのか。婚約は義務だから我慢しろと言われている時に、毎日心配オルドナンツが飛んで来たら鬱陶しかっただろうね。

むしろ、何故ジルヴェスターはそんな時に「ヴィルフリートの心配をしろ」とわたしに言ったのだろうか。わたしとヴィルフリートの関係という点では完全に裏目に出ていると思う。

「父上がローゼマインに次期アウブになれと命じれば良いだけなのに、私がいくら言っても聞き入れてくれなかった。ローゼマインを次期アウブにするわけにはいかない。次期アウブは私だ、と。そして、其方をエーレンフェストで取り込んでおくためには私との婚約を解消するわけにはいかない。最終的に選んだのは私だから、責任を持てと言われたのだ」

ヴィルフリートは知らないけれど、ジルヴェスターもカルステッドもフェルディナンドも平民出身のわたしをアウブにするつもりはないのだ。それは受け入れられないだろう。

「私としても、婚約を打診した時にヴィルフリートが断っていれば、あるいは、一年前にフェルディナンドが王命を受ける前であれば婚約を解消してやれた。だが、ヴィルフリートが婚約解消を望んだ時はあまりにも時期が悪すぎた」

ジルヴェスターは疲れた顔でそう言った。婚約を解消すれば、わたしが王族や上位領地に取られるのは確実だし、粛清を行ってライゼガングが勢いを増している状態ではヴィルフリートの身も危なくなる。せっかく廃嫡（はいちゃく）から救うことができて、努力を重ね、今は領主候補生として優秀者になっているのに、ヴィルフリートを今更白の塔へ入れるつもりもない、と言った。わたしもヴィルフリートがそんな扱いをされることは望んでいない。

「父上は、アウブ・エーレンフェストとして、ローゼマインを手放す選択はせぬ。婚約は義務として受け入れよ、とあの時におっしゃいましたね？……そこまで私に言って我慢させようとしたにもかかわらず、ローゼマインが王の養女になるというのはどういうことですか？　そして、これから一年間は現状維持で婚約者役をやれというのですか？　何事もないような顔で一年を過ごし、ローゼマインは王族となってエーレンフェストを捨てていくのに、私は次期アウブでもなくなり、残されたライゼガングの矢面にまた立てというのですか？」

ヴィルフリートの悲痛な叫びが胸に痛い。一度口を閉ざしたヴィルフリートがギリと一度歯を食いしばった後、ドンとまたテーブルを叩いた。

「……ふざけるな！　父上が決断していれば、ローゼマインは王の養女になどならなかった！　ローゼマインが次期アウブならば、王族の要望も撥ね退けられたはずだ！」

ヴィルフリートが叫ぶ。けれど、今回はグルトリスハイトの取得が絡むため、わたしが次期領主であっても王族の要望を撥ね退けるのは難しかっただろう。

「ローゼマインが次期アウブとなって婚約解消できるならば、私は自由だった。ライゼガングは自分の望みが通ったことに満足して、私が生きようが死のうが、領主候補生だろうが何だろうが、気にもしなかったはずだ。だが、ローゼマインが王の養女になっていなくなるのであれば、エーレンフェストはどうあっても荒れる。私はどうすれば良いのだ⁉」

先が見えず、自分の立場や命さえ失う可能性があるのは、ひどく不安なことだ。それはわかる。ジルヴェスターが自分を見据えるヴィルフリートを深緑の目で見つめる。

「……どのようにでも生きれば良いのだ、ヴィルフリート」

「え？」

「次期アウブにならないのであれば、ライゼガングの掌握は別に其方の仕事ではない。わざわざ矢面に立ちに行かなくても私やブリュンヒルデ、それから、次期アウブを目指す者に任せれば良いだけだ。領主一族としての責任さえ忘れなければ、それ以上の余計な責任など負う必要はなかろう。そんな荷物は役目を負っている者に放り投げてしまえば良い」

ヴィルフリートは鳩が豆鉄砲を食ったような顔になった。

「一年後、ローゼマインとの婚約が解消されれば其方は自由だ。ボニファティウスのように領主候補生としてエーレンフェストを支えることもできるし、五年先であれば他領へ婿に出ることもできる。今、エーレンフェストに不足しているギーベになっても良いし、ローゼマインのようにエーレンフェストに新しい産業を生み出しても構わぬ。騎士コースの中の好きな講義を受講して、ボニファティウスやフェルディナンドのように騎士団長になることもできよう。もちろん、ローゼマインと比較されない状態で、次期アウブを目指したいと望むならば目指せば良い」

フロレンツィアがシャルロッテに道を示したように、ジルヴェスターがヴィルフリートに思いつくままの将来を示していく。

「ヴィルフリート兄様は何になりたいのですか？」

「……私は……何に？」

「この一年間は現状維持することになっています。その間に自分がどのように生きたいのかを考えて過ごせば良いのではありませんか？　何をするにも準備は必要ですもの。一年間を有効利用するのはどうでしょう？」

わたしの提案にヴィルフリートは「私に其方の婚約者など無理だぞ」と懐疑的な目を向ける。

「お互い様です。ヴィルフリート兄様がわたくしを婚約者として見ることができなかったように、わたくしもヴィルフリート兄様を婚約者として見ることはできませんでした。婚約者に対してどのように接するのが正解なのかも知りません。婚約者らしく振る舞えと言われるのが、正直なところ、とても苦痛でした」

望んだ婚約でもないのに周囲から恋の話を強要されるのも、どのようにするのかわからないのに婚約者らしく振る舞えと言われるのも、決して良い気分ではなかった。

「でも、これから一年間、兄妹（きょうだい）としてならば過ごせると思うのです」

婚約者は無理だけれど、そこそこ仲良しの兄妹ならば今までにできていたことだ。わたしは「ヴィルフリート兄様は兄妹でも嫌ですか?」と手を差し出す。

しばらくわたしの手を見つめながら考えていたヴィルフリートが、フッと表情を緩めてわたしの手を握った。

「……そうだな。私も婚約者としての其方といるのは苦痛だが、妹としての其方ならば特に何も思わぬ。現状維持に見せかけながら、その先を探るとしよう」

側近達の選択

何か色々と理不尽なことも、反論したいことも言われたけれど、ひとまずヴィルフリートが一旦爆発して、一年間の現状維持を呑み込んでくれたことにホッとした。この後はヴィルフリートがどのような道を選ぶにせよ、ジルヴェスターとフロレンツィアが見守ってくれるだろう。もうわたしには関係がないことだ。

「では、わたくしもお部屋に戻りますね。側近達に身の振り方を考えてもらわなければなりませんから」

「あぁ、そうだな。名捧げ以外の未成年は親の許可がいる。一年間は現状維持であること、情報漏洩の観点から、基本的には置いていく方向で考えた方が良かろう。どうしても其方に仕えたいというならば、成人してから中央へ入ってもらえば良い」

ジルヴェスターの言葉に頷き、扉に向かおうと一歩踏み出したところで尋ねておかなければならないことを思い出した。

「……あの、養父様。わたくし、フェルディナンド様にお手紙を書きたいのですけれど、よろしいですか？　まだ我慢しなければなりませんか？」

現状維持でもヴィルフリートの婚約者として振る舞う必要がないならば、お手紙くらいは許してほしいと思う。ジルヴェスターは「ここまで周囲に言われてもまだフェルディナンドか」と呆れたような顔になったけれど、内容を確認することを条件に許可してくれた。

「……其方は本当に叔父上が好きだな」

わたしと一緒に扉へ向かうヴィルフリートが溜息混じりにそう言った。

「好きは好きですけれど、ヴィルフリート兄様がヴェローニカ様を大事に思って心配するようなものだと思いますよ。洗礼式以前の幼い頃から面倒を見てくださった家族同然の師が、そう簡単には会えないところへ王命で向かうことになり、近くに寄れば回復薬の匂いがするほどに薬を常用しながら執務をする環境に行ったのですもの。心配にもなります。領地対抗戦の時にお茶会室で泊まった時も回復薬の匂いがしたでしょう？」

わたしの言葉に、ヴィルフリートは少し困った顔になった。

「叔父上はいつも薬の匂いがしているが、調合した匂いなのか、常用している匂いなのか、判別などできぬではないか」

「え？　判別できないのですか？　ヴィルフリート兄様はご自分で調合する機会が少なすぎるのではありませんか？　調合時と常用している薬の匂いくらいは判別できるように練習しておかなければ、必要な時に必要な物を調合することができませんよ」

回復薬もお守りも作れなければ困るだろう、とわたしが言うと、ヴィルフリートはものすごく嫌そうな顔になった。

「ローゼマイン、これは兄としての忠告だが、其方は常識がおかしい。普通の領主一族は自分で調合などあまりせぬ」

「え？　フェルディナンド様はいつも自分でお薬やお守りを作ってくれましたけれど……」

「叔父上は趣味が研究や調合であろう？　領主一族の常識ではない」

あまりにも当たり前の顔で言われ、わたしは自分の常識が崩れていくのを感じながら確認する。

「そんな……。では、一応側近にも教えておくが、自分の薬くらいは自分で作れるようになっておかなければならぬ、と言われたのは常識の範囲に入りますか？」

「作れるに越したことはないし、いざという時のために覚えておくべきだとは思うが、日常的に作るのは文官の役目であろう？」

神殿の工房にフェルディナンドが一人で籠もることはあっても、ユストクスを入れることはなかったし、ユストクスが日常的に薬を運んでくるようなこともなかった。日常的に自分が使う薬を自分で作るのは当然だと思っていたが、どうやら違ったらしい。

……やっぱりフェルディナンド様の基準はおかしかったんだ！

異世界の常識に平民時代の常識が加わって、ただでさえわたしの常識はずれていておかしいのに、貴族の基準にしていたフェルディナンドが一般的な貴族からずれていたとは思わなかった。

……いや、前々からちょっと怪しいとは思ってたんだよ。でも、こうハッキリと言われるとね。

「だいたい何のために側近の文官がいるのだ？」

「わたくしの文官の主な仕事は、神殿の執務と写本と貴族院で物語を集めるのと新作を書くことですね。お薬やお守り作りは難しいですし、フェルディナンド様のレシピを簡単に外には漏らせませんし、結構魔力が必要ですから」

フィリーネやローデリヒにわたしの回復薬を作らせるのは技術的にも魔力的にも難しいし、ハルトムートには神殿業務を優先してもらいたい。

「文官に調合の機会も与えた方が良いぞ。領主一族の側近なのに、実技の点数が低すぎるという結果にならぬか？」

「……下級貴族と中級貴族ですから、そういうものだと思っていましたけれど、少し見直した方が良いかもしれませんね」

書類仕事は文句なく優秀だが、調合は魔力を使うという点でフィリーネとローデリヒに頼ろうと思ったことはない。わたし自身が文官でもあるので、調合は基本的に自分でしてきたけれど、ちょっと認識を変えなければならないかもしれない。

「ローゼマイン様」

シャルロッテ達が出てきたのに、なかなかわたしが出てこないので心配していたらしいコルネリウスが駆け寄ってきた。一緒にいるヴィルフリートに少しばかり警戒の目を向けつつ、わたしの様子を確認しているのがわかって何だかくすぐったい気持ちになる。

「お部屋に戻ります。大事な話があるので、側近を全員集めてくれますか？……オティーリエ、ブリュンヒルデにも声をかけてくださいませ」

「かしこまりました」

部屋に戻ったわたしは集まった側近達に向き合った。

「貴方達には身の振り方を考えてもらわなければならないので教えますが、極秘事項です。決して他に漏らさないようにしてください」

「はい」

皆が返事をするのを見た後、わたしは口を開く。ちょうど一年後、来年の領主会議の頃に領主との養子縁組を解消し、王と養子縁組をして中央へ向かうことになると告げた。

「王族の都合でご破算になる可能性もあるのですけれど、中央へ移動する可能性が高いと認識してほしいと思っています」

突然のことに皆が軽く目を見張った。ハルトムートだけはまるで予想していたような顔で「ヴィルフリート様はどうなるのですか？」と尋ねる。

「アウブとの養子縁組を解消した時点で婚約解消になります。この一年間は現状維持です」

「それを受け入れてくださったのですか……」

ハルトムートは少し意外そうな顔になったので、ヴィルフリートが受け入れるとは思わなかったのだろう。何やら考え込んでいるハルトムートからブリュンヒルデにわたしは視線を向ける。アウブの第二夫人という選択をした彼女はどう考えても中央へ来られない。

「わたくしを支えるためにと言って、養父様の第二夫人になる決意をしてくれたブリュンヒルデには申し訳なく思います。けれど、髪飾りや食事などの流行を下町の職人ごと守って、更に貴女の考えた新しい流行も加えてエーレンフェストを発展させていってほしいのです」

全て平民に押し付ければ良いと言っていたブリュンヒルデは、命じれば何でもできるものではないことを知った。平民の商人達との会合に出て、お互いの都合を合わせられるようになっている。そんな彼女が領主一族として残ってくれるのは心強い。

「わたくしは自分で決意したことですから構いません。エーレンフェストのために全力を尽くすだけです。けれど、ベルティルデはどうしましょう？」

「この冬に一度わたくしが正式な側仕え見習いとして扱いましょう。そうすれば、エーレンフェストに残す側近達と同じように扱うこともできますし、春からブリュンヒルデに仕えるために冬はわたくしとブリュンヒルデの下で経験を積むという形にもできます。ベルティルデの経歴等を考えて、姉である貴女が導いてあげてくださいい。……側近でない場合は情報を流すことができないので、説明などは難しいと思いますけれど」

「かしこまりました」

教育のために出入りしていたけれど、まだ正式に側近となっていないベルティルデの姿はここにないし、情報も流せない。ブリュンヒルデに対応してもらうしかないだろう。

領地に残ることがわかっているブリュンヒルデとの話を終えると、わたしは不安そうな側近達を見回した。

「このような時世ですから、名捧げをしている未成年をエーレンフェストに置いておくことはできませんし、受け入れを王族に許可してもらっています。それ以外の未成年は何に関しても親の許可が必要なのでエーレンフェストに残り、希望者は成人後に中央へ移動してもらう予定です」

わたしはそう言いながら名捧げ組を一人ずつ見つめる。

「ローデリヒ、マティアス、ラウレンツ、グレーティアの四人、名を受けた者は一緒に中央へ来てもらいます。最初からエルヴィーラに名を捧げたいと言っていたミュリエラ以外は全員、一生面倒を見る覚悟を持って名を受けました。貴方達の命を預かった以上、放り出す気はありません」

わたしの言葉にマティアスが少し表情を緩めた。

「恐れ入ります。私も一生ついて行くつもりで名を捧げていますから、名を返すと安易に言われずによかったと思います」

「両親の手が伸びることがないというだけでも、中央行きはありがたいです」

家庭の事情が複雑なローデリヒとグレーティアもホッとした顔になった。しかし、ラウレンツだけは安堵という顔ではなかった。

「孤児院にいる弟が心配ではありますが、名を捧げた以上、主の言葉には従います」

「……さすがにベルトラムを連れていくのは無理でしょうね。洗礼式の前に連れ出してしまうと貴族になれませんし、洗礼式を終えたところで貴族院に入って正式に見習いになれる年でもない幼い子供をわたくしの側近にはできませんから」

色々な意味でエーレンフェストより危険度が増す中央なのに、保護者のいない洗礼式直後の子供を連れていくことに対する責任は負えない。

「わたくしの後任としてメルヒオールが神殿長になることが決まっています。わたくしの神殿の側仕えも置いていくので、孤児院の扱いがいきなり悪くなることはないでしょう」

「ご配慮、ありがたく存じます」

ラウレンツが両腕を交差させて跪く。話に区切りがついたことを感じたらしいローデリヒが軽く挙手をして「中央へ移動した場合、貴族院ではどのような扱いになりますか？」と質問した。それは未成年の側近達にとって気になることかもしれない。フィリーネが少し身を乗り出した。

「中央の貴族の子供達は親元の領地から貴族院へ行くことは知っていますね？　ですから、わたくしの側近として中央へ行った未成年は、貴族院の期間はエーレンフェストの寮で過ごすことになります。情報交換という面でも活躍してくれることを願っています」

納得の表情で頷くローデリヒとグレーティアに視線を向けていたフィリーネが、何かを考え込むように頬に手を当てる。そこにずいっとハルトムートが一歩前に出てきた。

「ローゼマイン様、どうか私の名も受けてください」

「ハルトムート、わたくしが望まないならば捧げないと以前に言いませんでしたか？」

「気が変わりました。ローゼマイン様が中央に移動するという重要な局面で、連れていく人員として最初に名を挙げられるのが名捧げをした者ならば、私もそこに入ります」

最初に挙げられた中に自分の名が入っていなかったことが不満なので名捧げをするなんて言い出すとは思わなかった。予想外のことにわたしは慌てて名捧げを思い止まらせようと口を開く。

「あの、あのね、ハルトムート。名を捧げた彼等には選択肢がなくて、ハルトムートには選択肢があるというだけのことで、優先度とかは特に考えていなかったのですよ。……えーと、ハルトムートには無条件の信頼というか、確信があるというか……その……」

ハルトムートがついて来ないという考えが思い浮かばなかったとは本人に言えず、ちょっと言葉を濁した。ハルトムートは爽やかな笑みを浮かべながら「その無条件の信頼が曲者です」と言う。

「アウブ・エーレンフェストや他の貴族達が困ることが目に見えている以上、今のエーレンフェストからあまり多くの人員を連れていくことをローゼマイン様は良しとしないでしょう？　そして、私は無条件の信頼を盾に、ローゼマイン様が大事にしている神殿、図書館、商人達を守るため、という名目でエーレンフェストに残される可能性が高いのです」

「確かに残ってくれたら心強いとは思いますよ。でも……」

ハルトムートが残るとは思えない、と言うより先に、ハルトムートがわたしの前に跪いて、わたしの手を取った。

「いついかなる時も、誰に憚ることもなくローゼマイン様にお供したいので、私の名を受けてください。必ず貴女の助けになると誓います」

「そういうことはクラリッサに言ってくださいませ！　婚約者の前で言うことではないでしょう」

わたしが手を引いてクラリッサを指差すと、彼女はさっとハルトムートの隣に跪いて、キラキラとした青い瞳でわたしを見上げた。

「わたくしも！　ハルトムートの名を受けるならば、わたくしの名も受けてくださいませ、ローゼマイン様！」

……え？　なんでそんな反応⁉

「クラリッサ、名を捧げるというのはそんなに簡単に決めることではありません。二人は夫婦になるのですから、わたくしではなく、お互いに名を捧げて愛を誓い合えば良いではありませんか」

婚約者の前で、他の人に名を捧げるなんてどう考えてもおかしいだろう。わたしが指摘すると、二人は跪いたまま顔を見合わせて首を傾げた。

「え？　ハルトムートに名を捧げるのですか？……そのようなことはとても考えられません」

「心から同意します。クラリッサに名を捧げる意味がありません。むしろ、二人でローゼマイン様に名を捧げる方が繋がり合っている気分になれるのでは？」

「まぁ、それは素敵ですね！」

……どこが⁉　ねぇ、どこが素敵⁉　前から思ってたけどおかしいよ、二人とも。もしかしたら、ヴィルフリートに指摘されたようにわたしの常識が間違っているのだろうか。あまりにも二人の意見が揃っているので、ちょっと自信がなくなってきた。

「オティーリエ、あの、この二人の反応は貴族の常識の範囲に入りますか？　婚約者の前で他の者に名を捧げると言ったり、二人で同じ主に名を捧げれば繋がり合っている気分になったりするものなのでしょうか？」

息子とその婚約者を止めてほしいと切実に思いながら、わたしはオティーリエに助けを求めて視線を向けた。オティーリエは三秒ほど無言で微笑んだ後、ゆっくりと首を横に振る。

「貴族の常識ではありません。ローゼマイン様が間違っているわけではございませんから、ご安心くださいませ。ただ……領主会議の間、ローゼマイン様の側に仕えている時間が短かった上に、置いて行かれる可能性がわずかでもあるということで感情が高ぶっているようです。大変恐れ入りますが、ローゼマイン様。名を受ける受けないにかかわらず、その二人はローゼマイン様が中央へお連れくださいませ」

オティーリエはまるで他人事（ひとごと）のような顔で、わたしの前に跪いている二人を見下ろした。連れていかなくても、勝手に来る気がする。多分、気のせいでも何でもないだろう。

「わたくしは夫もいますから中央へお供はできませんけれど、その二人はどこまでもついて行くでしょう。あまりにも暴走した時のために名を受けておくのも一つの手段かもしれませんね」

この二人を一度に抑えるのは骨が折れますから、と微笑むオティーリエを貴族の基準に考えても良いのだろうか。自分の周囲に常識人がいるのかどうか、とても不安になってきた。

「オティーリエ、母親がそのようなことを言っても良いのですか？　名を捧げるのは命を捧げるのも同義なのですよ？」

「名を捧げても捧げていなくても二人の言動に変わりはないと確信を持って言えますから、ローゼマイン様が扱いやすいようになさるのが一番ではないでしょうか？　二人とも成人ですし、自分の発言の責任は自分で取れる年でしょう。見届け役が必要でしたらお声をかけてくださいませ」

……放り出した！　オティーリエがもう考えたくないモードになってる⁉

この二人の手綱を握れそうなオティーリエが諦観してしまったのは大きな誤算だ。わたしが恐る恐る下に視線を向けると、ハルトムートがとても嬉しそうに橙色の目を輝かせている。

……い、いらないって言いたいのに、そんな目で見られたらすごく言いにくい。

「母上からの許可も出たので、ぜひ名を受けてください。すでに素材は集まっているので、明日にでも作ってお持ちします」

……あああぁ！　なんか名捧げをゴリ押しされてる！　わたし、拒否権がないっぽいよ⁉

わたしは周囲を見回し、側近達の誰かが止めてくれないものか救いの手を探してみる。けれど、誰もわたしと目を合わせようとしない。さりげなくハルトムート達からも目を逸らしている。

「コルネリウス、ダームエル」

名指しで助けを求めると、二人は困った顔で一つ溜息を吐いた。

「ローゼマイン様の身に危険が迫っているわけでもない状態で、名捧げのような個人的なことに口出しはできません。名を受けられないならばバッサリと切り捨てれば良いだけです。悩むならば受ければ良いと思いますよ。周囲への被害が減りますから」

肩を竦めたコルネリウスの隣でダームエルもわたしを助けてくれるわけではなく、ハルトムートの名捧げを推奨する。

「コルネリウスの言う通り、できればハルトムートの名を受けていただけると、側近一同、非常に助かります」

「周囲への被害が何かあったのですか？」

わたしが警戒しながら問うと、言い難そうなダームエルに代わってコルネリウスが口を開いた。

「名捧げ側近達にハルトムートが嫉妬してきつく当たるだけです。大したことではありません」

……ハルトムート、そんなことをしてたの⁉

「コルネリウス、余計なことをローゼマイン様のお耳に入れる必要などないと思いませんか？」

「事実ではありませんか。それに、私はローゼマイン様が名を受けてくれるように後押しをしているつもりです」

ハルトムートがニコリと笑うと、コルネリウスもニコリと笑う。黒い笑みを浮かべている二人は何だかとても仲が良いように見える。他の誰からも否定の言葉が出ない以上、コルネリウスが言ったことは本当なのだろう。

「わかりました。受けます。受ければ良いのでしょう」

「いつお持ちしましょう？　やはり早いうちが良いですね」

「ローゼマイン様、わたくしの名もお願いいたしますね！」

「良かったです、本当に……」

「これで少しは落ち着いてくれるのではないか？」

わたしが了承すると、ハルトムート本人だけではなく、周囲の皆が喜んだ。

……名捧げってこんなノリですることだったっけ？　違うよね？　わたし、間違ってないよね？

もう自分が信じられないと思っているところに、フィリーネが「ローゼマイン様、わたくしの名も受けてくださいませ」と進み出てくる。

「わたくしはローゼマイン様に物語を捧げることを誓い、メスティオノーラの御加護を賜りました。わたくし、自分の仕える主をあの時に決めていたのです。それに、エーレンフェストに残されれば実家に戻ることになります。名を捧げなければついて行けないのであれば捧げます。ですから、わたくしも中央へ連れていってくださいませ！」

若葉色の瞳を真っ直ぐわたしに向けてフィリーネは言った。彼女が覚悟を決めた顔は今まで何度か見たことがある。自分で自分の道を必死に切り開いている彼女の決意が固いことはわかるけれど、すぐに受け入れることはできない。

「フィリーネ、コンラートのことはどうするのですか？　名を捧げているラウレンツと違って貴女には選択肢があるのですよ？」

フィリーネは表情を硬くして、一度唇を引き結ぶ。それから、わたしを見つめた。

「コンラートを買い取るつもりです。洗礼前の今ならば、お母様の形見を売れば買い取ることができるでしょう」

「フィリーネのやる気とコンラートを置いて行きたくないという気持ちはわかりますけれど、中央に連れていってどうするつもりですか？」

コンラートは男だ。側近付きの側仕え見習いとしてフィリーネの部屋に置いておくこともできない。幼すぎて中央で下働きとして働かせることもできない。コンラートが孤児院にいる今でも、衣装は周囲からお下がりをもらっていて、貴族院で必要になる学用品や魔石などを揃えるのに苦労しているフィリーネにはコンラートの衣食住を賄う余裕もないはずだ。

「それは……」

フィリーネが助けを求めるようにわたしを見た。けれど、わたしはすでに深入りしすぎだとフェルディナンドから叱られたことがある。これ以上、フィリーネを贔屓して、コンラートの面倒を見てあげることはできない。何より孤児の平民となっているコンラートを中央へ連れていくことが幸せに繋がるとも思えない。

「結論を急ぐことはありません。もう少し時間をかけ、コンラートの望みも聞いてあげて、それから、結論を出すのでも遅くはないでしょう。一年、悩んでみてはどうかしら？」

「……はい」

フィリーネが肩を落として引き下がる。

「ローゼマイン様、私も考える時間をください。ついて行くにしても、結婚前について行くのか、結婚後について行くのかで扱いが変わりますし、それによって夏に結婚してしまった方が良いのかどうかなど考えなければならないことはたくさんあります」

エックハルトから館を譲られていて、結婚準備を始めているコルネリウスがそう言った。レオノーレは「わたくしはコルネリウスに従いますよ」と微笑んでいる。お熱いことで何よりだ。

……あぁ、でも、お父様やお母様にも報告しなきゃね。

カルステッドはわたしが最初に「次期ツェント候補です」と宣言した時にいたし、エーレンフェストの養子縁組を解消するために同意が必要なので事情を知らされている。けれど、エルヴィーラまで話が通っているのかどうかがわからない。

……印刷業務の引き継ぎもあるから、わたしが中央へ行くことは伝えておきたいんだけどな。

ジルヴェスターにまた尋ねてみなければならないだろう。そんなことを考えながら、コルネリウスとレオノーレからいつの間にか距離を置いているダームエルに視線を向ける。

「ダームエルはどうしますか？」

わたしとしては色々な事情を知っているダームエルに来てほしいけれど、エーレンフェストでも下級貴族ということで苦労しているのに強制はできない。下町の兵士達には顔が売れていて頼られているので、ここで下町を守ってもらうのも悪くないとも思う。

「……とてもすぐには決断できません。私も少し考えさせてください」

「わかりました。ユーディットは……？」

わたしが視線を向けると、ユーディットは少し悲しそうに微笑んだ。

「わたくしは多分エーレンフェストに残ることになると思います。キルンベルガへ帰った時に父から婚姻の話を持ち掛けられましたから。成人して中央へ出る許可を得られないでしょうし、名捧げをしてまでついていく勇気は持てません」

未成年は何をするにも親の許可が必須(ひっす)だ。結婚も親が決める。ユーディットは家庭に複雑な事情もない普通の貴族だ。ユーディットとテオドールのやり取りを見れば、仲の良い家族であることがわかる。家を飛び出すようなことはできないだろう。それに、マティアス達のように名を捧げて他人に命を預けなくても生きていける。

「ユーディットは何だか残ることが後ろめたいようですけれど、未成年が残るのも、親の許可が得られないのも、名捧げができないのも普通です。ハルトムートとクラリッサがおかしいのです」

わたしがそう言い切ると、ユーディットは二人を見て納得の顔になった。

「ブリュンヒルデもオティーリエも残るのです。残る選択が悪いわけではありません。ユーディットもエーレンフェストに残って、ブリュンヒルデの力になってあげてくださいませ」

「はい！」

肩の力が抜けたユーディットの明るい笑顔に、わたしはホッと息を吐く。リーゼレータがポンとユーディットの肩を叩き、「一緒に頑張りましょう」と微笑んだ。

「わたくしは跡取り娘ですし、すでにトルステン様と婚約もしています。エーレンフェストからそう簡単には出られません。ローゼマイン様が中央へ行った後はブリュンヒルデの側仕えとなり、エーレンフェストの本を中央へ送る役目をいたしましょう」

リーゼレータがそう言ったことで、何も返事をしていない側近はアンゲリカだけになった。皆の視線が自然と向かう。

「アンゲリカはどうしますか？」

「ローゼマイン様はどうすれば良いと思われますか？」

アンゲリカは首を傾げてわたしに答えを求めた。

……いや、質問してるの、わたしだから。アンゲリカの人生の選択だよ⁉

相変わらず自分で考える気のないアンゲリカに頭を抱えたくなっていると、リーゼレータがクスクスと笑った。

「お姉様はローゼマイン様と中央へ行った方が良いと思いますよ。お姉様がボニファティウス様と本当に結婚することになるよりは両親も安心するでしょうし、中央の騎士団はエーレンフェストよりよほど強いですから」

「行きます」

リーゼレータの言葉にアンゲリカは即答した。けれど、もう少し考えてほしいものだ。アンゲリカの結婚相手を決めるためにカルステッドやエルヴィーラは一族会議を開いたこともある。トラウゴットかボニファティウスと結婚させるという約束は一体どうなってしまうのか。

「アンゲリカ、でも、結婚は……」

「できなくても特に問題ありませんし、ローゼマイン様以外の主に仕えられる気がしません」

……それはそうかもしれないけど、そんなにキリッとした顔で言うことじゃないよ！

アンゲリカの意見をそのまま受け入れて良いのか困っていると、コルネリウスが少し考えた後、兄としての立場で助け船を出してくれる。

「アンゲリカの結婚にはおじい様を始め、我が家の両親が関わっている。中央への移動もアンゲリカの独断で決めない方が良い。ローゼマインが養子縁組を解消するならば、一度くらいは我が家で話をするだろう？　その時にでも両親と話をした方が良いと思うよ」

「コルネリウス兄様の言う通りですね。お父様やお母様の意見も伺いたいです。お父様を通じるのでも、養父様に直接お目通りを願い出るのでも構いません。お母様に王の養女になることをお話ししても良いか、尋ねてくださいませんか？」

下手に文書にすると、他の文官が目を通す可能性もある。事情を知っていて、ジルヴェスターだけではなくカルステッドとも内密の話ができるコルネリウスにお願いするのが一番だろう。

「養父様から了解が得られたら、お父様やお母様と話をするための場を設けてくださいませ。アンゲリカの中央移転についての話し合いをしたいとお願いしてください」

「わかった。こちらのことは任せておいてローゼマインはもう休んだ方が良い。一通りの意見は聞いたので、後は日常業務だろう？」

休めと言われるとは思わなくて目を瞬くと、コルネリウスはダームエルを指差した。

「側近を排した領主一族だけの話し合いは、ずいぶんと疲れる内容だったのではないか？　顔色が良くないとダームエルが会議室から出てきたローゼマインを見て心配していた」

「ダームエルが？」

領主会議から戻ってきて間もないのだから体を休めるように、と言い残してコルネリウスは部屋を出ていく。側仕え達が何も言わないので、別に体調が悪いということはないと思う。何となく不思議な気分になったわたしは、部屋の扉の前に立っているダームエルに近付いた。

「ダームエル、わたくし、顔色が悪いのですか？」

「……顔色というよりは姿勢というか、動きというか……その……」

ものすごく言い難そうに言葉を濁した後、ダームエルは体を屈(かが)めて小声で囁(ささや)いた。

「神殿でフェルディナンド様の後ろをついて歩いていた時のような不安定さが見えたような気がしたのです。余計なお世話であれば申し訳ございません」

「……ダームエルに気付かれるとは思いませんでした」

領主一家の家族らしいやり取りを見て、すごく誰かに甘えたい気分だったのだ。そのせいで、神殿で初めての冬籠もりをした時のような気分になっていたのかもしれない。

「隠し部屋でフェルディナンド様にお手紙を書いてきます」

「それは明日になさってお休みくださいませ。お顔の色が良くありません。フェルディナンド様に叱られますよ」

リーゼレータがお小言シュミルを定位置の暖炉(だんろ)の上から持ってきて作動させる。「側仕えの言うことをよく聞きなさい」という声に何だか体の力が抜けた。他のお小言も聞こうとしたら、リーゼレータにシュミルを取り上げられた。

「お休みの準備をしましょう、ローゼマイン様。お小言の時間は後です」

あれよあれよという間に就寝（しゅうしん）の準備をさせられ、わたしはリーゼレータによってお小言シュミルと一緒に寝台に放り込まれた。リーゼレータはシュミルのぬいぐるみの扱いによほど思い入れがあるのか、「こうして眠ると良いですよ」とわたしの腕に抱えさせて、角度やら位置やらを微調整すると、やりきった満足顔で何度か頷いて去っていく。

そのままわたしはリーゼレータに言われた通り、お小言シュミルを抱えて眠った。寝るまでずっとお小言だったので、無性に図書館の隠し部屋で「大変結構」を聞きたくなってしまった。

カルステッドの館にて

今日はリーゼレータがお休みだ。中央への同行が決定している側仕えがグレーティア一人なので、オティーリエによる引き継ぎと教育が始まっている。それを横目で見ながら、わたしは隠し部屋に入ろうとした。

「おはようございます、ローゼマイン様。私の名を受けてください」

「本当に一晩で準備したのですか……」

ハルトムートが「爽やか」と「気持ちが悪い」のちょうど境目くらいの笑顔で名捧げの石を差し出す。見届け役を務めるはずのオティーリエが嫌そうにそっと視線を外したのがわかった。

……オティーリエ！　見届け役が目を逸らさないで！　わたしなんて正面から見てるのに！

皆が苦痛の表情を浮かべる名捧げで、ハルトムートはわたしの魔力に縛られながら「これがローゼマイン様の魔力ですか」と恍惚の表情を浮かべる。その表情があまりにも怖くて、わたしは涙目になりながら一気に魔力を叩きつけて、できるだけ早く名捧げを終わらせた。

……うぅ、苦しいはずなのに上機嫌でうっとりしてるハルトムートが怖いよぉ。

「クラリッサは素材が手元にないので、まだ先になりそうです。とても悔しがっていました」

「そうですか……」

こんな疲れる思いを一日二回もしたら寝込んでしまいそうだ。クラリッサの素材が集まっていなくて幸いだった。

「わたくし、隠し部屋でお手紙を書いてきますね」

「かしこまりました。私は少し情報を得るために出ますが、よろしいですか？」

「お願いします」

上機嫌のハルトムートから距離を取って隠し部屋に入ると、消えるインクを使ってフェルディナンドに手紙を書いた。

領主会議の間、地下書庫で現代語訳を頑張ったご褒美として、連座回避と隠し部屋の獲得に成功したこと。夏の葬儀の時にジルヴェスターと王族に隠し部屋を与えられたか確認してもらうこと。前ギーベ・ゲルラッハが持っていたらしい銀の布とエーレンフェストの騎士がシュタープ以外の武器を常備することになったこと。オルタンシアがディートリンデに言っていた意味のわからない言葉も書いてみた。

……王の養女になることも、次期ツェント候補ってことも書かずに必要な情報だけ上手く書けたんじゃない？

他領には情報を漏らすなという言いつけを守れている文章か何度も確認して一度頷く。これならば問題はないだろう。

表にはアウブ・アーレンスバッハが亡くなったことに対する弔辞（ちょうじ）といつも通りの体調を心配する文面、夏の葬儀の時にジルヴェスターに荷物を届けてもらうこと、レティーツィアへのお菓子も一緒に入れておくことなど、誰に読まれてもそれほど奇異には思われない内容を書いた。

インクを乾かすために手紙を置いたまま隠し部屋を出るとコルネリウスがいて、わたしが出てくるのを待っていた。

「ローゼマイン様、母上より伝言です。引き継ぎ等を考えると、なるべく早くお話をした方が良いですね。明日の夕食にお招きしたいのですけれど、ご都合はいかが？　夜は我が家で泊まっていきなさい、だそうです」

わたしはオティーリエに夕食とお泊まりの予定で手配を頼み、明日は久し振りに実家へ戻ることになった。

実家に帰るまでの間に、わたしはあちらこちらへ向けて手紙を書いた。

イルクナーのブリギッテに向けてはできるだけ多くの魔紙を準備して、できるだけ早く城へ持ってきてほしいと頼んだ。

わたしの図書館にいるラザファムには領主会議中にフェルディナンドから手紙が来たことと、フェルディナンドの荷物の管理がジルヴェスターに移ったので、夏の葬儀の時に持っていく荷物についてジルヴェスターと話をしてほしいこと、連座回避と待遇改善の要求が通ったことを書く。

神殿には春の成人式までに戻ることを伝え、忙しい商人達には今年の領主会議の報告を手紙ですませることにした。去年と違って取り引き枠が増えたわけでもないので、話し合うことはほとんどない。むしろ、グレッシェルの改革に向けての準備を頑張ってもらわなければならない。

……ただ、中央へ向かうことをベンノさんだけには伝えたいんだよね。ルッツは今、キルンベルガだし……。

極秘事項になるので、こっそりと呼び出して孤児院長室の隠し部屋で行うことにする。名捧げの側近達が増えたので、口外を禁じて同席させることは可能だろう。

「おかえりなさいませ、ローゼマイン様」

コルネリウス、レオノーレ、アンゲリカ、リーゼレータと一緒に実家へ帰れば、実家の側仕え達が出迎えてくれた。

お休みのはずのリーゼレータが一緒にいるのは、エルヴィーラから招待されたせいだ。アンゲリカに尋ねても無駄なことをエルヴィーラは嫌というほど知っている。それに、詳細な事情を口外できない以上、アンゲリカの両親に意見を求めることはできない。そのため、わたしの側仕えで事情を知っていて、跡取りとして一族の意見を述べられるリーゼレータが招待されたのだ。

……アンゲリカも一応招待されてるけど、お母様はきっとリーゼレータがいればアンゲリカは必要ないって思ってるよ。

夕食会の場にはボニファティウスもいた。給仕の側仕えが行き交う食事の場では当たり障(さわ)りのないことが話され、領主会議で話されていた印刷関係の報告やこれから先の印刷業務についての話が中心になっていた。

食後は別室に移動し、側仕え達はお茶やお酒の準備をすると退室していく。それを確認した後、範囲指定の盗聴防止の魔術具を作動させると、カルステッドが切り出した。

「アウブの許可が出た時点で、エルヴィーラには全て話した。改めての説明は不要だ。……アンゲリカをどうするかという話だったな」

「そうです。エックハルト兄様との婚約解消でアンゲリカの評価に傷をつけないように、埋め合わせとしてトラウゴットかおじい様に嫁ぐことになっていたのですよね？」

わたしの言葉にボニファティウスは「アンゲリカを娶(めと)れるようにトラウゴットには早く成長してほしいものだ」と呟いた。さすがに孫世代で孫娘の側近を娶るのは気が進まないらしい。

……おじい様、トラウゴットに自分を超えてほしいと思うんだったら、御加護の再取得をしない方がよかったんじゃない？

「でも、アンゲリカ本人は中央への移動を希望しています。貴族の関係上、輿入(こしい)れのお約束がどのような扱いになるのか、アンゲリカを護衛騎士としてわたくしが勝手に連れていって良いのかどうか、お父様やお母様に確認しなければならないと思ったのです」

エルヴィーラはわたしが勝手に判断しなかったことを褒め、リーゼレータに視線を向けた。

「貴女の一族はどのような見解になると思いますか?」

「エックハルト様との婚約も、解消による穴埋めも、中級貴族の我が家にとって恐れ多いことでした。ですから、これから一族の引き立て等で穴埋めをしてくださるのであれば、お姉様の婚姻について望むことは特にございません。王の養女の側近も光栄なことですし、お姉様は中央騎士団との訓練をすでに楽しみにしています。可能であれば、本人の希望を叶えていただきたいです」

リーゼレータはそう言いながらアンゲリカを見た。彼女はニコリと微笑んで頷いている。アンゲリカに普通の貴族の令嬢としての反応を求める無意味さを知っているエルヴィーラは、あっさりと中央へ向かう許可を出してくれた。

「アンゲリカが中央行きを望むのであれば、護衛騎士として中央へ向かってもらいます。その後の補填については一年後に貴女の両親も含めて考えましょう。……コルネリウスとレオノーレはどうするつもりですか?」

エルヴィーラがコルネリウスとレオノーレに尋ねると、ボニファティウスがお酒の入った杯をテーブルにダンと置いた。

「中央へ行け! そして、ローゼマインを守るのだ!」

「あの、おじい様。お母様は二人の希望を尋ねているのですけれど……」

わたしがすでに酔っているような大声を出しているボニファティウスに声をかけると、ボニファティウスはくわっと目を見開いた。

「本当は私が行きたいのだぞ、ローゼマイン！　だが、領主一族は護衛騎士にもなれぬし、中央へ行けぬ。誰が決めた⁉」

「結婚以外で中央へ移動できないことを決めたのは昔のツェント、ゲゼッツケッテですよ、おじい様。法律の座学で試験に出ました」

「ゲゼッツケッテ王め、余計なことを！」

ボニファティウスの怒りがはるか昔のツェントに向かうのを見ていたカルステッドは、困った顔で溜息を吐いた。

「コルネリウスが中央へ行ってくれればローゼマインの周囲は安心だが、騎士団の穴を考えると、少々頭が痛いな」

フェルディナンド、エックハルトの二人が欠けた冬の主の討伐（とうばつ）で、コルネリウスがかなり活躍したらしい。ここでコルネリウスが欠けると大変なことになるそうだ。

「では、コルネリウス兄様とレオノーレはエーレンフェストに残った方が……」

「いや、ローゼマイン。そのような気遣いは無用だ」

わたしが引いたところで、ボニファティウスが首を左右に振った。

「其方がダンケルフェルガーの古い儀式を蘇（よみがえ）らせたことで、複数の神々から御加護を得て戦いに挑（いど）めるようになった。其方の考案した魔力圧縮で騎士達の魔力も少しずつ増えている。貴族院で祈りの有用性が示され、領主会議で御加護の再取得もできるようになった。本人の努力によって、個人個人が強くなれるし、これから成人する騎士達は質が向上するであろう。それに、今回の領主会議の期間に採集地で得られた素材があれば、回復薬や魔術具を作ることも容易ではないか。エーレンフェストの戦力不足はローゼマインの護衛を減らす理由にならぬ」

強くなろうと思えばなれるのだから、エーレンフェストの騎士が一層の努力を重ねれば良い、とボニファティウスは言い切った。

「そうですよ、カルステッド様。ボニファティウス様のおっしゃる通りです。それに、王の養女として中央へ向かう娘の護衛騎士に全く上級騎士がいないというのも情けない話ではありませんか。それまで実の兄が護衛騎士の任に就いていたことは、貴族院でも知られているのですから、わたくしはコルネリウスに中央へ向かってほしいと思っています」

「エルヴィーラ、しかし……」

アウブの護衛騎士としてエーレンフェストの騎士の事情に恐らく一番詳しいカルステッドの言葉をエルヴィーラは一蹴した。

「ローゼマインに最も護衛が必要な時について行けなくて何が護衛騎士ですか。コルネリウスが自分で選んだ主です。騎士が主を守れなくてどうします？　兄なのにローゼマインを動かすことができないのかとか、ライゼガングを抑えられないのかとヴィルフリート様から八つ当たりを受けているランプレヒトでさえも護衛騎士として主を守っているのです。岐路に立った時に主を見捨てるような中途半端な騎士を育てた覚えはありません」

騎士の家系で息子を育ててきたエルヴィーラらしい言葉に、コルネリウスは表情を引き締めて頷いた。

「私も基本的には中央へ向かいたいと思っています。領主会議の時の王族や中央騎士団の様子を見て、何の守りもない状態でローゼマインを向かわせられるところではないと思ったので」

「えぇ。トルークの使用者は罰せられたようですけれど、所持者は見つかっていないようなので、警戒は必要だと思います。トルークの匂いに敏感なマティアスが同行するのは心強いですね」

コルネリウスとレオノーレの意見は同行に向いているらしい。ただ、結婚のタイミングをどうするのかが問題だそうだ。コルネリウスにはエックハルトから預かった館もある。

「結婚するとレオノーレは仕事を辞めることになりますから、当初の予定通りに二年の準備期間を設ければ良いでしょう。中央へ行って一年以内にローゼマインの周囲に置けそうな女性騎士を探すようになさい。エックハルトの館はわたくしが管理します。貴方やエックハルトが戻って来た時にいつでも使えるように……」

エルヴィーラの言葉にコルネリウスが小さく笑って、「ジークレヒトが成人してから与えるのでも良いかもしれませんね」と、ランプレヒトとアウレーリアの子供に譲ることも提案する。

「気の遠い話ですこと。あの子はまだようやく這い始めたくらいですよ」

「お母様。わたくし、ジークレヒトにはまだ会ったことがないのですけれど……」

本当は今日ちょっとでも会えるかと期待していたが、夕食会にはランプレヒトとアウレーリアの姿がなく、赤ちゃんを見ることもできなかった。

「粛清でアーレンスバッハから同時に来たベティーナが捕らえられ、周囲の緊張感が高まりましたからね。我が子を守るためにアウレーリアも少し神経質になっているのです。彼女にとって見知らぬ側近をたくさん引き連れた貴女は少し会いにくいでしょうね。でも、貴女の贈り物は喜ばれていますよ。後でその話もしましょう。今は貴女が中央へ向かう準備を優先しなければ、ね」

エルヴィーラはわたしに連れていく側近が誰なのか尋ねる。わたしはすでに確定している者、保留中の者、残留が決定している者に分けて答えた。頷きながら聞いていたエルヴィーラは、深い息を吐きながらリーゼレータを見た。

「いくら何でも側近に入ったばかりのグレーティア一人では側仕えが少なすぎます。側仕えは最も身近で生活を支える側近ですから、よく慣れた者がいなければローゼマインは自室においても全く気が休まらないではありませんか。リーゼレータは向かえないのですか？」

「お母様、リーゼレータは跡取り娘で、ヴィルフリート兄様の文官のトルステンとすでに婚約もしているのです。エーレンフェストからは出られなくて……」

リーゼレータが責められないようにわたしが先に説明をすると、エルヴィーラは呆れた顔になって首を横に振った。

「情報を伏せることを強いられ、親にも婚約者にも相談できない状態ではリーゼレータもそう答えるしかないでしょう。それに、貴女のことですから皆の希望を尋ねただけで、自分の希望は述べてもいないのでしょう？」

「それは、そうですけれど……。だって、わたくしが希望を述べてしまったら命令になるではありませんか」

身分の上の者が望めば、下の者は逆らうことができない。だから、わたしは皆の希望を聞くだけで、自分の希望を口にしていない。

「相手を尊重するのも大事ですけれど、貴女が自分の希望を伝えることも大事なことですよ。主から望まれているという確信が持てないのに、中央へ移動するのは下の者にとって大変なことです。貴女がリーゼレータを必要としていて、尚且つ、リーゼレータに応じる気があるならば、わたくしが根回しいたします」

　エルヴィーラの言葉にわたしはリーゼレータを見た。本当は一緒に来てほしい。わたしが貴族院に入学した時からずっと付いていてくれた側仕えで、普段の仕事は地味だけれど痒い所に手が届くようなすごい仕事ぶりをしてくれている。一緒にいてくれたら、すごく安心すると思う。

　でも、リーゼレータは希望を聞いた時に迷うことなく残留を決めた。今もいつも通りのニコリとした笑顔だけれど、アンゲリカと違って中央行きを望んでいるかどうかはわからない。わたしが希望を言ってしまったら、姉妹揃って婚約が壊れてしまう可能性だってある。

「ただでさえ人材不足のエーレンフェストからそんなに連れ出すわけにもいかないでしょう？　わたくしの側近は全員とっても優秀なのですよ。第二夫人になるブリュンヒルデを支えてもらって、エーレンフェストのために……」

「お黙りなさい。いくら優秀とはいえ、基本的に神殿に籠もっているローゼマインの側近が抜けたところで、城の日常業務に大した支障はありません。中央で派閥を作るために大幅に引き抜きをかけるならばともかく、自分の側近を連れていくことに何の問題がありますか」

　側近を連れていくかどうかは個人的な事情を考慮するもので、領地全体の問題ではないと言われた。更に、王の養女として中央へ向かうのに最低限の側近さえ揃えられないようでは、エーレンフェストはもちろんのこと、わたしも周囲から侮られることになると言われた。

「自分の身と心を守るために必要だと思う者は連れていきなさい。そのためには自分の希望を伝えて真摯に願いなさい。双方の望みが一致すれば、周囲に対する根回しはわたくしがいたしましょう。わたくしは貴女の母ですよ。娘の希望の一つくらい叶えます。さぁ、リーゼレータから中央に行っても良いという言葉を引き出しなさい」

わたしはエルヴィーラに背中を押され、リーゼレータの前へ連れていかれた。ボニファティウスとカルステッドが「頑張れ」と言わんばかりの顔でこちらを見ていて、コルネリウスがニヤニヤと楽しそうな顔をしている。レオノーレもとても微笑ましいものを見る顔だ。リーゼレータはニコニコとしながら、わたしの言葉を待っていて、リーゼレータの隣に座っているアンゲリカはいつも通りの笑顔である。

……何、この公開告白⁉　わたし、この中でリーゼレータに中央へ来てほしいって言うの⁉

皆からの視線を浴びて、顔が熱くなってきた。もうすぐにでもダッシュで逃げ出したくて、勝手に目が潤んでくる。こんな状態でリーゼレータに「来てほしい」と言って「行きません」と答えられたら、絶対に立ち直れない。

「お母様ぁ……」

「相手の了解を得るのは貴女の仕事です。しっかりしなさい」

明らかに面白がっているような顔でエルヴィーラはわたしから離れて自分が座っていた席に戻っ

ていく。とりあえず何か言わなければ、わたしはこの場から動くこともできない。

「うぁ、あぅ……。あのっ！　リーゼレータ！」

「はい、何でしょう？」

何だかリーゼレータもすごく楽しそうだ。ニコニコと細められた濃い緑色の瞳がちょっといじめっ子のような表情になっている気がする。でも、リーゼレータがわたしの言葉を待っている表情にもほんのりと照れが混じっていて、迷惑がられたり困ったりしている顔ではない。お互いに照れているため、ものすごく恥ずかしいのだけれど、リーゼレータが受け入れてくれそうな雰囲気を察したことで何となく勇気が出た。

一度息を吸うと、わたしは一気に言葉を吐き出す。

「わ、わたくし、リーゼレータが一緒に中央へ来てくれたら……すごく心強いのです。リーゼレータが嫌な思いをしたり、お仕事をしにくかったりすることがないようにできる限り守りますし、それに、それに、お給料も上げますし、お部屋でシュミルを飼ってもいいですし……。ですから、その、一緒に来てくださいませっ！」

とりあえず思い浮かんだことは全部言った。何だか頭は真っ白だけれど、やりきった。

ハァ、とわたしが息を吐くと、リーゼレータは嬉しそうに笑って、わたしの目尻の涙をそっと拭ってくれる。

「我が家の問題が片付くのでしたら喜んで」

リーゼレータが受け入れてくれたのが嬉しくて笑っていたら、コルネリウスが近付いてきて、わ

たしの手を取った。ニヤニヤと愉しそうに笑いながら、まだ熱さの引いていないわたしの顔を覗き込む。

「ローゼマイン、私にもリーゼレータと同じような言葉をかけてほしいな」

「もう無理ですっ！」

母と娘

恥ずかしかった公開告白を終えると、アンゲリカ、リーゼレータ、レオノーレは帰宅しなければならない時間になった。話し合いは終わりだ。三人をコルネリウスとボニファティウスが手分けして送っていくのを、わたしは玄関で見送る。

「お母様、わたくしも自室に戻りますね」

「待ってちょうだい。少し貴女の部屋でお話をしましょう」

エルヴィーラはそう言ってわたしの自室へ向かう。この家の自室を使う期間は本当に短かったけれど、いつでも使えるように整えてくれていることが素直に嬉しい。

「ローゼマインはここで隠し部屋の登録をしていなかったでしょう？　こちらへいらっしゃい。貴女の年になれば親と使う物ではないのですけれど、一度くらいは一緒に使いましょう。貴女が自分の子供と一緒に登録する時にその方法を知らなくては困りますからね」

……フェルディナンド様と一緒に神殿の隠し部屋の登録をしたことがあるので大丈夫ですよ、とは言わない方がいいよね。どこからかメモ帳が出てきそうだもん。

エルヴィーラが目を輝かせる様子があまりにも簡単に思い浮かんだので、わたしは「ありがとう存じます」とお礼だけを言って、余計なことを言わずに隠し部屋の登録を行う。寝台の奥にある扉の魔石に手を重ねて一緒に魔力を流しながら、エルヴィーラは懐かしそうに目を細めた。

「本当は洗礼式前……新しい家に連れて来られた貴女が精神的に不安定になった時に、母として準備してあげようと思っていたのです。けれど、フェルディナンド様が二日か三日おきに様子を見に来てくださったおかげで、貴女は見知らぬ家に来て、見知らぬ者を家族と呼ぶことになったのに、特に不安定な様子を見せなかったでしょう？　母になったばかりのわたくしと隠し部屋を使うより、フェルディナンド様といる方が安心するように見えたので、作りそびれてしまったのですよ」

自分の手に重ねられたエルヴィーラの手が温かい。何となく面映（おもは）ゆい気持ちで魔力の線が走り、隠し部屋が作られていく様子を見つめる。わたしがこの家に来たばかりの頃もエルヴィーラは本当に自分の娘として受け入れるための心構えをしてくれていたのだな、と改めて思った。

できたばかりの殺風景な隠し部屋に椅子を二脚とテーブルを側仕えに入れてもらい、お茶の準備をしてもらう。隠し部屋での二人だけのお茶会だ。

「何から話しましょうか。……そうね、先程は話さなかったダームエルとフィリーネについての話から始めましょう」

「ダームエルとフィリーネですか？」

あの場で敢えて話さなかった理由がわからなくて首を傾げると、エルヴィーラは微笑んだ。

「あの場でわたくしが話してしまうと、決定になると思ったのです。側近のことを決めるのは主の役目ですからね。わたくしはただ自分の要望を伝えるだけなので、貴女は自分で判断なさい」

少し砕けた口調でそう言うと、エルヴィーラは「ダームエルとフィリーネはエーレンフェストに置いて行ってくれないかしら？」と言った。

「理由はいくつかありますけれど、二人に共通する理由としては、中央に下級貴族はほとんどいないので、身の置き場がない状態がエーレンフェスト以上になるのです」

エルヴィーラによると、上級貴族や中級貴族が連れていく側仕えの中には下級貴族もいるけれど、騎士や文官として中央へ行った下級貴族の話は聞かないらしい。まして、王族の側近となれば皆無だそうだ。

グーテンベルクを移動させるのも中央の状況を見てからと考えているのだから、下級貴族の二人を移動させるのも様子を見てからにした方が良いらしい。

「それから、下町と上手く連絡の取れる者、貴女のやり方を体得している者を少しでも長く残してほしいのです。ローゼマインが欠けることで貴族の意識が昔に戻るのではないかという懸念が大きいのですよ」

下町と上手く連絡が取れて、わたしのやり方を理解している貴族はまだ多くない。この一年で引き継ぎをするつもりだけれど、貴族達の意識をすぐに切り替えるのは難しいし、アウブの第二夫人となるブリュンヒルデだけでは下町と頻繁に連絡を取るのは厳しいというのがエルヴィーラの見解のようだ。

「神殿の引き継ぎについても同じことです。最も貴女の間近で長い時間フェルディナンド様の仕事を手伝っていたダームエルとフィリーネが残るのと残らないのとでは大きく違うでしょう。今のままではメルヒオール様とその側近に負担が大きすぎます」

負担がないように、わたしは神殿長室や神官長室の側仕え達をメルヒオールに残すつもりだし、カンフェルやフリターク達青色神官も結構仕事を任せられるようになっている。神事を行うメルヒオールは大変だと思うけれど、神殿の執務は何とかなると思う。わたしの主張にエルヴィーラが苦い笑みを浮かべて首を横に振った。

「ローゼマインは神殿で育っているのであまり気にならないかもしれませんが、貴族の矜持を考えれば領主一族の側近が青色神官に教えを請うのは少し難しいのですよ。下級とはいえ貴族で、同じ領主一族の側近に教えを請うことにはそれほど抵抗はないでしょうけれど……」

元々平民だったわたしには青色神官が教えを請うのも難しいほどの格下だという意識がない。貴族としての意識が欠けていることを指摘され、スムーズに引き継ぎをしたいならば、メルヒオールの側近達への配慮が必須だと諭された。

「ハルトムートはフェルディナンド様に教育を受けたでしょう？　同じように神官長職にあり、上級貴族で貴族達に睨みを利かせやすいハルトムートを残せないかと最初は考えたのです。けれど、上級文官はローゼマインに必要ですし、わたくしが話を持っていく前にさっさと名捧げを終えたのですから、もう頼みようがありません」

……まさかハルトムートがお母様より一枚上手だったとは……。

ハルトムートの強引で早急な名捧げにも色々な思惑があったらしい。

「それだけの理由があっても尚、ローゼマインがダームエルとフィリーネを自分の側に置きたいのであれば、貴女の成人に合わせて、二人をグーテンベルク達と一緒に中央へ向かわせるというのでどうかしら？」

「え？」

「すぐにはグーテンベルク達を移動させられないのですから、その間、貴女の本当の家族を守るという点でも、貴女の思いを知っている者がエーレンフェストに一人でもいるのといないのとでは大きく違うのではなくて？」

さらりと本当の家族という言葉が出てきて、わたしはひゅっと息を呑んだ。そんなわたしの反応を見て、エルヴィーラは目を丸くして笑う。

「何という顔をしているのですか？　わたくしは貴女を引き取る時から、貴女が平民の娘だということは知っていましたよ。どこの誰の娘というほど詳しくは教えられませんでしたが、貴女が殊更大事にしている平民を調べれば何となく察せられるものです」

「え？　え？」

誰もエルヴィーラに説明しているなんて言わなかった。わたしは貴族らしく振る舞おうと必死だったのに、平民だったことを知られていたなんてビックリだ。

「グーテンベルク達と一緒に貴女の家族も移動させるつもりなのでしょう？　ですから、それまではダームエルに守らせるのが良いと思います」

「……どうして成人までなのですか？」

　エルヴィーラの言う通り、中央の状況を確認しなければならないけれど、できるだけ早くわたしは中央へ印刷業を移したいと考えている。成人まではまだ三年ほどある。引き継ぎの一年を考えても、残りの二年を待つのは長すぎる。

「どうしてって、貴女……。ハァ、ローゼマイン。貴女のこれまでの生き方とアウブ・エーレンフェストの寛大(かんだい)さから忘れられがちですけれど、普通は未成年に大きな事業を任せません。エーレンフェストで好き勝手にしていたように中央で事業ができるとは思わない方が良いですよ」

　ジルヴェスターは元々わたしが始めた事業なので好きにさせてくれたけれど、本来は領地の事業として行うものだ。未成年に任せられる仕事ではないと取り上げられるのが普通だそうだ。

「それに、今のところ貴女が最もグルトリスハイトに近い次期ツェント候補だとカルステッド様から聞いています。ならば、印刷業を中央へ移すより先にやらなければならないことが貴女にはたくさんあるでしょう？　王族としての教育もあるのではなくて？」

「あ！」

　盲点(もうてん)だった。グルトリスハイトを手に入れたらジギスヴァルトに渡して、フェルディナンドを救うことさえできれば、わたしはわたしのやりたいことをするつもりだった。けれど、確かに王族としての教育を受けなければならないだろう。

「ローゼマインが王の養女になっても本当に大丈夫かしら？」

「う、うぅ……」

エルヴィーラから疑わしそうな目を向けられて、わたしは肩を落とす。自分でも大丈夫だとは思えないけれど、話だけは進んでいるのだ。どうしようもない。

「成人まで、というのは他にも理由があります。貴女の成人はフィリーネの成人と同じですから、成人してから移動すれば、フィリーネは名捧げをせずに中央へ移動することができるでしょう？名捧げは中央へ向かうための手段で行うことではありませんし、正直なところ、貴女がこれ以上他人の命を背負うのはどうかと思うのです」

わたしが抱え込んだ孤児院の孤児達や名を受けた側近達に対する対応を見ていると、大事に抱え込みすぎていて心配になるそうだ。

「でも、フィリーネを側近に召し上げたのも、実家から出したのもわたくしです。あの実家に戻れとはとても言えません」

父親と後妻とその子供がいる家にフィリーネを戻すという選択は考えられない。

「フィリーネの父親は元々婿入りした者ですから、本来はフィリーネが跡取りなのです。別に戻しても良いと思いますけれど、戻せないのであればわたくしがミュリエラと同じように保護しても良いのですよ。ただ、中央へ行かせるならばフィリーネを守るための婚約者は必要でしょうね。……ローゼマインはダームエルとフィリーネを婚約させることについてどう思いますか？」

「えぇ⁉」

予想外すぎて素っ頓狂な声が出た。目を白黒させているわたしを面白がるように見ながら、エルヴィーラは中央へ行ってしまうと周囲に下級貴族がいないので、どうせお互いしか相手がいなくなると言った。

「ローゼマインの側近に近付きたい貴族はいくらでもいるので、フィリーネはまだ心配ないのですけれど、このままではダームエルの花嫁候補が全くいなくなると思うのです」

「え？　えーと……ダームエルが中級貴族に婿入りするのは無理なのでしょうか？　魔力的には中級貴族の下から中くらいになったと聞いていますから、何とかなると思うのですけれど……」

　できれば階級を上げてあげたいと思いながら尋ねると、エルヴィーラは目を瞬きながらわたしを見つめた。

「貴女からの評価と能力は高くても、対外的な評価が低くて貴女にいつ切り離されるかわからない傷持ちの下級騎士を婿に取りたがる奇特な中級貴族なんていませんよ。ブリギッテは彼女自身が婚約を破棄され、神殿に出入りしていたという傷を持っていたこと、同僚としてダームエルの人となりをよく知る機会があったこと、ギーベ・イルクナーが貴女との繋がりを欲していたこと、ブリギッテの適齢期に近付く殿方が他にいなかったこと、一族を増やすことを熱望していたことなどから奇跡的に家長が良しとした縁ですよ」

　ブリギッテとの関係を元にダームエルの結婚相手を考えてはならないと言われて、わたしはダームエルとフィリーネの組み合わせについて考える。フィリーネがダームエルに親しみを覚えているのは間違いないし、恋に恋する程度かもしれないが、ほんのり淡い想いを抱いているのかなと思ったこともある。

……でも、ダームエルはねぇ……。

「以前フィリーネが想いを寄せる相手をローデリヒだとダームエルが言っていたので……ちょっと難しいのではないでしょうか。明らかにフィリーネを子供扱いしていて、とても婚約者という対象には見ていないと思います」

「そうですか。実家と決別し、主を追いかけたいと望む孤独な少女を守るために婚約し、彼女が成人するまで支えつつ、主の思いを共に守る騎士というのも素敵だと思うのですけれど……」

「お母様、それは次回作の構想ですか？　わたくしの側近をネタにしすぎですよ」

わたしが頬を膨らませると、エルヴィーラは漆黒の瞳を輝かせながら「思いついたことを忘れないうちに書き留めておくことは重要ですものね」と書字板を取り出して書き込み始める。書きながらエルヴィーラは言った。

「ローゼマイン、わたくしからそういう打診があったことを一応ダームエルに伝えてちょうだい。わたくしは花嫁候補を紹介するだけですし、二人の扱いについても個人的な希望を述べただけです。最終的にどうするか決めるのは、わたくしではありません。それぞれが責任を持ちなさい」

エルヴィーラの言葉にわたしは考える。フィリーネはエルヴィーラが引き取ることもできるらしい。しかし、ダームエルを保護することに関しては何の言葉もなかった。

「お母様、わたくしが不在になるとダームエルの立場が不安定になりませんか？　フィリーネと同じようにお母様が保護してくださるのですか？」

わたしが尋ねると、エルヴィーラは「フィリーネの婚約者であれば守りますけれど……」と言いながら顔を上げる。

「殿方のことは殿方に頼むのが一番ですよ、ローゼマイン。領主一族の側近という立場を保つために、ボニファティウス様に預けるのはいかがですか？　中央へ行くならば更なる研鑽を積むことが必要でしょうし、今まで通りに訓練と神殿の往復をするのであれば、貴族達に心無い言葉を投げつけられることも少ないでしょう」

「わかりました。ダームエルの返答次第ではおじい様にお願いしてみます」

一応ダームエルのことも考えてくれていたようだ。ちょっと安心していると、エルヴィーラは黒い瞳をキラリと輝かせ、先程わたしをからかっていたコルネリウスとそっくりの笑顔でわたしを見つめる。

「先程リーゼレータにお願いしたように可愛らしくお願いすれば、ボニファティウス様はすぐに受け入れてくださいますよ」

「お母様！」

からかうように笑ったエルヴィーラをわたしはむぅっと睨む。けれど、エルヴィーラはクスクスと笑って受け流し、書字板に視線を落とした。

書字板に手早くメモを書き終えたエルヴィーラは満足した笑顔でお茶を飲んで、ゆっくりと息を吐いた。

「……こんなふうに趣味に没頭できる安穏とした日々を送れるようになるとは思っていませんでした。わたくし、貴女には本当に感謝しているのですよ」

「え？」

「貴女が来る前がわたくしは一番大変だったのです。ねぇ、ローゼマイン。少し昔話に付き合ってくれるかしら？」

エルヴィーラはゆっくりと話し始める。ちょこちょこは耳にしたことがあるけれど、あまりじっくりとは聞いたことがないエルヴィーラ自身の話を。

「わたくしとカルステッド様の結婚は、ヴェローニカ様の嫌がらせからライゼガング系貴族を少しでも守るためのものでした。仲が良いわけでも悪いわけでもなく、お互いに義務を果たしているという結婚生活だったのですよ。けれど、ヴェローニカ様の側仕えだったトルデリーデが第二夫人となり、カルステッド様が独断で受け入れを決めたローゼマリーが第三夫人になると、家の中は大変なことになりました」

第二夫人と第三夫人が対立すると、カルステッドはローゼマリーを贔屓にする。ヴェローニカに対する建前上、バランスを取るためにエルヴィーラはトルデリーデにつかなければならない。

「ローゼマリー亡き後、トルデリーデに子ができたことをヴェローニカ様があからさまに喜び、カルステッド様の跡継ぎに相応しい、と言い出しました。あの頃、わたくしは自分の立場がどんどんと追いやられているのを感じていたのです」

それは先代領主が病に伏し、ヴェローニカの権力がどんどんと強まっている中での出来事だったそうだ。カルステッドはローゼマリーの亡き後、今度はエルヴィーラとヴェローニカの威を借りたトルデリーデの対立が始まった家には仕事を理由にあまり寄り付かなくなったらしい。

……面倒なのはわかるけど、それはどうかと思うよ、お父様！

「そして、先代が亡くなる頃にはヴェローニカ様の圧力に逆らえず、フェルディナンド様が神殿に入りました。フェルディナンド様に名捧げをしていたエックハルトはとても気落ちしました。そんなエックハルトを支えていたのはハイデマリーです」

ハイデマリーと結婚し、すぐに子ができたことでエックハルトは少し持ち直したように見えたそうだ。けれど、ハイデマリーは妊娠中に毒物によって死亡し、妻と子を一度に失ったエックハルトはとても見てはいられないような状態になったらしい。

「わたくし、エックハルト兄様がそんな状態だったなんて初めて伺いました」

「……ローゼマインが来た時は、やっとエックハルトが立ち直ってきたくらいで、まだとてもそんな事情を話せるような状態ではありませんでしたからね」

主は神殿に入り、妻や子も失い、半分死人のようになっていたエックハルトに「ヴィルフリートの護衛騎士になるように」とヴェローニカはエルヴィーラにお茶会で打診したそうだ。エルヴィーラが「とてもそのような状態ではない」と断ったら、今度はジルヴェスターとカルステッドから頼むように圧力をかけたらしい。

「けれど、色々と考えた結果、それも断りました。そうしたら、わたくしの躾が悪いとかフェルディナンド様に忠誠を誓うなど領主に対して叛意があるに違いないとヴェローニカ様がおっしゃって非常に面倒なことになったのですよ。そういう状況を知ったランプレヒトが、ヴィルフリート様の洗礼式の頃には自分が成人しているから、と名乗りを上げてくれたのです」

母親と兄に面倒が降りかかっている状況を何とかするためにランプレヒトはヴィルフリートの護衛騎士に立候補したのだそうだ。

「その途端、アーレンスバッハの貴族と仲良くして嫁を迎えろとか、臣下である護衛騎士なのだから主であるヴィルフリート様には逆らわないようにとか、ランプレヒトもヴェローニカ様から無茶な要求をされたようです。息子達の状態を訴えてもカルステッド様はわたくしの意見にあまり耳を貸してくださいませんでした」

エルヴィーラはランプレヒトの状態を嘆いて、カルステッドからジルヴェスターに話をして状況の改善をしてくれるように訴えた。けれど、元々ヴェローニカと対立していたエルヴィーラの言葉なので話半分にしか聞いてくれなかったそうだ。嫌なことから逃げ出すヴィルフリートの話はジルヴェスターの幼い頃とよく似ていると軽く笑って流されたらしい。

……うわぁ、何だか想像つくなぁ。

「主に振り回される兄二人を見て育ったコルネリウスは、主など定めたくない、と言って勉強も何もかも程々に済ませる子になっていました。やればできるのに本気で取り組もうとしない姿に、母親としては腹立たしい思いをしていたものです」

……そういえば、最初の頃はコルネリウス兄様も別に優秀者じゃなかったんだよね。

確か「アンゲリカの成績を上げ隊」を結成するまでは、上級貴族として恥ずかしくない程度の成績が取れていればそれで良いというスタンスだった記憶がある。

「先代の死後、ヴェローニカ様がますます権勢をふるう一方、実家のハルデンツェルの状況は厳しくなり、ライゼガングは影響力をどんどん失っていきました。このままわたくしやわたくしの息子達はヴェローニカ様によって潰されるだろうという予想しかできず、毎日を鬱々とした気分で過ごしていたのです」

貴族について色々と知った今になって思うと、当時のエルヴィーラは騎士団長の第一夫人なのに先代の領主夫人や領主、自身の夫と折り合いが悪くて非常に微妙な立場だったことがよくわかる。

「そんな時に突然ヴェローニカ様が失脚しました。母の傀儡を選択したのだとほとんど見切りをつけていたジルヴェスター様が動いたのです」

他領の貴族に関する取り決めを発表したと思えば、姿を何日もくらませることが頻発し、アウブの身に何があったのかと貴族街が騒然となったそうだ。そうかと思えば、領主会議の最中に突然戻ってきて、ずっとヴェローニカによって庇われてきた神殿長を更迭し、ヴェローニカの不正を糾弾して白の塔に幽閉したという。

「領主会議に行っているはずのカルステッド様が途中でいきなり戻ってきて、エーレンフェストで犯罪者の処理に奔走し始めたのです。話を聞いても、すぐには理解できませんでした」

……こうやって聞いてみると、貴族側からだとマジでわけわからないね。領主会議の最中にアウブが一体何してんの？　って思うよ。

「そんな混乱状態に、ヴェローニカ様失脚の原因になった平民の青色巫女見習いを自分の娘として洗礼式を受けさせるとカルステッド様が言い出しました。すぐにアウブと養子縁組をするので、わたくしにはそれほどの負担はないと思う、とおっしゃったのですよ」

「えぇ!?　いくらすぐに養女に出すといっても実の親として引き取るのですから、お母様の負担がないわけがないでしょう？」

「本当に。これだから大雑把（おおざっぱ）な殿方は困るのです」

けれど、ヴェローニカを排する原因となったこと、ハルデンツェルへ魔力の満たされた小聖杯をもたらした実績がある豊かな魔力を持っていること、フェルディナンドが庇護（ひご）していてフェルディナンド本人から頼まれたということで、エルヴィーラは引き受けることにしたそうだ。

「それだけ理由があってもよく決意しましたね。平民を自分の娘にするなんて……」

「わたくしも悩んではいたのですよ。けれど、カルステッド様はローゼマインを領主一族に入れることで、後見人のフェルディナンド様も時期を見て還俗（げんぞく）できるだろうとおっしゃいました。それを耳にしたエックハルトが喜んだのです。息子の笑顔を久し振りに見ました。フェルディナンド様とエックハルトのため、それだけでも貴女を引き取る理由に十分だと思ったのです。けれど、貴女はそれ以上のことをわたくしに与えてくれました」

主の還俗にエックハルトは活力を取り戻し、嬉々（きき）として神殿に出入りしながらフェルディナンドに仕えるようになった。ヴィルフリートを廃嫡から救ったことで護衛騎士のランプレヒトも救われた。次々と流行を作り出したことで、女性派閥はほんの一瞬でヴェローニカ派を蹴散らすことができた。コルネリウスはアンゲリカの勉強を見ることによって一気に成績を上げた。

「わたくしは印刷によって趣味にも没頭できるようになりましたし、実家のハルデンツェルにも大きな実りをもたらしてくれました。本当に、貴女が養女になってから突然何もかもが上手くいくようになったのです。……夫婦関係もローゼマインの扱いについて話をするようになって、ようやく義務的ではない心の交流ができたのですよ」

わたしは今日エルヴィーラから話を聞くまで、政略結婚でもある程度上手くいっている夫婦だと思っていたけれど、そうではなかったらしい。

フェルディナンドが数日おきに館を訪れることでカルステッドも在宅時間が長くなった。自分の子供ならば「エルヴィーラに尋ねなさい」と適当に無視ができても、エルヴィーラより自分の方が交流があり、自分が連れてきた幼い子供の質問は簡単に無視できない。わたしはフェルディナンドからカルステッドが預かった子供で、自分の実子として領主の養女となることが決まっている。それに、洗礼式までの時間は長くない。自分達にとっては当たり前すぎる貴族の常識をわたしに教えるために、カルステッドはエルヴィーラと話をする時間が増えたそうだ。

「わたくしは貴女に感謝していますし、母として支えようとは思っていました。けれど、貴女は神殿とフェルディナンド様の方が落ち着くようでしたから、無理にしゃしゃり出る必要もないと思っていたのです。城には養母であるフロレンツィア様もいらっしゃいますからね」

どうやらエルヴィーラはわたしの最終的なセーフティネットくらいの感覚で見守ってくれていたらしい。フェルディナンドがいれば心配はいらなかった。それなのに、フェルディナンドは王命でアーレンスバッハへ向かった。

「支えだったフェルディナンド様が去った後の貴女が心配で、同時に、年齢的にどこまで手を出して良いのか判断も難しかったのです。フェルディナンド様が出発準備をする期間に上手くお別れができれば良かったのですけれど、アーレンスバッハへの出発は前倒しになったでしょう？」

フェルディナンドが去るとすぐに貴族院へ移動することになったので、子供達だけで過ごす内に自力で立ち直れるのか、フェルディナンドの代わりに婚約者であるヴィルフリートが支えとなれるのか、母親として手を出した方が良いのか、見極めなければならなかったそうだ。

「わたくしはフェルディナンド様から粛清時のライゼガングに対する根回しを任されました。冬の社交界が始まり、ライゼガングと接触を始めたところで貴族院からの情報がきて粛清まで予想外に前倒しになったでしょう？　全く根回しが終わっていない状態で粛清が始まってしまい、ライゼガングが想定以上に舞い上がってしまいました」

ブリュンヒルデが第二夫人となることが決まったので、協力し合ってライゼガングを抑えていくことに決めたところまではよかったそうだ。今はまだ粛清が終わった直後でライゼガングの年寄りが興奮して盛り上がっているだけで、時間が経てばある程度落ち着くはずだった。

それなのに、そんな中にヴィルフリートが祈念式で自分への協力を取り付けるためにライゼガングへ向かうと言い出した。

「話を聞いて、ランプレヒトには全く根回しができていないライゼガングにヴィルフリート様が向かうのを止めなさいと注意したのですけれど、結局止められずに強行したでしょう？」

火に油を注いで帰ってきたらしい。ギーベ・ライゼガングから「年寄り連中が迷惑なほどに興奮している」と連絡が入って、エルヴィーラは真っ青になったそうだ。

ライゼガングをどのように抑えるのか、ブリュンヒルデと話し始めたところで領主会議が始まり、終わった時にはわたしが王の養女になることが決まっていた。

「もう本当に、何が何だかわからないうちにどんどんと状況が変わるのですもの。よくフェルディナンド様は対処できていたものです」

平時ならばまだしも、粛清という大きな事を起こした後始末をしなければならない混乱期には、調整役を一手に引き受けていたフェルディナンドが不在になった穴が大きすぎたらしい。

「ヴィルフリート様ではなく、フェルディナンド様と貴女が婚約していればアーレンスバッハへ向かうことを避けられたのに、と何度も思ったものですよ」

今になって言ってもどうしようもないけれど、とエルヴィーラは悲しそうに微笑む。わたしはコクリとお茶を飲んで小さく笑う。

「わたくしは自分がフェルディナンド様と婚約をするというのはあまり思い浮かびませんでしたね。アーレンスバッハでフェルディナンド様に何かあった時にどうやって救えば良いのか、そればかりを考えていました」

「その結果が連座回避なのでしょう？　貴女はよくやったと思いますよ」

エルヴィーラはそう言いながら腕を伸ばし、わたしの頬に触れた。遠慮がちに優しく触れる指先に、わたしは自分から頬を寄せる。

「連座回避を褒められたの……初めてです」

じんわりと伝わってくる温もりに、わたしはそっと目を伏せた。勝手に涙が落ちる。

「表向きには他領の者に対する施しになるので、誰も大っぴらには褒めないでしょうし、それが必要だと思うものもごく少数だと思います。ですから、わたくしが褒めるのもここだけになるでしょう。……でも、本当に嬉しく思います。フェルディナンド様の連座を回避することで、貴女が助けられる命は三人分なのですから」

フェルディナンドとユストクスとエックハルトの名前をエルヴィーラが挙げていく。ラザファムもいるよと心の中で思いながら、わたしは何度も頷く。

「彼等を助けることができたのは、貴女が行動したからです。誇りなさい」

「お母様……」

「遠く離され、命の危機だと聞かされれば心配するのは当然です。それを表に出すか出さないかは別ですけれど、わたくしはエックハルトやフェルディナンド様を心配していました。リヒャルダはユストクスの心配をしているでしょう」

エーレンフェストでは誰もアーレンスバッハへ向かった三人を心配していないように感じていたけれど、きちんと心配してくれている人がいる。それがわかって体の力が抜けた。

「フェルディナンド様達を心配するなと言われるし、誰も一緒に心配してくれませんでした。わたくし、それがまるでフェルディナンド様達には心配する価値もないと言われているように思えて悲しかったのです。誰も心配してあげないならばわたくしだけでも、と意固地になっていたような気さえします」

エルヴィーラはわたしを見つめながら目を潤ませて俯いた。

「ねぇ、ローゼマイン。この部屋を出たら、わたくしは王族になる娘、王族の側近に抜擢された息子を誇る母になります。隠し部屋にいる今の、この時だけは、息子や娘が遠く離れることを悲しむのを許してちょうだい」

「お母様……」

隠し部屋でしか自分の感情を見せない貴族の在り方を初めて見た。自分の思い出を語る時も貴族らしい微笑みを浮かべていたエルヴィーラが、ぐしゃりと顔を歪める。

「アーレンスバッハへ向かった彼等も心配ですけれど、わたくしはこんな小さな肩にユルゲンシュミットの将来がかかっている貴女も心配なのですよ」

ほたりと落ちた涙から痛いほどに真っ直ぐにエルヴィーラの心配する気持ちが伝わってくる。

グルトリスハイトを手に入れられるかどうか、手に入れた後どうするのかを話し合っていた王族。わたしが抜けた後、エーレンフェストをどのように導いていくのかを話し合っていた領主一族。グルトリスハイトを手に入れるわたし自身を心配してくれた人はどれだけいただろうか。

「お母様……」

わたしはエルヴィーラに向かって手を伸ばした。貴族はそのように甘えるものではないと言われていたので、これまでは伸ばしても無駄だと思っていた手を、母さんに甘える時のように伸ばした。

わたしの手はきちんと握り返された。

ここに思いを受け止める者はいるとわかるように、エルヴィーラはきつく握り返してくれる。

「ローゼマイン、これから先、貴女の肩にかかる重荷をわたくしは一緒に背負ってあげることはできません。ですから、せめて、エーレンフェストのことを気にせずに行けるように助力します。貴女は貴女らしさを失うことなく、進みなさい。グルトリスハイトを手に入れた時に、大きな権力に振り回されるのではなく、自分の望みを勝ち取りなさい。貴女ならばできます。わたくしの娘ですからね」

子供用魔術具

その後も隠し部屋でエルヴィーラと色々な話をした。わたしはエルヴィーラがあまり見られない貴族院でコルネリウスとどんなふうに過ごしていたのか、神殿にやってくるエックハルトが何をしていたのかなどの話をして、エルヴィーラはアウレーリアとジークレヒトの話やブリュンヒルデがどんなふうに頑張っているのかを話してくれた。

本当に眠たくなるまでたくさんお話をして、何だかすごくすっきりした気分で眠った。自分でもビックリするくらい深く眠れたわけだが、起きたら完全に寝坊だった。この家の側仕えに「もうそろそろ三の鐘が鳴りますよ」と言われて「どうして起こしてくれなかったのですか!?」と思わず叫んでしまうくらいにはよく寝てしまった。

どうやら話し込み過ぎて普段の就寝時間より遅くなったから起こさずに寝かせてあげて、とエルヴィーラの指示があったようだ。だが、護衛騎士達に迎えに来てもらえるように指示を出していたのに寝坊なんて恥ずかしすぎる。

「……お、おはようございます」

「今朝はずいぶんとゆっくりだね、ローゼマイン。もう皆が来ているよ」

コルネリウスに寝坊をからかわれ、迎えに来てくれている護衛騎士達に謝って、わたしはもそもそと遅い朝食を摂る。

「よく眠れたようで何よりです。城へ戻る前に少しお話をしたいのだけれど、良いかしら？」

わたしが朝食を摂る横で、エルヴィーラがお茶を飲みつつ印刷業の引き継ぎに関する話を始めた。エルヴィーラの後ろにはミュリエラが控えていて、文官らしく仕事をしているのが見える。楽しそうな雰囲気に、主従関係が上手くいっていることがわかってホッとした。

「平民との話し合いが貴女抜きでもできれば、他は特に問題なさそうですね。……そういえば、ローゼマイン。神殿の側仕えはメルヒオール様のために置いて行くということでしたけれど、貴女の絵師はどうするのですか？」

「中央で印刷を始める時にはヴィルマを呼びたいと思っています。お母様には渡しませんよ。ヴィルマはわたくしの絵師です」

わたしが主張すると、エルヴィーラは「あら、残念ですこと」と大して残念でもなさそうに言ってクスッと笑った。

「でも、貴女が神殿を出れば誰かに買われる可能性もあるでしょう？　中央へ連れていっても下級貴族以上に身の置き所がないでしょうし、貴女が絵師として買い上げて、我が家に預けておくのはどうかしら？　貴女が成人するまで心配ですもの」

「その間はお母様がヴィルマに絵を描かせるのですね？」

わたしがちろりとエルヴィーラを見ると、楽しそうにフフッと笑っている。ヴィルマの絵の才能を買ってくれていることはわかっている。

……余所（よそ）に預けるよりはよほど安心だけど、本人の希望が大事なんだよね。

「わたくし、ヴィルマには孤児院を任せているので、孤児院の管理を交代できる者がいれば、そして、ヴィルマがそれを望むのであればそうします」

「それでは駄目ですよ、ローゼマイン。貴女がいなくなれば、わたくしは自分が欲しい灰色巫女を手に入れます。主がいなくなって側仕えではなくなった灰色巫女に選択肢などありません。それをよく理解したうえで、貴女は自分の側仕えをどうするのか考えなさい」

主を失った灰色巫女達の扱いについて諭された。わたしは「指示を出しておけば、中央へ行っても神殿は望んだ通りに運営される」と何となく思っていたが、考えが甘すぎるようだ。

「神殿の側仕え達について、よく考えます」

「えぇ。それから、ダームエルには昨夜話した内容を伝えましたよ」

お母様の言葉に、わたしは何ということはない顔で護衛業務に就いているダームエルを見上げた。

「わたくしはダームエルの希望を尊重しますから、結論が出たら教えてくださいね」

「恐れ入ります」

そんな話をしていると、ジルヴェスターからオルドナンツが届いた。なんと王族から子供用の魔術具が十二個届いたらしい。

「突然な上に、ずいぶんと中途半端な数が届いたのですね。養女になるのはご破算になる可能性もあるのに、先に送って来るなんて……」

「おそらくあちらはご破算にするつもりがないのでしょう。報酬の一部を先に送ることで、何が何でも貴女を養女にするつもりなのだと思いますよ」

少しでも早く貴族を増やしたいこと、貴族として洗礼式を受けるためには一年のロスが大きいことを考えればエーレンフェストは拒否できないだろう、とエルヴィーラは言った。

「今は城にお戻りなさい。時間があればいつでもいらっしゃい。またお話ししましょう」

「はい、お母様」

城に戻ると、すぐに魔術具を受け取るのか送り返すのか領主一族の話し合いが始まった。その結果、早急にエーレンフェストの貴族を増やすために魔術具を受け取ることになった。報酬を先に送ってくるほど養女にしたいのだから、送り返したところで王族の意志は変わらないはずだ。それならば一年を無駄にしたり、洗礼式を受けられない子供が出たりするよりは少しでも早く魔術具を与えてあげたい。

「……養父様、これだけあるのです。孤児院にも魔術具を回してくださいますか？」

「洗礼式時点の平均的な中級貴族程度の魔力がなければ回復薬の無駄遣いになるし、子供の体にも負担がかかりすぎる。それに、魔術具が手に入ったとはいえ、下級貴族をたくさん増やすより、もう少し後に生まれる魔力が高めの子供のために残しておきたい」

やはりダメかと思ったところで、ジルヴェスターが片方の眉を上げた。

「故に、一定量の魔力があること、思想等に問題がないことを条件に孤児院の子供にも与えることを許可する。ただし、面接は神官長であるハルトムートにさせよ。孤児院の者に甘い其方の面接結果はどうにも信用できぬからな」

信用できないと言われると、ちょっとムッとする。けれど、わたしが身内に甘いのは多くの人から指摘されていることなのでどうしようもない。孤児院長であるわたしではなく、神官長であるハルトムートが責任を持って思想等の面接を行うことになった。

「派閥の子供だけではなく、孤児院にも魔術具が与えられることになってよかったですね、ローゼマイン姉上。私も神殿に仲間が増えるようで嬉しいです」

メルヒオールの笑顔に頷きを返し、わたしは子供の魔力を測るための魔術具をジルヴェスターに借りて、メルヒオールや側近達と一緒に神殿へ移動することになった。

「おかえりなさいませ、ローゼマイン様」

「ただいま戻りました」

神殿の側仕え達の出迎えを受け、わたしは神殿長室に入る。神殿長の衣装に着替えると、それぞれから報告を受ける。特に何事もなく神殿の青色見習い達も孤児院の子供達も日々を過ごしていたようだ。それから、すでにカンフェルとフリタークを中心に春の成人式の準備を終えたらしい。

「何事もなかったようで安心しました。……わたくしからはかなり重要な報告があります」

側仕え達が姿勢を正す中、わたしは一年後にエーレンフェストを去ること、次の神殿長がメルヒオールになることを伝えた。中央へ行くとか、王の養女になるなど余計な情報は口にしない。灰色神官や巫女である皆は貴族に問い詰められた時に答えずにいることが難しいのだから、最初から知らないのが一番だ。

「皆には神殿長となるメルヒオールに仕え、できるだけ今の神殿を維持できるように努めてほしいと思っています」

「ローゼマイン様が成人と同時に神殿長をお辞めになることはわかっていたことです。それが早まっただけですから……」

フランは少し寂しそうにそう言って微笑む。主に置いて行かれるのは慣れています、と言われると胸が痛い。

「本当は皆を買い上げて、わたくしの図書館に置くことも考えたのですよ。けれど、貴族街は居心地が良くないと以前言っていたでしょう？　わたくしがエーレンフェストを出たら図書館を誰が管理するのかわかりませんし、わたくしが向かう先は神殿ではないので居場所がないと思うのです」

グルトリスハイトを手に入れてアーレンスバッハを解体できれば、フェルディナンドをアーレンスバッハから戻すことができると思うし、フラン達を任せることもできると思う。けれど、はっきりとしたビジョンが見えない状態ではメルヒオールに任せるのが一番安心できる。

「ローゼマイン様のおっしゃる通り、先行きの不透明さが神殿の比ではありませんね。私は神殿以外の生き方を知りませんし、これまでの言動を見る限りひどい主ではないようですから、メルヒオール様に仕えるので問題ございません」

「他の神殿に移るのであれば、間違いなく皆を連れていったのですけれどね」

わたしの言葉にフランは「それならばハッセの小神殿に入ったことがある私も同行したでしょう」と笑った。

「ただ、ヴィルマだけは別の選択をしてもらわなければなりません」

「別の選択ですか？」

わたしの側仕えになる前と同じように孤児院へ戻るつもりだったらしいヴィルマは、ひどく戸惑った顔になった。ある程度克服はしたけれど、決して男性恐怖症が治ったわけではない。ヴィルマは不安そうにわたしを見る。

「わたくしの専属絵師となるか、お母様の専属絵師になるか、一年以内に選んでくださいませ」

エルヴィーラと話し合った内容を伝えると、ヴィルマは「孤児院はどうなるのでしょう？」と自分のことではなく、孤児院の心配をした。

「今のやり方を変えずにおくために、モニカかリリーを孤児院の管理をする側仕えとしてメルヒオールに召し上げてもらえるように交渉するつもりです」

ヴィルマのやり方を知っている者を後釜に据えるつもりであることを伝えると、ヴィルマは「お心配り、ありがとう存じます」と微笑んだ。けれど、それは安心した笑顔ではなかった。周りを見回してみれば、不安そうなのはヴィルマだけではない。モニカやフリッツも同じだ。それなのに、わたしと目が合うと、フリッツはニコリと穏やかに微笑んだ。

「……ローゼマイン様、我々のことはお気になさらず。今のお顔を見れば、ローゼマイン様にとっても急であまり喜ばしくない移動であることは察せられます。それに、我々に対して過剰な程にお心を砕いてくださっていることはわかっているのです」

諭すようなフリッツの言葉に、ザームが頷きながら説明を加える。

「メルヒオール様がひどい扱いを孤児院に対してするとは思っていません。ですが、くるくると責任者が代わる今の状態ではメルヒオール様もいつまで神殿長職にあるかわかりません。孤児院のことや灰色神官達の扱いを考えてくれる上役がいつまで続くのか、我々は不安なのです」

前神殿長のような貴族がいつ新しい神殿長に就任するかわからないのだ。わたしが前神殿長の影響を一気に払ったように、新しい神殿長がわたしの影響を払うのにそれほど時間はかからない。

「メルヒオールは男の子ですから、そう簡単にエーレンフェストから移動することはないと思います。少しでも安心して皆が過ごせるように、わたくしも引き継ぎに力を注ぎますね」

「よろしくお願いします」

皆に移動のことを伝えると、その次は孤児院の子供達に与えられる魔術具の話だ。魔力量の検査と面接で、貴族の子供に与えられる魔術具を得られる可能性があることをヴィルマから子供達に伝えてもらうことになった。

「貴族になるためには一定量の魔力を魔術具の魔石に溜めておかなければなりません。少しでも早く与えなければ貴族になれない子も出てきます。いつならば面接ができそうですか？」

「今日は子供達が森へ出ていますから、明日以降であれば大丈夫です。日取りを教えていただければ、魔力持ちの子供達を孤児院で待機させておきます」

わたしはハルトムートと話し合って日取りを決めることを伝えて、側仕え達を解散させた。それぞれの仕事に側仕え達が散っていく。

「フラン、わたくしの移動についてプランタン商会のベンノと話がしたいのです。孤児院長室を使いたいのですけれど……」

「かしこまりました。連絡を取って、都合の良い日を決めます」

「ザーム、神官長室へ行ってハルトムートと孤児院で面談を行う日時を決めてきてくださいませ」

「かしこまりました」

「フリッツ、今年は紙が大量に必要になります。タウの実をなるべく多く拾ってください」

「かしこまりました」

モニカが運んできた手紙や書類に目を通しながら、わたしは次々と指示を出していく。一段落したところで、フィリーネがそっと声をかけてきた。

「ローゼマイン様、魔術具を与えられた孤児院の子供達の回復薬はどうするのですか？」

「わたくしが準備するつもりです。……あぁ、わたくしの文官見習いは書類仕事ばかり優秀で調合の機会が少ないと指摘されたことですし、フィリーネとローデリヒに作ってもらいましょうか」

さすがに孤児院の子供達の回復薬をジルヴェスターが都合してくれるとは考えていない。孤児院長であるわたしが負担するしかないだろう。

「わたくし、自分ではコンラートのための回復薬を準備できそうにないので、魔術具を取り戻してもコンラートを貴族にするのは諦めました。けれど、孤児院の子供達に回復薬が与えられるのであれば、コンラートにも回復薬を与えてやってほしいのです。お願いします、ローゼマイン様」

　コンラートが貴族として生きていくことができれば……と強く願われて、わたしはフィリーネに向き直る。

「下級貴族の魔力量では体への負担が大きすぎると言われていますが、それでもコンラートが望めば回復薬を与えることはできます」

「本当ですか？　ありがとう存じます」

　自分だけでは素材を集めて、回復薬をたくさん準備してコンラートを貴族にすることはできなかったとフィリーネは顔を綻ばせる。喜ぶフィリーネの笑顔は可愛いけれど、弟を貴族に戻すことしか考えていないようで、現実が見えていない。

「でも、フィリーネ。貴女はわたくしに名を捧げ、コンラートを買い取って中央へ同行したいと言いませんでしたか？　コンラートを貴族にした後はどうするのですか？　わたくしに名を捧げていない未成年のコンラートを中央へ連れていくことはできませんよ」

「え？……あ」

「貴族として育てるには大変なお金がかかります。フィリーネ自身が貴族院に通いながら、コンラートの生活費を捻出して、貴族院へ通わせることができますか？」

フィリーネは口を閉ざして自分の手を見つめた。何も持たずに実家を飛び出した下級文官見習いのお給料では自分の生活費や学費を捻出するくらいしかできないだろう。翻訳料や情報料などで少しずつお金を渡しているけれど、先祖が残してくれた物が全くない状態で貴族として生活をするのは大変だ。今からお金を貯めなければ、成人式の晴れ着を誂えることもできない。

「コンラートを貴女の弟として貴族にするならば、実家に戻ることを勧めます」

「ローゼマイン様⁉」

「お母様から聞きました。フィリーネのお父様は入り婿で、本来の跡取りはフィリーネだ、と」

フィリーネが実家に戻って父親と後妻に乗っ取られている家を取り戻せば、先祖から残されてきた魔術具や教材、お直しをすれば着られるかもしれない衣装などがあるはずだ。裕福な生活はできないだろう。それでも、城で部屋を借りて住みながら、全てをフィリーネが二人分揃えなければならない生活よりはマシだと思う。

「男児のコンラートが孤児院に入った以上、確かにわたくしが本来の跡取りです。でも、わたくしは未成年ですから、成人するまで代替わりはできません。今戻ってもお父様とヨナサーラ様の好きにされるだけですし、どれだけお母様の物が残っているのかもわかりません」

生活のために売られた物も色々ある、とフィリーネは首を横に振った。

「孤児院から洗礼式を受けて青色神官見習いとして神殿で生活させることもできなくはないですけれど、アウブを後見人とする親のない貴族になります。コンラートをフィリーネの弟として貴族にするならば、洗礼式前に還俗させて孤児院から出す必要がありますよ」

孤児院にいるままでは、貴族社会でフィリーネの弟として認識されない。

「二人が実家で過ごせるようにお母様に後ろ盾になってもらうとか、成人済みの殿方とフィリーネが婚約して親から守ってもらうとか……。何か方法を考える必要があると思います」

フィリーネが途方に暮れた顔でわたしを見る。そんな顔で見られても、洗礼式で親が決まるとか、孤児院から洗礼式に出る子供はアウブを後見人にするとかはわたしが決めたことではないし、覆(くつがえ)せることでもない。

「まずはコンラートとよく話し合ってください。回復薬をたくさん飲んで苦しい思いをしても貴族として洗礼式を受けたいのか。貴族になるにしても、孤児院からなるのか、実家に戻るのか」

フィリーネが持っている母親の形見の魔術具があるし、孤児院の子供達に回復薬を配るならば、コンラートに配るのも構わないと思っている。けれど、わたしは二人の親ではないし、一年で孤児院長でもなくなるのだ。コンラートの将来に責任を持てない。

わたし達のやり取りを聞いていたダームエルが難しい顔になった。

「今日これから孤児院の面談で、明日はプランタン商会と面会ですね」

「春の成人式も間近ですし、夏の洗礼式もすぐです。それが終わればアウブがアーレンスバッハへ向かうのですから、何とも忙(せわ)しないですね、ローゼマイン様」

魔力量を測るための魔術具を抱えたハルトムートと予定の確認をしながら、わたしは孤児院へ歩いていく。後ろには母親の形見の魔術具を抱えたフィリーネもいる。皆と同じように貴族になりたいと言った時に差し出せるようにしておきたいそうだ。

先を歩いていたフランとザームによって孤児院の扉が大きく開かれ、そこに跪いて並ぶ五人の子供の姿が見えた。三歳くらいの小さい子から洗礼式間近の子供まで並んでいる中にディルクとコンラートがいる。

すでにヴィルマやハルトムートから何が行われるのか説明があったようで、ハルトムートが手に持っている魔術具を見て、緊張した顔になっていた。

「では、早速魔力量を測りましょうか。名前と年齢を教えてください」

ハルトムートは大きい子供から手早く順番に魔力量を測っていく。年齢によって魔力量は増えるので規定の量も変わる。ハルトムートは年齢から魔力量がジルヴェスターの言った規定量に達しているかどうかを判断し、子供を左右に分けていった。左にはディルクともう一人男の子がいて、右にコンラートと男の子が二人いる。

「左に並んだ二人は魔力量がアウブに言われた規定量を超えています。望めば、アウブから魔術具を賜ることができるでしょう」

ハルトムートはそう言ったけれど、ディルクの隣でヴィルマに抱えられるようにして立っている男の子は三歳くらいでかなり小さく、何を言われているのかよくわかっていない顔をしている。

「ヴィルマ、彼には中級貴族程度の魔力があり、洗礼式までまだ時間もあります。魔術具を与えた方が良いでしょう。まだ思想も何もある年齢ではありませんし……」

ハルトムートは三歳くらいの子供から思想について聞き出すのを早々に放棄し、貴族を確保する方向で決定した。それから、緊張で顔を強張（こわば）らせているディルクに向き直る。

「さて、ディルク。貴方の魔力量は規定を超えています。魔術具を望めば手に入りますが、どうしますか？」

「ちょっと待ってください！　ディルクはただの孤児です。貴族の子ではありません。魔術具を得られるなんておかしいと思います！」

右側に並ばされた一人の男の子が叫ぶ。ディルクは顔を顰めて俯き、その子の言葉を聞いている。ハルトムートは不思議そうな顔で首を傾げた。

「ここにいるのは全員孤児で、ディルクも其方も同じですよ。何を言っているのですか？」

「違います。私は貴族の両親が……」

「貴族として洗礼式を受けていない子供は貴族ではありません。孤児院にいる以上、ただの孤児です。貴族の価値で言うならば、魔力量が多いディルクの方が価値はあります」

ピシャリと子供の反論を撥ね退けたハルトムートはディルクに向き直る。

「ディルク、魔術具を望みますか？」

ハルトムートの橙色の瞳は今まで孤児に見せてきた柔和（にゅうわ）なものではない。貴族になることを望むディルクの決意を静かに見据える面接官の顔になっている。

ディルクが一度振り返った。

わたしは視線の先を追ってみる。食堂の奥の方で固唾（かたず）を呑んでディルクの答えを待っているデリアがいた。ぎゅっと指を組み合わせ、唇を噛（か）んで小さく震えている。その蒼白（そうはく）な顔は前神殿長にデイルクを奪われた時のものによく似ていた。お願いだから、魔術具なんて望まないでほしい。自分の側からいなくならないでほしい。家族を奪わないで。そんなふうに心の内で叫んでいるのが聞こえてくるようだ。

ディルクはデリアから視線を外し、ハルトムートの方を向いた。それから、ゆっくりと息を吸って、顔を上げる。

「……魔術具を望みます」

その瞬間、デリアが目を見開いて「嫌！」と叫んだ。悲鳴のような声に皆の視線がデリアに集中する。けれど、ディルクだけはもう振り返らない。ハルトムートを真っ直ぐに見つめて、もう一度魔術具を望んだ。

「ハルトムート様、私は魔術具が欲しいです」

「ディルク、何のために、でしょうか？　今から魔石を染めるのはかなり苦痛を伴う大変な作業になりますし、ディルクの大事な姉は貴族になることを望んでいないようですよ。それなのに、どうして貴族となることを望むのですか？　そして、貴族になって何をするつもりですか？」

静かに尋ねるハルトムートにディルクは拳を握った。

「私は貴族になって、神殿長か神官長か孤児院長になりたいです」

ハルトムートが「ほぅ？」と少し面白がるようにディルクを見つめる。けれど、その目は依然として鋭いままだ。

「ローゼマイン様が来るまで孤児院はひどい状態だったのに、ローゼマイン様が良くしてくれたから、私達は食事を得られて、冬に凍えることなく過ごせるのです」

「よくわかっているようで何よりです」

ハルトムートは出来の良い生徒を見るような顔で頷きながら先を促す。

「それに、灰色神官に危険が及んだ時に助けてくれるような貴族はローゼマイン様だけで、未成年のローゼマイン様が神殿長でいられるのは神官長がしっかりと支えているからです」

ディルクの言葉にハルトムートがとても満足そうだ。支えてもらっている自覚があるので反論はしないけれど、ちょっとだけ、ほんのちょっとだけ釈然としない部分もある。何だかディルクがハルトムートに洗脳されているような気がしないでもない。

「去年の春、神官長が代わるという話を聞いて、灰色神官や灰色巫女達はとても困っていました。神官長が代われば、神殿や孤児院がどんなふうに変わるかわからないって」

わたしが孤児院長として色々と改革できたのは、神官長だったフェルディナンドの許可があったからだ。孤児院長が何をするにも神官長にお伺いを立てる様子を見ていれば、どちらの立場が上なのか自ずとわかる。新しい神官長がわたしの計画に否を出す者であれば、孤児院は元に戻ってもおかしくない。以前の孤児院を知っている成人済みの灰色神官達はとても心配していたそうだ。

「ローゼマイン様はハルトムート様を神官長にしてくださいました。優しくてローゼマイン様に意地悪をしない神官長だったので皆で喜びました。でも、私はローゼマイン様がいた孤児院しか知らなかったので、その時は大人達がどうしてそこまで喜ぶのかあまりよくわかりませんでした」

洗礼前で孤児院から出ることもなく、孤児院にやって来る貴族はわたしの側近ばかりで嫌な貴族に会った記憶がないディルクは、大人の不安や安堵に共感できなかったらしい。

それはコンラートが孤児院にやってきた時も同じで、貴族の子だからと大人達は緊張していたけれど、ディルクは同じ年頃の子供がただ嬉しくて仕方がなかったそうだ。

「コンラートは自分達と同じでした。それまではフランが持ってきてくれる黒い石を使うのが私だけだったのに、コンラートも一緒に使うようになっただけです」

身食いのディルクと貴族出身のコンラートの二人は、魔力が溢れないように黒の魔石で時々魔力を抜いていた。自分だけが行っていた魔力抜きを二人でやるようになったことで、コンラートとの仲間意識は強まった。けれど、ディルクが貴族の子と孤児の差を感じることはなかったらしい。

「でも、冬にたくさんの貴族の子供達が来た時は、どの子供も偉そうで、大人の言うこともなかなか聞きませんでした。貴族の子が何故そのようなことをしなければならないとか、貴族に戻るまでの辛抱だとか言うのです」

同じように孤児院で過ごしているのに孤児院の者ではないという意識を持っていて、大人達を含めて自分達が下に見られていることが嫌でもわかったらしい。それは平等を前提とする孤児院でディルクが初めて出会った、嫌な意味での身分差だったようだ。

「こういう貴族が孤児院長や神官長になったら私達はどうなると思う？　とコンラートに言われて、私はやっとわかりました」

親に引き取られることなく残された子供達の意識が季節一つ分を過ごしても全く変わらないことを目の当たりにして、ディルクは普通の貴族の子が孤児としての意識を持つことがないことを肌で感じたらしい。

「この前、ヴィルマが孤児院へ戻ってきて、あと一年でローゼマイン様とハルトムート様が神殿からいなくなって、メルヒオール様が神殿長になることと、ヴィルマが買い取られると言いました」

神殿長、神官長、孤児院長、孤児院の管理者の全てが代わるのだ。孤児院はパニックになったそうだ。普段は取り乱すことがない大人達の混乱状態がディルクにはとても怖かったと言う。

「孤児院が困らないようにどうしたらいいのか考えたけれど、わかりませんでした。孤児院のことをちゃんと考えてくれる良い貴族がいればいいけど、良い貴族は少ないのでしょう？　昔の孤児院に戻るのは困るのです。……デリアは孤児院から出られないので」

ディルクがデリアを振り返る。彼女はディルクを大事にしすぎて罪を犯した。本来ならば前神殿長と共に処刑になるはずだったが、わたしの取り成しで一生孤児院から出られないという処分がアウブに受け入れられた。領地にとっては処刑レベルの重罪人であるデリアの生活は、孤児院の在り方に大きく左右される。

「デリアが不安にならずに生きていくためには神殿長や神官長が良い貴族でなければなりません」

「別に神殿長も神官長も貴族でなくてもなれます。元々は青色神官から選ばれていた役職です。別に貴方が貴族になる必要はありません」

ハルトムートが静かに指摘すると、ディルクは首を横に振った。

「前はそうだったけれど、今は領主一族が神殿長で、貴族がたくさん神殿に出入りするようになってきたから違うと聞きました。貴族を抑えられるのは貴族しかいないって。違いますか？」

「違いませんね。確かに貴族ではない青色神官に貴族は止められません」

粛清の後で孤児院に戻ってきた元側仕え達から、青色神官と貴族でもあるわたし達の間には越えられない壁があると聞いたらしい。親が罪を犯したため、青色見習いとして神殿で生活をしている貴族の子供達がいるくらいだ。ただの青色神官では何があっても太刀打ちできない。

「私はローゼマイン様が教えてくれたやり方を守り、孤児院の皆やデリアが悲しい思いをせずにいられるようにしたいです。そのために貴族の神殿長や神官長になりたい」

いくら欲しいと思っていても、貴族の地位など手に入るものではない。ディルクは諦めていた。けれど、魔力のある孤児達に魔力量によって選別して魔術具を与えられるという機会が巡ってきたのだ。洗礼式を貴族として受ければ、貴族として認められる機会が巡ってきた。

「……今を逃せばもうないのです」

「ディルクの考える通り、孤児院に貴族の子供達がたくさん入って、救済措置として魔術具が配られる機会は今回限りでしょう」

粛清が起こったこと、子供達が連座回避できたこと、貴族の数が著しく減って早急に増やす必要があること、王族から魔術具を得ることができたこと、ディルクが洗礼式前だったこと。あらゆる意味で今しかない。

「ですが、ディルクの大事な家族は反対のようですよ?」

ハルトムートは泣きながら首を振っているデリアを指差す。ディルクはものすごく困った顔でデリアを見た。

「ディルク、お願い。考え直して。貴族として洗礼式を受けたら、あたしはもうディルクに会えない。もう家族とは呼べなくて、言葉とか態度も改めなきゃいけなくなるの。どんなにひどい状況になっても我慢するから、離れていかないで」

デリアの言葉の一つ一つが胸に刺さる。家族と離れたくないと叫んでいた過去の自分を見ているようだ。家族と離れなければならず、これから先家族と呼び合えないことがどれだけ辛いことなのか、わたしはよく知っている。

……ディルク、行かないであげて。側にいてあげて。デリアは本当に貴方を大事にしていたの。生きていくうえで何よりも大事な心の支えなんだよ！

心の中ではそう叫んだけれど、わたしは口を噤んでいた。孤児院長であるわたしが言えば、それは命令になる。それに、今はハルトムートが面接中なのだ。それぞれの選択を尊重すると言っているわたしが嘴を挟むような真似をしてはならない。

ディルクはハルトムートに一言断って、デリアのところへ向かう。行かせたくないというように抱きしめるデリアを慰めるように深紅の髪を撫でる。

「デリアが教えてくれたじゃないか。ローゼマイン様が私達に何をもたらしてくれたのか、孤児院がどんなふうに変わったのか。そして、余所の貴族や高位の貴族からどんなふうに私達を守ってくれたのか」

デリアが側仕えだった頃は神殿長のスパイであることを警戒して、あまり親しくはしていなかった。そんな関係だったのに、デリアはわたしのことをとても良いようにディルクに話していたようだ。ディルクの黒に近い焦げ茶の目は、自分にとってのヒーローを語る熱で燃え上がっている。

「デリアと同じようにハルトムート様も孤児院に来たらいつも教えてくれます。ローゼマイン様がどんなにすごいのか。頑張っているのか」

……ちょっと、ハルトムート!? 孤児院で何してるの!?

わたしが愕然とした気分でハルトムートを見ると、ハルトムートは「ご満悦」という言葉がピッタリな表情で頷いている。

「ローゼマイン様もご自分の大事なものを守るために領主の養女になったって、ハルトムート様は言いました。私もローゼマイン様のようにこの孤児院と一緒に育った仲間を守るために貴族になりたい。わかってください、姉上」

デリアが泣き崩れた。家族と離れたくはない。けれど、ディルクをこれ以上引き留めることもできない。その狭間で揺れているせいで、ディルクにしがみついていたデリアの手が緩んだ。

ディルクは少し緩んだデリアの腕から抜け出し、自分に向かってもう一度伸ばされたデリアの手を振り返ることなく、ハルトムートの前に戻ってくる。

「せっかくローゼマイン様が良くしてくれた孤児院が元に戻らないようにしたいです。お願いします、ハルトムート様。私を貴族にしてください」

ディルクの真っ直ぐな目をハルトムートは静かに見据える。

「回復薬を多用して魔力を溜めるのも辛いですが、今、孤児院から洗礼式を受ければ犯罪者の子として周囲からは見られます。世間の目も風当たりも強いでしょう」

ディルクが洗礼式を受ける時は、ジルヴェスターを後見人にして旧ヴェローニカ派の子供達と一緒に受けることになる。他の貴族達からは犯罪者の子供とひとまとめにされ、一緒に洗礼式を受ける子供達からは本当は平民のくせにと言われる可能性も高い。

「それにもかかわらず、貴方達を保護してきたローゼマイン様はいなくなります。生半可な覚悟では貴族になれませんよ」

「……生半可な覚悟で、孤児が貴族になりたいなんて言えません」

焦げ茶色の瞳と橙色の瞳が交差する。

数秒の後、ハルトムートがフッと表情を和らげた。

「いいでしょう。アウブにお願いして、貴方の魔術具をいただきましょう」

ホッとしたようにディルクが体の力を抜いた。両腕を交差させて一度跪いた後、立ち上がってデリアのところへ向かう。

「あの、デリア」

ディルクが声をかけてもデリアは涙がいっぱいの水色の目で睨むだけで返事をしない。ただひたすら睨まれて、先程までの威勢が良かったディルクが少しオロオロとし始める。

「デリア、怒ってる？」

「……デリアではなく、姉上と呼んでくれなければ返事はしません」

「えぇ!?」

予想外の言葉にディルクが驚きの声を上げると、デリアはツンと顎を上げながら顔を逸らす。

「ディルクが貴族になるまで、ここから出ていくまで、姉上と呼んでくれなければ返事をしないことにしました。家族であるあたしに内緒で、こんな大きな事を決めた罰です。もー！　ディルクは困ったところばっかりローゼマイン様の真似をするのですから！」

「困ったところではなくて、カッコいいところ！」

「思い付きで大変なことをしでかすところですから、困ったところで間違っていません！　もー！　ローゼマイン様は昔からそうなのです！」

……えぇ⁉　わたしのせいなの⁉

デリアの照れ隠し的な反応であることはわかるけれど、とんだとばっちりである。わたしの背後に立っている護衛騎士達が、わたしの昔の所業を並べるデリアと「でも、それはこんな利益があった」と言い合うディルクの微笑ましい姉弟喧嘩に小さく笑う。

「ローゼマイン様が思い付きで色々とするのは、昔からですか」

「洗礼式前から変わっていらっしゃらないのですね」

「いえ、ローゼマイン様は変わられました」

ハルトムートが得意そうに胸を張る。

「昔よりずっと影響力は広範囲に、そして、大きくなっているのですから成長しています」

……それ、フォローでも何でもないからね！

姉弟喧嘩のネタとしてわたしが辱められているところに、フィリーネがそっと声をかけてきた。

「ローゼマイン様、コンラートと話をしてきてもよろしいでしょうか？」

わたしが許可を出すと、フィリーネは魔術具を持ってコンラートのところへ歩いていく。

「コンラート、少しお話をしても良いですか？」

「はい、姉上」

コンラートの答えに頷き、フィリーネは自分の抱えている魔術具を差し出した。

「貴方にはお母様が残してくださった魔術具があります。わたくしには準備できなかった回復薬を、今ならばローゼマイン様が貴方にもくださるとおっしゃいました。貴族に戻ることができるのです。わたくしの弟として洗礼式を受けませんか？」

フィリーネの言葉にきょとんとした顔でコンラートが首を傾げた。

「回復薬があってもお金がないのに、私がどうやって貴族になるのですか？　領主様からの魔術具を得た者には領主様が後見につくとヴィルマが言いましたが、私にはつかないでしょう？」

孤児院から洗礼式を受ける子供達は領主が後見人になり、その教育には粛清された貴族から接収したお金や道具を使うことになっている。領主が指定した魔力量に満たず、フィリーネの弟として洗礼式を受けることになれば、コンラートには領主の後見はつかない。

「姉上は孤児院に来た時はいつも貴族院に必要な物を揃えるのが大変だと言っているではありませんか。私の分まで準備するのは無理だと思います。私達が漉(す)く紙が何十枚、何百枚も必要なくらいにお金がかかるのですから」

家を出て、自分の生活を自分で支えなければならない未成年のフィリーネがコンラートまで抱え込むのは難しい。それはコンラートの方がよくわかっているようだ。

「……コンラートが貴族に戻るならば、わたくしは家に戻るつもりです。お母様が残してくださった物がまだ残っているならば、貴族院へ通うのも何とかなるでしょう」

これまでに自分が買った教材もあるし、家に残っている物があれば二人で貴族院へ行くこともできるし、わたしの側近であることを前面に出して父親にお金を出してもらっても良いとフィリーネが言う。

「姉上、私はヨナサーラ様に魔術具を取り上げられ、貴族として生きられないから、それに、父上が私を助ける気がないから孤児院へ来たのです。あの家にだけは戻りたくありません」

貴族になるために実家へ戻るという提案を、コンラートは「絶対に嫌です」と拒絶した。

「ねぇ、コンラート。貴方が貴族に戻れるのは今だけなのです。孤児達に魔術具が与えられ、ローゼマイン様が回復薬をくださる今だけ……。灰色神官として生きていくのと、貴族になるのは全然違うでしょう？」

フィリーネの再三の言葉にコンラートは「その魔術具は姉上の子供のために置いておいてください」と首を横に振った。断られたフィリーネは悲しそうに眉を寄せた後、一度目を閉じて、自分を落ち着かせるようにそっと息を吐く。

「コンラートが貴族にならない道を選ぶのであれば、わたくしにはもう姉弟として生きていく道は残されていません。コンラートと一緒に過ごすためには、貴方を買い取るしかなくなります」

「……私を買い取るのですか？　何の役にも立ちませんよ」

「弟と一緒に過ごしたいというわたくしの我儘ですよ」

フィリーネは微笑みながら指を四本立てた。

「……わたくしには四つの道があります。コンラートを孤児院に置いて、名を捧げてローゼマイン様に付いていく道。エーレンフェストで成人まで過ごして、コンラートを孤児院に置いてローゼマイン様を追いかける道。コンラートを貴族にするために実家に戻る道。貴族にはならない貴方と過ごすためにエーレンフェストに残る道」

フィリーネがゆっくりとした口調で自分の道を述べるのをコンラートは静かに見つめる。

「わたくしが自分の将来を選べるように、コンラートが自分の将来をどのように考えているのか教えてください」

「……私は……」

コンラートはそこで言い淀んだ。口に出しても良いのかどうか悩むように口を開けたり閉じたりしながら様子を窺う。フィリーネはそんな様子を見ながら困ったように笑った。

「コンラートが教えてくれないと、わたくしの我儘を通してしまいますよ？」

「……私は、孤児院のために生きていきたいです。姉上と一緒にではなく、一番辛かった時に助けてくれた孤児院の皆と一緒に生きていきたいと思っています」

「そうですか……」

フィリーネは落胆したように肩を落とした後、「教えてくれてありがとう」と呟く。

「孤児院でどんなふうに生きていくつもりですか？」

「フリターク様のような青色神官になりたいです」

粛清で連れていかれても取り戻してもらえるくらいに神殿長や神官長の信頼が厚い青色神官。神殿長や神官長が留守の時には神殿を任されるような青色神官。自分で稼いで自分の生活を賄うことができる青色神官。それがコンラートの理想だそうだ。

……フリタークがコンラートのヒーローになってたなんて、初めて知ったよ。

「工房のことに詳しい青色神官が欲しい、とプランタン商会のルッツが言っていました。私は工房に立ち入れる青色神官になりたいです。それに、ディルクと約束しました。ディルクが貴族になることができたら、私は自分で生活できる青色神官を目指してディルクを支える、と」

二人で孤児院を守っていく、とフィリーネとよく似たコンラートの黄緑の瞳がキラリと輝いた。

「姉上が我儘を言ったように私も我儘を言っても良いなら、成人までエーレンフェストにいてください。洗礼式を終えた私が青色神官になれるように、ちょっとだけ助けてくれると嬉しいです」

貴族になるほどではないが、青色神官見習いになるのもお金がかかる。コンラートは下級貴族で魔力が少ないから、洗礼直後ではほとんど魔力供給で役に立たない。魔力の供給量に応じて領地から与えられる補助金に差があるので、少し成長して魔力が増えて自活できるまでの支援をしてほしいとコンラートは言った。

「父親に見捨てられるくらいに魔力が少ない私が貴族になるよりは、青色神官としてディルクやメルヒオール様を助ける方がずっと役に立てるはずです」

コンラートは孤児院で貴族以外の生き方を見つけたようだ。簡単に買い取られてしまう灰色ではなく、自活できる青色神官になりたいと願っている。

「わかりました。わたくし、成人まではエーレンフェストでコンラートを見守りながら、一緒に孤児院を守っていきます」

フィリーネがニコリと笑ってそう言った。二人が自分で納得した道を選べたようで、わたしもホッとする。道を選べたならば、主であるわたしはそれを支援してあげればよい。

フィリーネの生活を支えてもらえるようにエルヴィーラへの根回しはもちろん、貴族が出入りする機会が増えても神殿が荒らされないように、エーレンフェストの最高権力者である領主一族に協力を依頼しなければならない。

……どこから手をつければいいかな？

少し明るくなった気分で先のことを考えながら、フィリーネとコンラートのやり取りを見つめる。コンラートは自分の望みを伝え、それが受け入れられたことがとても嬉しかったようだ。今までよりずっとフィリーネに甘えているように見える。

「以前、姉上は商人と貴族の会合にも出ているとお話ししてくれましたよね？　どんなふうに貴族と商人がお話をするのか、ローゼマイン様がどんなふうに活躍したのか教えてください」

「それは構いませんけれど……コンラートは商人の会合に出たいのですか？」

商人の会合は青色神官の仕事ではないような……と思ったけれど、楽しそうなコンラートには言えない。それに、もしかしたらコンラートが本当に工房に出入りする青色神官になった場合、プランタン商会側が意見を求めるために会議への出席を求めることがないとも限らない。

「最近は工房へ来るプランタン商会の人達から商売のことも少しずつ教えてもらっています。私はローゼマイン様のように商魂たくましくて交渉の巧みな青色神官になりたいのです」

……ちょっと、コンラート。目指す先が何かずれてない!?

「ローゼマイン様のような交渉ができる青色神官ですか……。道は険しく遠いですよ」

張り切るコンラートを見下ろしていたフィリーネがわたしをちらりと見て、クスクス笑った。

「フィリーネはずいぶんと落ち着いてコンラートと向き合っていましたね」

わたしに相談した時は結構混乱していて感情的だったけれど、今日の孤児院でのやり取りは落ち着いているように見えた。もちろん内心は色々な感情がぐるぐるしていたのだろうけれど、それを外には見せなかった。わたしがそれを褒めると、フィリーネは照れたように頬を染めた。

「ダームエルに叱られたのです」

「え？」

「一年でローゼマイン様がいなくなることで道の選択を迫られ、コンラートの扱いに悩む中で、突然コンラートが貴族に戻れる可能性が出てきたことが嬉しくて、わたくしは後先も考えずに飛びついてしまいました」

フィリーネは恥ずかしそうに自分の失敗を語る。

「今まではリヒャルダ達が色々な相談に乗ってくれていたのですけれど、リヒャルダもブリュンヒルデもいなくなってしまいましたし、コンラートのことは城の皆に相談できません」

孤児院に入った以上コンラートはフィリーネの弟でないので悩む必要はないというのが、基本的な貴族の見解らしい。確かにそれでは相談もできないだろう。

「ローゼマイン様以外に親身になってくれそうな人がいなかったのです」

フィリーネとしてはもうわたしに頼るしかないと思ったそうだ。

「でも、ダームエルに咎(とが)められました。コンラートを孤児院に入れた時点でローゼマイン様が責任を持つ部分は終わっている。これ以上煩(わずら)わせてはならない、と」

フィリーネの家に乗り込んでコンラートを救ったところでも踏み込みすぎだと周囲に叱られていたわたしに多くのことを望みすぎだと指摘されたらしい。

「コンラートを貴族にするのも中央へ連れていくのも、全てわたくしが考えることであって、移動準備や引き継ぎで忙しいローゼマイン様が考えることではないと言われました。ローゼマイン様はわたくしの主で、わたくしの選択や将来には親身になってくれるし、相談すればコンラートのことでも頭を悩ませてくれるけれど、それに甘えてはならない。わたくしの主で保護者だけれど、コンラートの保護者でも何でもないから、孤児に対する以上の援助を求めてはならない、と」

そして、フィリーネに選べる道やできる範囲の援助について話をしてくれて、コンラートの希望をまず聞くように言われたそうだ。

……何それ、ダームエルがカッコいい！

「どうしてもコンラートが貴族になりたくて、わたくしが援助したいと望むならば、婚約者になっても良いとまで言ってくれたのです」

「え⁉　ダームエルは求婚したのですか？」

「求婚というよりは、必要ならば助けられるという選択肢をくれただけです。でも、そのダームエルの言葉に甘えるのは、主であるローゼマイン様に甘えるよりもダメなことだと思いました」

フィリーネはそう言って照れたように笑う。

「わたくし、いつだってダームエルに手を引いてもらっていました。守ってもらわなければならない妹のような頼りない女の子を卒業して、胸を張って隣を歩きたいと思ったのです。ですから、ダームエルに甘えることのない道を選んだのですよ」

確かにフィリーネがコンラートに対して挙げた選択肢にダームエルは一度も出てこなかった。

……でも、これってダームエル側から考えたら、振られたことになってない？

わたしは「自立した女になったらクラリッサに聞いたように、わたくしから求婚するのです」と言うフィリーネを応援しつつ、ダームエルに視線を向ける。ダームエルはこちらを向こうとしなかった。

……いつかフィリーネが求婚してくれるって、教えてあげた方がいいかな？

魔紙の準備

朝食を終えてフェシュピールの練習をしていると、城から側近達がやって来る。護衛騎士の交代があり、今日の予定が確認されるのである。

「今日の午後にあるベンノとの話し合いはあまり外に漏れないようにしたいので隠し部屋を使いたいと思っています。ダームエルに護衛をお願いしますね」

「ローゼマイン様、文官の同行はどうされますか？」

ハルトムートに笑顔で問われて、わたしは一瞬口籠もった。自分の秘密を守るためには命令を絶対に守れる名捧げ組から選ぶしかない。やる気に溢れているハルトムートと「ハルトムートを選んでください」と言わんばかりに顔を逸らしている他の皆を見れば、わたしには選択肢が一つしかなかった。

「うぅ、ハルトムートにお願いします」

「かしこまりました」

午前中はモニカとフランに隠し部屋の準備を頼み、神官長室で執務と引き継ぎを行う。メルヒオールとその側近達もいたので、今後の孤児院について話をした。わたしが孤児院長を兼任していたので、メルヒオールの側近から孤児院長も任命してほしいことを告げると、メルヒオールがものすごく困った顔になった。

「孤児院長ですか……。神官長の役職は文官の仕事に似ているので、私の側近から任命するのは容易です。でも、孤児院長は平民の子供の面倒を見るのですよね？　文官より側仕えの方が仕事の内容としては近いのかもしれませんが、今までの仕事と違いすぎて一年で引き継ぎができると思えません。まだ私は側近も少ないですし……女性の方が適任だと思います」

メルヒオールの側近はどうしても男の方が多いので、幼い子供もいる孤児院の管理は管轄外(かんかつがい)と考える者ばかりらしい。周囲の貴族の目を考えると、神殿の側仕えに女性を入れるのも側近達には抵抗があるようだ。外聞が大事なのはわかるけれど、困った。わたしの側仕えをメルヒオール付きにするつもりだったけれど、モニカやニコラを引き取ってもらえないことになる。

……すぐには印象を変えるのも難しいからね。どうしよう？

「孤児院は魔力のない者がほとんどですが、今は旧ヴェローニカ派の子供達がいます。それに、印刷の工房があるので、以前と違って領主一族の管理が必要だと思うのですけれど……」

旧ヴェローニカ派の子供達がどのように育つのか、印刷業に造詣が深い者の買い取りを願う者がいた時にどのように対処するのかを考えると、領主一族かその側近か、アウブに報告するのが容易な者に孤児院長を任せた方が良いと思う。

「姉上か、ブリュンヒルデの側近にお願いすれば……。いえ、母上の出産が終わるまで姉上は忙しいですし、ブリュンヒルデはまだ婚約者なので引き継ぎが難しいですね。ローゼマイン姉上がこちらに残していく側近はブリュンヒルデ以外にいないのですか？」

メルヒオールの提案にポンと手を打って、わたしは同じ部屋の中で執務をしているフィリーネに視線を向けた。わたしの側近で引き継ぎが容易な人材としてはうってつけだ。

「……フィリーネ、孤児院長になりますか？」

「わたくしですか⁉」

「成人するまでの三年間、コンラートを見守るのでしょう？　ならば、孤児院長はとても相応しい仕事だと思うのです。わたくしの側で仕事内容を見てきましたし、孤児院長は役職手当もつきます。

わたくしがいなくなる以上、フィリーネには安定した収入が必要でしょう？」

見習いのお給料の他に、神殿でのお手伝い料や本の写本代などでフィリーネに金銭的な援助をしてきた。そのため、わたしがいなくなると収入が激減する。エルヴィーラが後見してくれれば食と住は問題ないけれど、それ以外に必要な支出を賄えなければ困るだろう。

「中継ぎという形で三年間孤児院長に就任し、フィリーネが孤児院を任せられると思う者に引き継ぎをしてください。養父様達には話を通しておきますから」

孤児院に何度も行っているし、コンラートが孤児院にいる。フィリーネならば孤児院に無体なことをせず、次の孤児院長も慎重に選んでくれるだろう。

「でも、わたくし、お部屋の準備も何もできません」

「孤児院長室を家具ごと下げ渡しますし、側仕えはモニカとニコラをそのまま、それに、フランかザームのどちらかを付けましょう。わたくしの我儘でフィリーネの仕事を増やすのですから、三年間の孤児院長室の維持費は主であるわたくしが持ちます」

何か理由がなければフィリーネだけにお金を融通するのは難しい。孤児院長を任せるという理由があれば援助もしやすいのだ。

「わかりました。引き受けます」

「ローゼマイン姉上の側近が孤児院長ならば安心ですね。フィリーネ、神殿に来た時に私のお手伝いもしてくれると嬉しいです。……さすがに一年間で全ての引き継ぎは不安なので」

その申し出にフィリーネは嬉しそうに笑って頷く。わたしもニコリと微笑んだ。

「メルヒオール、フィリーネのお手伝いは有料ですよ。仕事内容と拘束時間でいくら払うのか、表を作成しておきます。本来の仕事以上の仕事をしてもらっているのですから、自分の側近にも支払うと良いですよ。わたくしは側近に払っています」

　わたしが胸を張ると、メルヒオールの側近が少し期待した顔で自分の主に視線を向けた。


　昼食後、わたしは孤児院長室へ移動した。孤児院長室の隠し部屋に同行を許されるのが初めてで浮かれているハルトムート。そんなハルトムートと、ちょっとげんなりしているわたしの様子を心配そうにチラチラと見ているダームエル。いつも通りに扉の前で待機しているアンゲリカ。同行した貴族の側近はその三人だ。

　ニコラが準備してくれたお菓子とフランが準備してくれたお茶を飲んでいると、ベンノとマルクがやってきた。挨拶を交わして隠し部屋に入る。ここまではいつも通りだ。

　いつも通りではないのは、今までフランとギルとダームエルくらいしか入れなかった隠し部屋にハルトムートが入ったことである。正面に座ったベンノは少しばかり驚いた顔を見せて、わたしの背後に立つハルトムートに視線を一度向けて「よろしいのですか？」とわたしに問う。どこまでぶちまけた話をしても良いのか計りかねているベンノを見ながら、わたしはそっと息を吐いた。

「……彼の名を受けたので大丈夫です。主の命令には違反できないので、ここでの内容を漏らすな、と命じれば外に漏らすことはありません」

「ローゼマイン様が名を受けてくださって嬉しく存じます。重要な話は隠し部屋でしているという話を聞いて以来、ここに同席したいと常々思っていました」

ハルトムートが感激したように言う様子をベンノがやや引きつった笑顔で見ている。内心では今すぐに帰りたいとか、よくこんなヤツの名を受けたなと思っているに違いない。

……名捧げをゴリ押しされなかったら、わたしだって受けるつもりはなかったよ。

「遠慮なく何でもお話ししてください、ローゼマイン様。私は平民の出身であることも、ギュンターの娘であることも、その頃からベンノと親交があることも存じていますから」

全く想定していなかった言葉にわたしは思わず動きを止めた。目を見開いてハルトムートを見つめたまま動けない。ベンノの顔も強張っている。

「孤児院や工房で話を聞いて、矛盾を少しずつ潰していけばある程度の正解にたどり着くことは可能です。最終的な正解はフェルディナンド様にいただきました。ですから、お気になさらず、お話しください」

「気になります！　何ですか、それは⁉　わたくし、今まで一言も知らされていませんよ⁉　ダームエルは知っていたのですか⁉」

ハルトムートが調べていたことを知っていたのか、とわたしはハルトムートの隣に立つダームエルを振り返る。ダームエルは驚きの表情を浮かべていて、目が合うと慌てて首を左右に振った。

「知りません。初めて知りました」

「さすがに名捧げをしていない状態で、この情報を口にするとローゼマイン様が気に病むと思いましたから」

ハルトムートは爽やかな笑顔でそう言った。口止めをするためにどうすれば良いのか、下町への影響はどうなるのか、貴族達にそれが広がったらどうしようとわたしが悩まないように名捧げまでは口を閉ざしていたらしい。

「ハルトムート、他の誰かに漏らしたということは……？」

「そんな勿体ない真似はしません。孤児院や工房に何度も出入りして皆の緊張と警戒を解き、当たり障りのないことしか言わない灰色神官達からかなり丁寧に情報を集めて、小さな矛盾を丁寧に潰して推測した上で、その場で処分されるかと思うようなフェルディナンド様達の視線を浴びながら手に入れた正解ですよ。何故何の苦労もしていない者に教えなければならないのですか？」

わけがわからないというような顔でハルトムートに言われ、わたしもわけがわからない気分になった。「ダームエルが重用される理由を知りたかったから」という理由だけでそこまでできるハルトムートの基準が理解できない。そこまでして正解を手に入れて、自分の胸の内に抱えて満足できる精神構造がわからない。

「……うぅ、何だかもう疲れました」

ハルトムートのせいで本題に入る前にどっと疲れた。肩の力を落とすと、正面のベンノが気を取り直したように姿勢を正すのが目に入る。

「今回は一体何のお話ですか？　他領の商人がいつ来てもおかしくない時期にわざわざ呼び出すのですから、想定以上に大変なことが起こったのでしょう。領主会議で何がございましたか？」

忙しいんだからさっさと本題に入れと言わんばかりの赤褐色（せきかっしょく）の目に睨まれて、わたしも一度姿勢を正す。ベンノの予想は正しい。想定以上に大変だ。

「ギルド長に伝えることはこちらの手紙に記しています。ベンノには他に漏らせない内密の話をしたいのです」

「心得ています」

手紙を受け取ったベンノがマルクに渡して、こちらを向いた。

「細かい事情は教えられないのですけれど、わたくし、一年後にエーレンフェストから離れることになりました」

「……一年後？　秋にはグレッシェルの改革があり、プランタン商会の二号店が開店するというのに、春には別の領地について来いということですか？」

必死に抑えているけれど、「お前は俺を殺す気か⁉」とベンノの顔にはしっかりと書いてある。

わたしは慌てて首を横に振った。

「いいえ。エーレンフェストでは養父様が許可してくださったので、わたくしは事業にも好きに関わることができます。けれど、他領では未成年に事業を任せないそうです。ですから、わたくしが成人する三年後まで印刷関係者に移動はありません。あちらの状況の確認を始め、店や工房の準備もしなければなりませんし……」

ベンノは少し手を挙げてわたしの説明を制すると、腕を組んで呆れたような笑みを浮かべた。

「つまり、一年後には動けるようにしておいた方が良いということですね？」

「え？　違います。三年後で……」

「ローゼマイン様が出した事業計画は常に前倒しになるのです。三年後を目途に準備していたら絶対に間に合わない事態になります」

「はぅっ⁉　ベンノさん、ひどいですっ！」

成人まで動かせないと言っているのに！　とわたしが睨むと、フッとベンノが笑った。

「経験と事実に基づいていますから、ひどくありません。移動はグーテンベルク達全員ですか？領主一族が他領へ移動するならば、専属を連れていくものでしょう？」

「できれば来てほしいですけれど、グーテンベルク達には無理にとは言いません。遠いですし、現地の者との軋轢もあるでしょうし、今のように近い距離で便宜を図ることができるとは限りませんし、全員を連れていくとエーレンフェストの印刷業が後退するでしょうから」

やっと後任が育ってきたという時期にグーテンベルク達を全員引き抜くことはできない。

「……ただ、移動先にも印刷工房が欲しいので、準備が整ったらグーテンベルク達に例年のような出張だけはしてもらうつもりです。それから、三年を待たずに連れていく者もいます。ギルベルタ商会からトゥーリと他数名、染色専属のルネッサンスは絶対に連れていくつもりです。専属達については彼等が望めば家族で受け入れるつもりなので、こちらの意向を伝えてください」

「かしこまりました」

「それから、フーゴとエラもわたくしの専属料理人として連れていきます。同じように家族で受け入れるつもりなので、内密に根回しをお願いして構いませんか？　エラは出産のためにお休みに入っているのです」

下町から練習のために神殿へ来ている料理人見習い達についてはフィリーネが孤児院長室を使うので、そちらで練習してもらうことになると伝える。

「孤児院長室の厨房にはニコラがいるので大丈夫だと思います。フィリーネが成人するまでの三年間は孤児院長室にわたくしが予算を出すので、これまでと同じようにできるでしょう」

「なるほど。……ローゼマイン工房の責任者はどうなりますか？　以前と違って、印刷業が領主主導の事業になっていますから、こちらで買い取ることもできないでしょう？」

領主主導の事業であり、神殿の孤児院という立地上、プランタン商会が買い取って運営するのは難しい。

「本来はわたくしがあまり手を出せるところではないのですけれど、三年間はギルを付けてフィリーネに任せればこれまで通りに経営できると思います」

「……三年後は？」

「孤児院長に就任する領主一族の側近か、印刷業を束ねるお母様が責任者になると思います。三年間で文官がある程度育っていることを期待するしかありませんね。それから先は、ディルクとコンラートが孤児院や工房を守れる貴族や青色神官を目指すそうなので、今から色々と教え込んでおくことをお勧めします」

コンラートが商人系神官を目指すらしいと告げると、ベンノが面白そうに唇の端を上げる。

「グーテンベルクとして他領に移動させることを考えるならば、ギルと他数名の灰色神官達の扱いをどうされますか？」

「三年後の移動を目途にわたくしが新しい印刷工房の職人として買い取って、フィリーネと一緒に移動させます。ニコラもその時に一緒に買い取るつもりです」

残していく者、一緒に連れていく者、三年後に追いかけてくる者。それぞれについてジルヴェスターと話をして、買い取られないように確保したい。いきなり事業が潰れないように残していく者やその利益を手札に交渉すれば、何とかなるだろう。

「ふむ、専属の移動や引き継ぎについてはわかりました。グーテンベルク達がキルンベルガから戻ったら話をして根回しをしましょう。……ローゼマイン様と同時に移動する専属にプランタン商会は必要ありませんか？」

ベンノがそう言ってわたしを見た。「自分の希望は伝えなさい」というエルヴィーラの言葉を思い出し、わたしは背後に立つハルトムートやダームエルからは顔が見えないことを計算した上で、昔と同じようにニッと挑戦的に笑う。

「もちろん一緒に来てくれたら嬉しいですよ。三年後のグーテンベルク達の受け入れがかなり楽になるでしょうし、一緒にいてくれるだけで心強いです。でも、死ぬほど忙しいと思いますから……ベンノさんの手腕によるのではありませんか？」

「ほほぅ……。私の手腕ですか」

受けて立つと言わんばかりに笑うベンノに、わたしはトロンベ紙の注文を申し出る。何の準備をするにも先立つ物は必要だ。

「色々と大変なことになるのですから、店の利益には協力します。大口の注文です。不燃紙をありったけ売ってくださいませ」

「不燃紙？……ありったけとはまた……」

「フェルディナンド様からの要望で、最低三百枚は欲しいのです」

最高品質の魔紙を作ろうと思えばトロンベ紙でも品質が足りないくらいだ。品質を上げるための研究や調合が必要になる。なるべく早く手に入れなければ期限に間に合わないだろう。

「これから工房でも作らせるつもりですが、在庫があるならば全てくださいませ。できるだけ急いでくださると嬉しいです」

「在庫全て……。お支払いもその場で可能ですか？」

「フェルディナンド様が残してくださったお金があるので、全く問題ありません」

わたしに譲られたお金だけれど、わたしには自分で稼いでいる分もあるので、フェルディナンドのために使ったところで何の問題もない。

「店に戻り次第、在庫を確認し、マルクに届けさせましょう」

金額が金額なのでマルクが届けてくれるらしい。ベンノの背後に立つ彼を見上げ、「よろしくお願いします」と言うと、マルクは見慣れた穏やかな微笑みで返してくれた。

ベンノとの話し合いを終えると、「ローゼマイン様に気安く頼ってもらえる彼等が羨ましい」と嘆くハルトムートを「頼りにしていますから、メルヒオールと側近達への引き継ぎと教育をお願いします」と神官長室へ押しやる。

わたしは神殿長室へ戻ると、後任の孤児院長がフィリーネになることを皆にはっきりと伝え、モニカ達をそのままフィリーネ付きの側仕えにすると告げた。新しい孤児院長が馴染みのある貴族であることに、神殿の側仕え達が安堵の表情を見せる。

「モニカにはフィリーネの側仕えをしてもらうので、ヴィルマがいなくなった後の孤児院の管理はリリーに任せましょう。さて、フィリーネ。一年しか時間がありません。貴族院に行く期間を考えると、残りは半年と言っても過言ではありません。早速引き継ぎを始めましょう」

モニカに孤児院の資料を出してもらい、フィリーネの前に積み上げる。

「フィリーネ、こちらの資料は孤児院における一年間のお金の流れです。どの季節にどの程度のお金が必要になるのか把握してください。今は旧ヴェローニカ派の子供達が増え、養父様からの援助が増えているので、変則的なお金の流れになっています。そこに気を付けて、フィリーネに説明してくださいね、モニカ」

「かしこまりました、ローゼマイン様」

積み上げられた木札の資料に一瞬引きつった顔を見せたフィリーネだったが、気を取り直して木札を手に取る。モニカと二人で木札を見ながら話し始めた。

「フラン、この後でマルクが来るからお茶はもちろん、お金の準備もお願いします」

「かしこまりました」

マルクが持ってきてくれるトロンベ紙を入れられるように隠し部屋を開けていると、オルドナンツが飛んできた。白い鳥がそっとわたしの腕に降りてきて嘴を開く。

「お久し振りです、ローゼマイン様。イルクナーのブリギッテです。魔紙の準備が整いました。転移陣で城へ送るので、ご都合の良い日をお知らせくださいませ」

料金と転移に使うくらいの魔力が籠もった魔石を木箱に入れて送り返してほしいと言われ、わたしはタイミングの良さに目を輝かせる。

「ローゼマイン様、魔紙の研究でしたら、城の工房を使う方が良いのではありませんか？」

「……何故ですか？」

ローデリヒにそう言われて、わたしは首を傾げた。

「神殿の工房にはクラリッサが入れないので大騒ぎすると思うのです。それに、最高品質の魔紙を調合するのであれば、上級文官の二人に補佐を頼んだ方が早く進められます。あと、城には去年ドレヴァンヒェルと魔紙の共同研究をしたマリアンネ様やイグナーツ様もいますから」

わたしの代わりに調合をしたり、調合の補佐をしたりするのは文官の仕事なので、神殿で調合をして仲間外れにするとクラリッサが大変なことになるらしい。城での調合を勧めるローデリヒの意見には一理あるが、わたしは素直に頷けない。

「でも、城は皆がとても忙しいでしょう？　フェルディナンド様のために調合をしていると、うるさく言う方がたくさんいると思うのです。わたくし、城で調合をするのは気が進みません」

「……ローゼマイン様にはもう一つ工房があるではありませんか。図書館の工房で調合をすればいかがですか？　クラリッサも入れます」

ダームエルの提案にわたしはポンと手を打った。確かに図書館の工房ならば、クラリッサも入れるし、うるさい人達はいない。魔紙以外の素材を探すにもちょうど良い。

ブリギッテには「明日の三の鐘に送ってください」というオルドナンツを、城のリーゼレータには「明日イルクナーから紙が届くので、料金と魔石と騎獣へ紙を運ぶ人手を準備してください」というオルドナンツを、図書館のラザファムには明日以降の予定を伝えるオルドナンツを送った。

執務が終わる六の鐘を目前にして滑り込むようにマルクが木箱を抱えてやってきた。本当に急いで店に残っている在庫を掻き集めてくれたようだ。フランと一緒に急いで数に間違いがないか確認し、お金を払う。大金貨五枚が支払われることに側近達が驚いているけれど、気にしない。

フランとザームに隠し部屋へ紙を運んでもらい、ついでに、工房に魔紙の在庫がないか確認して買い取って来てもらうことにする。今は少しでも多くの魔紙が必要だ。

「ローデリヒ、城に戻ったらドレヴァンヒェルとの共同研究の中で使った魔紙が残っていないか、シャルロッテとヴィルフリート兄様の側近に尋ねてみてください。明日、買い取ります」

次の日は神殿にある魔紙を掻き集めて騎獣に載せると、予定通り城へ向かった。リーゼレータがイルクナーの紙を受け取ってくれていたので、更に騎獣に載せてもらう。それから、調合の補佐をするクラリッサとハルトムートと護衛騎士達を連れてわたしの図書館へ移動した。

「おはようございます、ラザファム」

「お帰りをお待ちしておりました、ローゼマイン様。こちらにお茶の準備ができています」

笑顔のラザファムに捕まって、下働き達が魔紙を騎獣から工房へ運び込む間、お茶をすることになった。盗聴防止の魔術具を差し出され、フェルディナンドの様子や連座回避について詳しい説明を求められたのである。

「フェルディナンド様がこちらに残すものを譲り渡した相手は、ローゼマイン様です。それなのに、どうして突然アウブが管理することになったのでしょう？　ご説明いただけますよね？」

クラリッサとハルトムートに調合の準備を任せて、わたしはお茶をしながらラザファムと話をした。貴族間に変な噂が広がっていて、血縁ではなく既に被後見人でもないわたしがフェルディナンドの荷物を管理するのは良くないと言われたこと。荷物の管理は城で行うけれど、館の鍵や権利はわたしのものであること。アウブ・アーレンスバッハが亡くなり、フェルディナンドの結婚が一年間延期されたこと。そんなフェルディナンドの連座回避や隠し部屋を求めて王族と交渉したこと。フェルディナンドの依頼で今集めている素材から最高品質の魔紙を作ること……。

「そういうわけで、アーレンスバッハに隠し部屋ができることになりました」

「それはとてもお喜びになるでしょう。フェルディナンド様がこの家の中で一番長い時間を過ごしていらっしゃったのは工房ですから」

ラザファムはわたしが隠し部屋を勝ち取ったことを笑顔で褒めてくれる。

「ですから、ラザファムはフェルディナンド様の隠し部屋に入れる調合用の道具や素材をまとめて、城へ運んでくださいね。養父様が夏の葬儀に向かう際、持っていっていただきますから」

「図書室の蔵書もいくつか入れますか？」

「ダメです。もう図書室の蔵書はわたくしの物ですよ。……あの、ラザファムが写本した物ならば構いません。研究資料などもフェルディナンド様には必要ですものね」

反射的にダメだと即答してしまったわたしは、目を丸くしているラザファムの様子を見て急いで取り繕う。ラザファムはフッと微笑んで、わたしを見た。

「フェルディナンド様の蔵書の一部分はハイデマリーが寄贈(きぞう)した物なので、エックハルトも懐かしがると思っただけです。ローゼマイン様から取り上げようと思ったわけではございません」

「そうだったのですか。残念なことに、わたくし、ハイデマリーのことは詳しくないのです」

エックハルトの亡くなった妻であることは知っているけれど、それだけだ。彼女自身について教えてくれる人はいない。ラザファムによると、ハイデマリーはフィリーネと同じような境遇だったらしい。ヴェローニカ派の後妻に家を乗っ取られたそうだ。

「様々な物が売られたり質に出されたりする中で、ハイデマリーは自分の家の図書室からありったけの本を持ち出しました。この家に伝わる貴重な知識は渡さないと言い切って、自分の主であるフェルディナンド様に献上したのです」

わたしは思わず図書室の方へ視線を向けた。そこにある書物のどれだけがハイデマリーの物なのだろうか。貴重な本が散逸(さんいつ)しなくて良かったと心底思う。

「エックハルトはハイデマリーのことを思い出すので、この館の図書室にはあまり近付きたがりませんでした。けれど、少しは傷が癒(い)えてきたのでしょう。去年は図書室へ入って、懐かしそうに蔵書を見つめていましたよ」

「そうですか……」

話が一区切りしたところでクラリッサが声をかけてきた。調合の準備が整ったらしい。

「ローゼマイン様の文官らしい仕事ができて嬉しいです。昨夜、ドレヴァンヒェルとの共同研究の結果を見直して少しでも改善できないか考えていたのですよ」

意欲的なクラリッサに促されてわたしが立ち上がるのを、ラザファムは何だか懐かしそうな顔で見ている。

「ローゼマイン様はどのくらい工房に籠もられますか？」

「……そうですね。葬儀までに最高品質の魔紙の試作品を作って、フェルディナンド様に問題がないか確認してもらうつもりなので、数日間は工房に籠もることになると思います」

数日間、と心配そうな顔になったラザファムにわたしは急いで付け加えた。

「でも、フェルディナンド様と違って、わたくしは食事の時には工房から出ますから心配しないでくださいませ」

ラザファムが苦笑しながら「かしこまりました」と頷いた。

最高品質のサンプル作り

「では、始めましょうか」

わたしは工房のテーブルに並べられている魔紙や道具を見回した。フェルディナンドが持ってい

た素材の属性や品質を測る道具で、それぞれの魔紙の性質を調べていく。最初は数が多いエイフォン紙やナンセーブ紙でどの程度まで品質を上げられるのか実験し、その後で希少なトロンベ紙の実験をしたいと思う。

「これを最高品質にするのですか？」

クラリッサが品質を確認するために小さく切られたエイフォン紙をつまみ上げて難しい顔をした。

平民の手で魔力を使わずに作られている魔紙は、魔術具としての品質は低い。属性値も低いし、属性数も少ないし、魔力容量も小さいのだ。トロンベ紙は魔木紙（まぼくし）の中では高品質だけれど、以前から魔紙として使われている魔獣の皮から調合する羊皮紙（ようひし）のような魔獣皮紙ならば、もっと品質の高い物がいくらでもある。

「魔紙の素材に指定がないのでしたら、従来通りに魔獣の皮を採集してから品質を上げる方がよほど楽ではございませんか？」

魔獣の皮を使った魔紙の調合レシピは貴族院で教えられる。魔法陣を描き込み、調合や魔術を行う際の補助として使う紙がそれである。高度な魔術に使おうと思えば、それなりに高品質の素材が必要だし、高品質の素材を得るためには強い魔獣を捕らえて皮を得なければならない。そのため、最高品質の魔紙など簡単に作れる物ではないのだ。

「品質を上げるだけならば魔獣の皮を使う方が簡単でしょうけれど、フェルディナンド様の要望は最低三百枚ですから、どれだけ魔獣の皮が必要になるかわかりません。最高品質ならば素材の品質にも妥協（だきょう）できないでしょう？　かなり強い魔獣をどれだけ捕らえる必要があると思いますか？」

フェルディナンドの工房に置かれている素材は多いけれど、それぞれについて三百枚の魔獣皮紙が作れるほどの量があるわけではない。わたしの言葉にハルトムートは頷いた。

「魔獣を完全に倒してしまっては皮を得られません。大量に集めるのはとても難しいと思われます。ローゼマイン様の護衛騎士を全員投入しても、期限内に必要な素材が集まるとは思えませんね」

「やってやれないことはないと思います」

クラリッサの青い瞳がやる気になっているけれど、ダンケルフェルガーならば文官も魔獣狩りに行くものなのだろうか。期限が三年後くらいならば狩りに行って少しずつ素材を揃えても良いけれど、引き継ぎが忙しい時期に狩りに行く時間なんてない。おそらく調合で魔木紙の品質を上げるしかないから、フェルディナンドはわたしに頼んだのだと思う。

「それにしても、最高品質を三百枚以上だなんて……。フェルディナンド様は一体何に使われるのかしら？」

「クラリッサ、フェルディナンド様は調合を楽にするために高品質の魔紙を惜しげもなく使う方です。普通の人とは違うのですよ」

最高品質の魔紙でなければならないのが一体どんな場合なのか、わたしには思い浮かばない。でも、フェルディナンドは調合時に高品質の魔紙をちょくちょく使っていた。調合に関してフェルディナンドの常識を信用してはならない。わたし、学習した。

「とりあえず、ドレヴァンヒェルとの共同研究を参考にして、今ある魔木紙の品質をできるだけ上げていきましょうか」

不純な魔力を抜いたり、品質を上げるために同属性の高品質な素材を投入してみたりしながら、調合鍋を掻き回してそれぞれの魔紙の品質を上げてみる。エイフォン紙もナンセーブ紙も低品質から普通の品質くらいにはなった。

「……品質が低すぎます」

亀の歩みのようにじわじわとしか品質が上がらない。何度も何度も同じような調合をしていると嫌になってくる。わたしはこれまでフェルディナンドが実験を重ねて仕上げたレシピをそのまま利用したり、ライムントに改良依頼を出したりしていたため、自分で魔術具のレシピを納得できるまで改良し続けたことがない。望んだ結果が出ない現状にガッカリだ。

「フェルディナンド様はどうしてあのように簡単に魔術具を新しく作製したり、改良したりできるのでしょう？　わたくし、もう心が折れそうです」

「ローゼマイン様、そのように肩を落とさないでください。まだ一日目ですし、全く進歩がないわけではありません。音を出す魔紙はかなり滑らかになりましたし、勝手に集まる魔紙は動きが速くなりましたよ」

ハルトムートが励ましてくれて、わたしは改良されたエイフォン紙とナンセーブ紙を見つめる。エイフォン紙は途切れ途切れの音しか出ていなかったけれど、品質を上げたことで音が滑らかになった。オルゴールに使えそうなくらいの音質にはなっている。ナンセーブ紙は大きな破片に向かってじりじりとした動きを見せていただけだったけれど、動きが速くなった。

「けれど、フェルディナンド様が望む最高品質には程遠いではありませんか……」

「先が長そうですけれど、ここから更に品質を上げていくと、魔紙にどのような変化が出るのか楽しみでもあります。頑張りましょう」

ハルトムートとクラリッサが大幅に魔力を回復させる回復薬を飲み、「気分を切り替えるためにも昼食を摂りませんか？」と調合の中断を提案する。わたしは調合に飽きていたので、その提案に乗って工房から出た。

昼食を摂りながらこの先どのように品質を上げていくのか話し合う。

「ローゼマイン様、属性を増やしましょう。魔木紙と相性の良い素材を探すのが難しいですが、上手くいけば属性が増えることで品質が上がっていきますから、全属性を目指して素材を加えてみませんか？」

「失敗が今まで以上に増えそうで憂鬱ですけれど、そうするしかありませんね」

午後からは工房にあった素材から品質の高い物を適当に選んで少し投入してみる。良い変化があれば量を増やして様子を見る。それの繰り返しで、少しずつ属性を増やしてみた。けれど、中品質くらいで高品質にもならない。

……なんかだんだん面倒になってきたよ。

レシピがわかっている物を手順通りに作るならばまだしも、こういう地味な実験を長時間できるほど調合が好きなわけではない。読書と違って、何時間も何日も没頭できるものではないのだ。

午後の休憩（きゅうけい）はお茶の代わりに回復薬を飲みながら、わたしはあまりの進歩のなさに唇を尖らせる。ハルトムートやクラリッサに言わせると、たった一日でかなり改良が進んでいるらしい。

「普通はローゼマイン様と違って魔力が続きませんから、これほど何度も調合ができないのですよ。上級貴族の私の三日分の実験を一日でしているのですから」

魔力の多さに任せて何度も何度も実験を繰り返すことができるため、わたしは他の文官に比べてずいぶんと有利だし、きちんと結果は出ているらしい。

「むぅ……。多量の魔力を実験に注ぎ込めるのがわたくしの強みなのでしたら、次は純粋な魔力の塊である金粉を入れてみるのはどうでしょう？　一気に品質を上げられるかもしれません」

「ローゼマイン様の金粉ですか……。それは確かに一気に品質を上げられるかもしれませんね。自分の魔力ならば馴染みも良いでしょう」

わたしは回復薬を飲んで魔力を回復させながら、魔石からまず雑多な魔力を抜いて魔石自体の品質を上げる。その後、自分の魔力を注ぎ込んで魔石を次々と金粉にしていった。実験用の金粉が次々とできる様子にハルトムートとクラリッサが目を丸くする。

……そういえば、領主候補生の講義で金粉を作った時も、ハンネローレ様に驚かれたな。

引き気味だったハンネローレと違って、ハルトムートとクラリッサは目を輝かせてかぶりつくように見つめてくるのだけれど、驚いていることに変わりはない。

「なんて豪快なのでしょう」

「さすがローゼマイン様。普通の文官には魔石も魔力も勿体なくて、とても真似できません」

休憩中に作った金粉を使って品質を上げる。さらさらと調合鍋に金粉を混ぜ込みながら、わたしは魔力を注いで混ぜ続ける。できあがったエイフォン紙を小さく切って、品質や属性を調べる魔術具に載せてみる。

「あ、一応全属性の高品質になりましたね」

馬鹿みたいに魔力を使ったわけだけれど、おかげで、品質を一気に引き上げることができた。でも、最高品質ではない。

「これ以上なんて、どうすれば良いのかわかりません。フェルディナンド様に教えてほしいくらいですよ」

先が見えなくて落ち込んだのはわたしだけで、ハルトムートとクラリッサは高品質になった魔木紙に感激が隠せないようで、先程から魔木紙で色々と試している。

「ローゼマイン様、この魔紙の元に戻る性質を上手く利用できれば、一枚の魔紙を何度も使えるようになるかもしれません！　大発見ですよ！」

青い瞳を輝かせたのはクラリッサだ。高品質になったナンセーブ紙は元の場所に集まって来るだけでなく、勝手にくっついて元の紙の状態に戻るようになったらしい。面白い変化だが、わたしが欲しいのは最高品質の魔紙である。

「ローゼマイン様、こちらはまるで歌うように滑らかな音が出るようになっています。楽譜ではなく、魔法陣を描けば詠唱もできるかもしれません」

ハルトムートがわくわくしたように橙色の目を輝かせて、魔法陣を描いて実験をしたい、と言い出した。

「これらの魔紙に魔法陣を描いた場合、どの程度補助が楽になるのか実験してみましょう」

「実験したければ使っても構いませんよ。わたくし、用途まで実験しようと思いませんから」

わたしの役目は品質を上げることで、用途を探したり、性質を調べたりすることではない。金粉を使っても高品質までしか上げられなかったのだ。今日はもう調合を終わりにして、どんなふうに品質を上げれば良いのか考えた方が良さそうだ。

「スティロ」

ハルトムートとクラリッサがシュタープをペンの形に変化させて、魔紙に向かった。魔紙は低品質の物でなければ、普通のインクで書けない。高品質になれば、魔力をインクにする魔術具のペンを使うか、スティロを使ってシュタープで書くか、どちらかになる。

「……ローゼマイン様、大変です。この魔紙、スティロでも書けません」

ハルトムートの言葉に慌ててわたしは高品質のエイフォン紙を見つめる。ハルトムートがシュタープのペンで紙の上で動かしても何も書けない。クラリッサも同じで魔力のインクが付着しない。

「ローゼマイン様の魔力が強すぎて弾かれる感じがします。ローゼマイン様は書けますか？」

クラリッサに言われて、わたしもスティロで書いてみる。普通に線が引けた。ハルトムートは「やはり作製者のローゼマイン様ならば書けるようですね」と納得の顔で見ている。けれど、わたしは一気に血の気が引いた。

「わたくしにしか使えない魔紙では、完全に失敗作ではありませんか。フェルディナンド様にも使えない魔紙なんて最高品質になっても意味がありません」

「作製者か、それ以上に魔力のある者でなければ使えない魔術具はそれほど珍しくございません。

私とクラリッサも高品質魔紙を作ってみましょう。それでローゼマイン様に使うことができれば、ローゼマイン様の魔紙をフェルディナンド様が使うことは可能かもしれません。……フェルディナンド様の方が魔力は多いのですよね？」

ハルトムートに心配そうに問われて、わたしもちょっと心配になる。貴族院では魔力が溢れないように密度を薄くしていたので、体は成長したけれど、魔力量はそれほど伸びていなかった。けれど、今はシュタープが成長したし、調合、神事、エントヴィッケルンの準備と、領地内で魔力を使う事案が多いので、今は魔力圧縮を昔の基準くらいに戻している。体が成長した分、溜められる魔力量は増えているはずだ。

……それでも、フェルディナンド様を超えてるってことはないと思うんだよね。

消えるインクを使っている時もそれほど変化はなかったので、まだ超えていないと思う。

「フェルディナンド様に勝てるとは思っていません」

「どうでしょう？　ローゼマイン様ならばいずれ勝てると思います」

「わたくし、フェルディナンド様のような常識外の域まで成長するつもりはないですから」

あんな魔力酔いを起こしながら魔力圧縮を重ねるようなマッドサイエンティストのようになるつもりはない。そう宣言したのに、ハルトムートとクラリッサには「ローゼマイン様が成人する頃が楽しみですね」と嬉しそうに言われた。

「ローゼマイン様と違って、私とクラリッサでは金粉を作る段階でかなり魔力と時間がかかるので、続きは明日にしましょう。今夜中に金粉を準備します」

「わかりました」

フェルディナンドでも使える魔紙になるかどうかは、明日の二人の実験にかかっている。わたしは二人のために魔力だけが大幅回復する回復薬と雑多な魔力を抜いた魔石を渡して、健闘（けんとう）を祈った。

次の日、かなり大変だったようだが、二人は金粉を作って持ってきて魔紙の調合を始めた。わたしは昨日作製した高品質の魔紙に魔法陣を描いて、二人が試してみたかった実験を代わりに行いながら二人の調合が終わるのを待っていた。

ハルトムートが予想した通り、エイフォン紙は描かれた魔法陣に魔力を通せば自動で詠唱して発動する魔紙になった。ちょっと魔力の消費量が多いけれど、詠唱できないところで発動させたり、詠唱があまりにも長かったりする場合に便利かもしれない。

……でも、やっぱり他の人の魔力で描けないのは困るよね。

クラリッサはナンセーブ紙を何度も使える魔紙にできないかと考えていたようだが、高品質でも再利用はできなかった。金色の炎に包まれて終わりだ。でも、燃えカスが残っていて、それが集まったのはちょっと面白かった。

「ローゼマイン様、できました」

二人が作った高品質の魔紙にわたしがスティロで線を描いてみた結果、ハルトムート作製の魔紙には描けたけれど、クラリッサ作製の魔紙には描けなかった。

「わたくしよりもクラリッサの方が魔力は多いということかしら?」

「あり得ません」

二人に即座に否定された。金粉を作る速度を考えても、クラリッサとの魔力量の違いは明らかなので、わたしも本気でそう思って言っているわけではない。ちょっとしたお茶目だ。

「では、どうしてこのような差が出るのでしょうね？」

わたしは首を傾げたけれど、クラリッサはすぐに思い当たったようだ。

「名捧げに違いありません！　わたくしとハルトムートの違いなんて、それくらいですもの」

さすがにハルトムートとクラリッサの違いがそれだけだとは思いたくないが、クラリッサの意見が的を射ている可能性は高い。

「名捧げは主の魔力で縛るのですから、影響している可能性はありますね」

ローデリヒが名捧げの後、わたしの魔力の影響で少量だが全属性を得た。ハルトムートもわたしの魔力に縛られているので、わたしだけがハルトムートの魔紙に描ける可能性は高い。

「作製者本人か作製者が名を捧げた者にしか描けないようではダメですね」

「……魔紙が魔力を弾くようなので、魔力を吸収する素材を加えて見るのはどうでしょう？」

ハルトムートの提案にわたしは首を傾げた。

「魔力を吸収するということは黒の魔石ということでしょうか？」

「黒の魔物から採られた素材で、魔紙の性質を変質させず、魔力を吸収する性質だけを加えることができれば、魔力のインクを付着させることができると思うのです」

……黒の魔物ってことはターニスベファレンとかトロンベ？

わたしは自分が戦ったことのある黒の魔物を思い浮かべ、トロンべ紙に視線を向けた。

「なるほど。やってみましょう」

わたしはハルトムートの作った高品質のエイフォン紙にトロンべ紙を加えて合成してみる。できあがった紙をクラリッサに渡して、隅の方を小さく切って試し書きをしてもらう。

「線が描けます、ローゼマイン様！」

ハルトムートの予想通り、できあがった魔紙はクラリッサも描けるようになったし、最高品質まであと少し、というくらいまで品質が上がった。多分トロンべ紙が調合中のわたしの魔力をぐんぐん吸収したせいだと思う。

時間短縮の魔法陣を描いて、エイフォン紙の品質を上げる時に使ってみた結果、勝手に詠唱して発動するエイフォン紙の性質に燃えにくいトロンべ紙の性質が加わっていることが判明した。

「……ローゼマイン様、こちらの不燃紙は高品質に上げていませんでしたよね？」

クラリッサがインクのラインを引いたところだけが燃えてバラバラになった燃えカスを見つめて、目を瞬きながら尋ねた。

「えぇ。先程はそのまま使いました。品質を上げれば完全に残るかもしれませんね。魔紙同士は反発があまりないようなので、いっそ全ての魔紙を高品質にして、全てを調合鍋に入れて合成してみましょう」

全てを高品質にして合成する。言葉では簡単だが、馬鹿みたいな量の魔力が必要な調合である。それぞれを高品質にするために金粉を作る必要があるし、高品質な素材を合成するのは更に魔力が必要だ。

でも、苦労した甲斐があって、最高品質の魔紙が完成した。小さく切った破片を二人に渡して試し書きをしてもらう。線は無事に描けた。そして、その破片はふわりと大きな紙片の方へ戻り、勝手にくっついて元の大きさに戻る。

魔法陣を描いて実験した結果、魔力を流すだけで魔術が発動し、完全には燃えずに残り、勝手に集まって再生する魔紙が誕生したことがわかった。

「用途がわかりませんけれど、これならばフェルディナンド様も納得してくださるでしょうか？」

再生した魔紙をハルトムートに見せながら尋ねると、ハルトムートは「これに文句をつけられる文官はいないと思います」と笑顔で請け負ってくれた。

「……でも、この魔紙、ローゼマイン様以外には作れないのではありませんか？」

「まぁ、ちょっと時間がかかりますよね」

低品質から金粉を使って高品質に上げて、最終的に三つの高品質の魔紙を合成して作るのだ。魔力も時間も驚くほどかかっている超高級魔紙だ。

ちなみに、三つで元の紙二枚分くらいの大きさの魔紙になる。切っても元に戻るので、大きさの変更ができないところが悩ましい。

「わたくしは高品質の紙を調合するために、回復薬を使って一晩かけて金粉を作ったのですよ。調合にも回復薬が一本必要でしたもの。ちょっと時間がかかるなんてものではありません」

クラリッサが「何ということでしょう」と嘆き始めた。領主候補生の代わりに調合をするのが文官の役目なのに、満足に役目が果たせないのが悔しくて仕方がないようだ。

「魔力を増やしたり、神々にお祈りをして御加護を増やしたりするしかありませんね」

クラリッサが「絶対にお役に立ってみせます」と決意も新たに燃え上がっている横で、ハルトムートはトロンベ紙を手に取って、何やら考え込んでいる。

「ローゼマイン様、この不燃紙は一体何を素材にして作られているのですか？　イルクナーではなくプランタン商会から買い取ったのですから、ローゼマイン工房か、周辺の製紙工房で作られているのですよね？」

わたしはニコリと笑って「にょきにょっ木から作られているのですよ」と答える。すぐに答えが返ってきたけれど、思い当たる魔木がなかったようでハルトムートは考え込んでしまった。

「にょきにょっ木？　孤児院の子供達から聞いたことがありますが、不燃紙の素材だったのですか。……しかし、そのような魔木は覚えがございません」

名を受けたハルトムートだけならば教えても構わないけれど、クラリッサもいるこの場では口にする気はない。

「イルクナーから買い取った魔紙は十分に量がありますけれど、不燃紙は足りませんからね。この夏にはたくさん不燃紙を作ってもらわなければ」

タウの実がどれくらいの量必要になるか頭の中で計算しながら、わたしは最高品質の魔紙をもう一枚作製する。これでジルヴェスターにアーレンスバッハへ持って行ってもらうためのサンプル作りは終了だ。フェルディナンドから「大変結構」をもらえたら、量産したいと思う。

「養父様にはこの試作品だけではなく、調合道具や素材も運んでもらうつもりです。そちらの準備もしなければなりませんね」

アーレンスバッハの葬儀に向かうジルヴェスターに何を持って行ってもらうのか、工房の中を漁る。回復薬や解毒薬の素材は送っておきたい。ハルトムートとクラリッサも楽しそうに工房の素材漁りを手伝ってくれた。

春の終わりの成人式はすぐそこで、夏もまた間近に迫っていた。

春の成人式と養父様の出発

サンプル作りを終えて、神殿での生活に戻る。春の成人式を明日に控え、神殿長室ではわたしと側仕え達の間で議論が起こっていた。メルヒオールを始めとした青色見習い達を春の成人式に参加させたいと言っておいたのだが、却下されたのだ。

「どうしてダメなのですか？　他の青色見習い達はまだしも、神殿長を引き継ぐメルヒオールは絶対に成人式に参加させた方が良いと思います」

ふんぬぅ、とわたしがフランに意見すると、フランとザームが視線を交わした後、ザームが厳しい顔で首を横に振った。

「ローゼマイン様、メルヒオール様を始め、青色見習いは未成年です。儀式には参加できません」

わたしとしてはメルヒオールへ神殿長職の引き継ぎをするため、それから、秋の収穫祭に青色見習い達を回らせるのであれば彼等にも儀式の見学をしてもらいたいと思っている。けれど、これまでの慣習から未成年は参加できないし、慣習を変える必要はないと側仕え達は言い張る。

「わたくしは未成年ですけれど、神殿長として儀式を行っているではありませんか」

「ローゼマイン様は神殿長ですから。青色……いえ、神殿長になる前は参加できなかったではありませんか。メルヒオール様の儀式への参加は神殿長に就任してからです」

青色巫女見習いと言いかけたフランが貴族の側近達を気にして、神殿長になる前と言い直す。戸籍ロンダリングの上に年齢詐称までしているので、不用意に昔の話はできないのだ。

「確かに洗礼式や成人式には参加できませんでした。でも、フェルディナンド様の命令でトロンベ討伐の後の癒しの儀式や祈念式を行いましたもの。絶対にダメということはないはずです」

青色巫女見習い時代のフェルディナンドの命令を前例として出したことで、元フェルディナンドの側仕えだったフランとザームが少し言葉に詰まる。

「それは、神殿で青色神官が不足していて、どうしようもなかったからではありませんか」

「今はあの時よりもっと青色神官が減って、更にどうしようもない状態になっています。わたくしだって成人がたくさんいれば、未成年を神事に出すようなことはしません」

いくら反対されても、これは受け入れてもらいたいと思っている。今の神殿は成人の青色神官が七人しかいないのだ。青色神官だけでは魔力が足りず、未成年の領主候補生が領地内を駆け巡って何とか神事をこなしている状態である。

祈念式でライゼガング系貴族に嫌がらせを受けたヴィルフリートや、フロレンツィアの出産前後で忙しさを増すシャルロッテが収穫祭に行きたがらなければ、その途端に神事に支障が出る。神事で御加護が増加するため二人は手伝ってくれると思う。けれど、あまり広範囲を任せるのは皆の負担を考えると好ましくないし、最悪の場合、神事を神殿の者だけでこなさなければならない。

「実際、青色見習い達にも収穫祭へ行ってもらわなければ人手が足りません。それに、収穫祭へ向かうのは彼等自身のために必要です。この春に受け入れた青色見習い達は普通の青色神官と違って、親からの補助がありません。領地の補助金と収穫祭で得られる収入で冬支度をしなければならないのです」

旧ヴェローニカ派の親達から接収したお金があるとはいえ、どのくらいの期間、どのくらいの金額をジルヴェスターが孤児院や神殿に回してくれるのかわからない。基本的には孤児院や貴族院での教育費として使う予算として考えられている。ならば、彼等の冬支度のためのお金は農村やギーベの土地を回り、収穫祭に参加して自分で稼いでこなければならないのだ。

「秋の収穫祭で農村へ向かえば、そこでは洗礼式、星結び、成人式の全てを一度に行わなければならないでしょう？　何も見たことがないまま、突然儀式を行うのは大変なのです。わたくしは自分の経験上、他の皆には慌てずに済むように儀式の見学をしてほしいです」

神殿長としていきなり神事をさせられたわたしは、ぶっつけ本番がどれだけ心細いことか知っている。それに、わたしはマイン時代の最初の洗礼式で平民の儀式がどのようなものだったのか知ることができたけれど、彼等は平民の儀式を見たこともないのだ。

「一年後にわたくしが神殿を去れば、わたくし一人の穴を埋めるために何人も青色神官が必要になるでしょう？　彼等はまだ騎獣を持っていませんし、貴族院に入学していないため魔力も少ないので、全員が神事に向かわなければならなくなります。そうなる前に、わたくしの目が届くうちに、なるべく経験を積ませてあげたいのです」

メルヒオールが神殿長に就任して責任者になった途端に、未成年の見習い達を領地のあちらこちらに派遣することになればメルヒオールも大変だ。洗礼前や貴族院に入る前の子供達を孤児院や神殿で受け入れることを提案したのはわたしなので、彼等が生活に困らないように、青色見習いとして生きていけるように道を作ってあげることは大事だと思う。

「ローゼマイン様のお考えはわかりました。ですが、せめて、青色見習い達の見学は夏の成人式からにしてください。新しいことを始めるには準備期間が必要ですし、青色神官達にもそれぞれの意見があるでしょう。それに、見学するにも儀式用の衣装の準備が必要になります」

季節一つ分の余裕があれば、儀式用の衣装を調えることも、青色見習い達に付いている側仕えと連携を取って教育もできると言う。夏の成人式と秋の洗礼式を見学すれば、儀式の流れや雰囲気はわかるだろうと言われてわたしは頷いた。

「では、青色神官達への根回しや準備はフラン達に任せます。儀式用の衣装はお金があるならば新調しても良いし、ないならば以前の青色神官や青色巫女が置いていった物で仕立て直すように助言してあげてください」

わたしの時は適当な大きさの物がないとか、平民に与える物などないと前神殿長が言ったとか、いくつかの理由で新調するしかなかったけれど、今は粛清などで保管されている青色の衣装が増えている。ずっと保管しておいても生地が傷(いた)むのだから、使える物は使ってもらえば良い。

「かしこまりました。青色見習い達の側仕え達に収穫祭への参加を伝え、教育と準備の開始を命じましょう。秋の収穫祭のためにメルヒオール様を始め、青色見習い達に夏の成人式、秋の洗礼式の見学をさせるため、他の青色神官達の意見もまとめます」

根回しは始めるけれど、正式な発表は春の成人式が終わってからという話で側仕え達との議論は終わった。

成人式当日。わたしはわたしで結構緊張していた。夏の成人式でトゥーリが成人するのだから、今日の春の成人式にはルッツの兄であるラルフがいるはずなのだ。マイン時代の知り合いで、わたしのことを覚えていそうな知り合いはルッツの兄くらいだが、ザシャとジークはうまい具合にわたしが参加せずに終わった。

……ラルフにバレたりしないよね？

わたしは鏡を見ながら儀式用衣装を少しつまんでみる。ボロ服を着ていたマインとは似ても似つかない恰好(かっこう)だ。それに、もう何年も前に死んだ近所の子供のことなんて覚えてないと思う。わたしが小さい神殿長として下町で噂になった時もトゥーリやルッツからは何も言われなかった。

……わたしもラルフの顔がわかるかどうかわからないから……うん。平気だよね。

そう自分に言い聞かせながら、わたしはフランや護衛騎士と礼拝室(れいはいしつ)前に移動する。

「神殿長、入場」

ギギッと開かれる扉とたくさんの視線に緊張しつつ、わたしは聖典を抱えて礼拝室に入った。ひそひそと交わされる会話に耳を澄ませながら、壇に上がる。

……どれがラルフだろう？

少し目を凝らしながら新成人達を見下ろす。ここにラルフがいるはずなのだが、壇上からでは皆が成長しすぎているし、誰も彼も春の貴色の緑をまとっているのでよくわからない。

……ラルフは赤毛だったから、あれかこれかそれか……。うーん、面影があるような気がするからあれがラルフかな？　うーん、よくわからないね。

貴族らしい笑顔を貼り付けたまま考えていると、ラルフっぽい人物が目を凝らすように少し顔を歪めて、やや首を傾げた。相手もこちらを探っているように見える

……あれ？　何か気付かれた？　ちょっと不信感を持たれちゃった？

わたしは急いで聖典へと視線を逸らし、貴族生活で培った作り笑顔でいつも通りに儀式を行う。

「水の女神フリュートレーネよ　我の祈りを聞き届け　新しき成人の誕生に　御身が祝福を与え給え　御身に捧ぐは彼らの想い　祈りと感謝を捧げて　聖なる御加護を賜らん」

祝福を与えれば神事は終わりだ。新成人達が礼拝室から出ていくのを見送っていると、ラルフが一度振り返った。

……あ、あぅ、ラルフにバレたのかどうか調べたい。でも、下手に突いたほうが藪蛇になりそうじゃない？　どうしよう？

もし、何かあったらトゥーリやベンノから連絡があるだろう。しばらくは黙って様子を見るしかなさそうだ。

春の成人式が終わり、神殿では青色見習い達を含めて会議が行われた。根回しをしてくれたザームによると、成人の青色神官達も人手不足は嫌という程実感しているようで、特に不満はなかったそうだ。むしろ、領主の後見を受ける立場なのだから働けという言い分が多いらしい。

人手不足のため、そして、各自の冬支度のために秋の収穫祭に参加しなければならないことを青色見習い達にも告げ、準備をするように命じる。祝詞の暗記、儀式用の衣装、馬車の手配、料理人と食料品の調達などやらなければならないことは多い。

ただ、初めての未成年に全ての神事を任せるのは難しいため、今年の収穫祭だけは成人の青色神官とペアを組ませることが新しく決められた。

「あの、姉上。少しお時間をいただいてもよろしいでしょうか？」

カルステッドの第二夫人の息子、ニコラウスが少し不安そうに尋ねてきた。今日の護衛がマティアスとユーディットで、コルネリウスがいないせいだと思う。ニコラウスは邪険に追い払われるので、コルネリウスが苦手そうだ。

「構いませんよ。何か質問があるのかしら？」

「はい。私の冬支度は父上が手伝ってくれるのでしょうか？」

両親が粛清されている子もいれば、ニコラウスのように片親だけが処分を受けている子もいる。

ニコラウスは父親からも見捨てられそうだと感じているようだが、彼の生活費はカルステッドから出ている。冬支度も頼めば手伝ってくれると思う。

「お父様にお手紙を出してみればどうですか？」

「……受け取ってもらえなければどうしようかと思うと、少し怖いです。私はエルヴィーラ様に疎まれていますから」

母親のトルデリーデがしてきたことを思えば、エルヴィーラがニコラウスを疎ましく思うのも無理はないだろう。けれど、一番家の中がぐちゃぐちゃになった時期に公平とかバランスを考えられるのがエルヴィーラだ。わたしのお母様はすごいのである。

「よほど無茶な要望でもない限り叶えられると思います。でも、冬支度が整えば、収穫祭に参加しなくても良いわけではありません。神々の御加護を得るためにも真剣にお祈りしてくださいね」

「はい。少しずつですが、側仕え達と祝詞を覚えています。先日、神殿に稽古をつけに来てくださったおじい様も真剣に祈って御加護を増やせとおっしゃいました」

わたしが図書館で調合している時なので顔を合わせなかったけれど、見習い達の鍛錬にボニファティウスが一度神殿に顔を出してくれたそうだ。ニコラウスは筋が良いと褒められたらしい。

「姉上からおじい様にお礼のオルドナンツを送ってあげてください。姉上が神殿にいらっしゃらなかったことにガッカリしていましたから」

……なんか同じようなことを前にマティアス達からも頼まれたような……？

ゲルラッハの調査の時を思い出していると、マティアスも同じことを思い出したようだ。何となくニコラウスを見る目に同情が籠もったように見える。ユーディットも少し遠い目になって「それで昨日は……」と呟いた。

……ユーディットって何かおじい様との付き合いがあったっけ？

首を傾げながら自室に戻ると、マティアスが「忘れないうちにボニファティウス様にオルドナンツを」と勧めてきた。ユーディットも「すぐに送った方が良いと思います」と黄色の魔石を差し出してくる。

わたしは頭に疑問符を浮かべながら、護衛騎士達に言われるままボニファティウスにお礼のオルドナンツを送った。マティアスとユーディットが意見を出し合った結果、「神殿に忌避感があるようだったけれど、わたしとの約束を忘れずに見習い達に稽古をつけてくれるなんておじい様はすごい。ありがとう。大好き」というような内容になった。

ボニファティウスからの返事はすぐに届いた。「ローゼマインとの約束を守るのは祖父として当然のことではないか」という短いものだったが、マティアスは「これで良し」と満足そうに頷き、ユーディットと握手していた。

後でフィリーネがこっそりと教えてくれたのだが、ボニファティウスの機嫌が悪いと騎士団の訓練に手加減がなくなるらしい。今、訓練に行っているダームエルやコルネリウスのためだそうだ。

秋の収穫祭に参加が決まった青色見習い達が神事に使う祝詞を覚えようと神殿内でブツブツ言っている姿が見られるようになり、れっきとした貴族の子が真剣に神事に臨む姿を見た青色神官達も仕事に真剣に向き合うようになる。

初めての長期出張に何が必要か、どうしなければならないのか悩む青色見習い達とお茶をしながら神事の話をしたり、成長しても使えるように自分の儀式用の衣装を調えた話をしたりしながら注意点を伝えていく。

「儀式用の衣装を新しく誂えられるのは、お父様からの援助があるニコラウスくらいです。わたくしは以前の巫女見習いの衣装をお直しするしかありません」

家族以外の者が着た衣装をお直しするなど初めてらしい青色巫女見習いは、境遇の変化が少し辛いと小さな声で零した。金銭的に切り詰めた生活をするのが初めてで戸惑いを隠せないらしい。

「……命を失ったり、城の子供部屋で過ごしたりするよりは快適なのです。ローゼマイン様やアウブ・エーレンフェストには感謝しています。でも、時々とても悲しくなるのです」

神殿での生活は、家族と一緒にいて何一つ不自由なかった時とは比べものにならないほど孤独で厳しい生活だそうだ。確かに辛いし、寂しいだろうと思う。

「私は成長すれば衣装など誂え直す物だと思っていました。長く一つの衣装を使おうと考えたことがございません。けれど、ここではそれが必要なのですね」

「貴方達の成長は早いですから、それに合わせて自分のお金で毎回誂えるのは大変ですよ」

以前は未成年が神事に参加することなどなかったから、成人してから誂えれば長く使えたけれど、成長期の未成年では同じようにいかない。

「ローゼマイン様、成長しても着られる誂え方を教えてください」

元はわたしが知っていた着物の仕立て方を応用した物だ。コリンナに売りつけた知識ではないので勝手に広げても良かったけれど、トゥーリを中央へ出すことに少しでも協力的になってもらうためにはギルベルタ商会へ利益を流しておいた方が良い。わたしはコリンナに手紙を書いて、わたしの儀式用衣装の仕立て方を青色見習い達の専属に売るように指示を出した。

夏の洗礼式を終えると、ジルヴェスターがアーレンスバッハの葬儀へ向かう日が近付いてきた。わたしはフェルディナンドに届けてもらうために図書館の工房でまとめた調合セットやお料理をたっぷり詰めた魔術具をラザファムに頼んで城へ持ち込んでもらう。

最高品質の魔紙のサンプルは準備できたし、お手紙も書いた。お手紙の表には季節や葬式向けの挨拶に加えて、ジルヴェスターに持って行ってもらう素材のリスト、それに「これで問題がなければ量産します」と書いた。その裏には消えるインクでどんなふうに作ったのか、途中でどのような紙ができたのかという過程を加えた最高品質の魔紙のレシピを書いておいた。

間違いなく、マッドサイエンティストのフェルディナンドは自分で作ってみたくなると思うので、何の加工もしていない魔木紙を全種類数枚ずつ素材として入れてある。王族からの命令通りに工房が与えられていれば、時間を見つけては勝手に研究するだろうし、改良点があればそのうち教えてくれるだろう。

「フェルディナンド様に工房を与えるのは王族とアウブのお約束ですから、必ずご自分の目で確認してくださいませ。そして、与えられていないようでしたら王命に反しているということですから、ディートリンデ様とゲオルギーネ様に何らかの罰を与えるようにお願いしてくださいね」

……すごすごと引き下がってきたらダメだよ！

出発前日の夕食の席でわたしが口を酸っぱくして言うと、ジルヴェスターは至極面倒臭そうな顔で「ヴィルフリートが嫌がるのもわかるな」と言った。どんなに嫌な顔をされても、わたしは止めない。わたしが王の養女になるための条件なのだから、王族にはきっちりと約束を守ってもらわなければ困る。

「たとえフェルディナンド様が嫌がっても、本当に正しい意味で隠し部屋が与えられているのか養父様が確認してくださいませ」

「ふむ、それは少し面白そうだ」

面倒臭そうだったジルヴェスターが少しだけやる気を見せたので、ホッと安堵の息を吐いた。わたしとジルヴェスターのやり取りを見ていたフロレンツィアが微笑みながら、大きくなってきた自分のお腹を撫でる。

「それほど心配しなくても、ジルヴェスター様はきちんとお仕事をしてくれますよ、ローゼマイン。ご自分の目でフェルディナンド様の様子を確認できる数少ない機会なのですから」

……ホントにそうならいいけど。

「ローゼマインもメルヒオールもしばらくは城に滞在するのでしょう？」

「はい。三日ほど滞在して礎に魔力供給をする予定です。星結びの儀式の準備があるので、わたくしはあまり長く滞在できないのです」

星結びの儀式の前後で孤児院の子供達と「にょきにょっ木狩り」もしなければならないのだ。城でのんびりできる時間はない。

「わたくし達はお姉様とお茶の約束をしているのですよ、お母様」

「あら、子供達だけで？　わたくしは招待してくれないのですか？」

「えぇ、わたくしが主催した子供だけのお茶会ですもの」

シャルロッテの言葉にわたしとヴィルフリートが頷く。城に滞在している間に兄妹水入らずのお茶会で、側近達も排して情報交換をする予定なのだ。

「兄上や姉上とのお茶会は久し振りで、私も楽しみなのです。そういえば、私は先日神殿の青色見習い達とお茶会をしたのですよ。それに、孤児院の者が働く工房の見学もしました。本ができるところを見たのですが、すごかったです」

メルヒオールが楽しそうに神殿生活の話を始めると、皆が興味深そうに聞き入る。給仕をしている側仕え達の反応を見ても、神殿への忌避感が少しずつ薄れているのがわかった。

「いってらっしゃいませ、養父様。それから、お父様もどうかお気を付けて」

アウブとその護衛騎士である騎士団長のカルステッドを見送る。他領のアウブの葬儀ということで、結構な大人数での移動になる。フロレンツィアはお腹が大きく、長旅は危険だということでお留守番だ。体調が許す限りは執務を行うことになっているらしい。

見送りを終えて自室に戻る。一緒に見送りに行っていた側近達が全員入ってきた。ずらりと並ぶ側近達を見て、何だか懐かしい気分になる。

「久し振りに側近が勢揃いですね。前に集まった時は王の養女になることを発表し、中央へ移動する者の意見を聞いた時でしたもの」

わたしがクスッと笑うと、ユーディットが恨めしそうにわたしを見た。

「リーゼレータがついて行くと聞いた時には、わたくし、泣きそうでしたよ」

「あら、ユーディットは泣きそうではなく、リーゼレータの意地悪、裏切り者と泣いていたではありませんか。わたくしもブリュンヒルデも残るのに、一人だけ除け者だと嘆くユーディットを宥めるのは大変でしたよ」

オティーリエがクスクス笑うと、ユーディットが恥ずかしそうに赤面する。成人するまではフィリーネも残ることが決まって、「これから名捧げを希望しても未成年を連れていってくれるとは限らない」とわかったことで落ち着いたらしい。

「悲しい思いをさせてしまってごめんなさいね。でも、ユーディットが成人して、中央へ来てくれるならば大歓迎ですよ。……ユーディットのご両親が決める結婚までの短い期間でも嬉しいし、心強いです」

エルヴィーラに言われた通り、できるだけ素直な気持ちでわたしが誘うと、ユーディットは照れくさそうに微笑んで頷いた。

「それに、フィリーネが成人するまでの間は神殿で孤児院長を務めることになりましたから、様子見がてら青色見習い達の訓練もしてあげてください」

「はい」

あと決まっていないのはダームエルだけだな、と思いながら視線を向ける。何故かずいっと視界に入ってきたのは満面の笑みを浮かべたクラリッサだった。鼻歌でも歌いだしそうなご機嫌な笑顔で一歩前に進み出る。

「……クラリッサ、どうかして？」

「やっと名捧げの準備ができました。さぁ、ローゼマイン様。わたくしの全てを受け取ってくださいませ！」

……嫌です。……って言いたいんだけど。ハァ……。

ゴリ押しの名捧げは二人目である。ハルトムートと違って、クラリッサはわたしの魔力で縛られる時に恍惚とはしていなかったので、普通の反応にちょっとだけホッとした。

……いや、待って。クラリッサは普通じゃないから。騙されちゃダメだよ、わたし！

子供のお茶会

「こんな感じで勉強中です。どうでしょう、ローゼマイン様？」

クラリッサはそう言いながら、ここしばらくの仕事内容を見せてくれた。領主会議におけるダンケルフェルガーとの交渉役として領主夫妻の文官達と仕事をしていたクラリッサだが、領主会議が終了した今はわたしの部屋で、わたしのための仕事をしている。

わたしが成人してから本格始動をすることになるけれど、中央へ行ってからも印刷業を始めることは決めている。もしかしたら、中央神殿の孤児院や灰色神官達の現状によっては慈善（じぜん）事業にも手を出すかもしれない。そのため、クラリッサは中央でなるべくスムーズに事業を始められるように、これまでわたしが行ってきた事業に関する貴族側の資料をまとめてくれている。

具体的には、当時のフェルディナンドが貴族と行った交渉についての聞き取りや結ばれた契約、動かされた店の数や人数などの記録に加えて、ダンケルフェルガーと中央のやり取りを参考に、どのように中央で印刷業を始めれば良いのか、どの部署の文官に話を通すのが良いのか計画を立ててくれているのだ。

「クラリッサは短時間でよくここまで調べましたね。わたくし、自分が孤児院で工房を作った時にフェルディナンド様がどのように動いていたのか、全く存じませんでした」

わたしがベンノ達と奔走していた裏でフェルディナンドもまた動いてくれていたことがよくわかる資料に、自分の視野の狭さを再確認した。当時は報告ばかり求められて、何日もかかる面会予約をしなければならないことを面倒に思っていたけれど、必要で大事なことだったのだ。

「孤児院長になってローゼマイン様のお役に立つフィリーネには負けていられませんもの」

フィリーネは今日も神殿でモニカと孤児院長の業務に関する引き継ぎ仕事をしている。この間、ハルトムートが神官長に就任した時と同じように誓いの儀式をして青の衣を与えた。今は立派な青色巫女見習いである。

ちなみに、ローデリヒはわたしの指示で、プランタン商会やギルベルタ商会から届いた中央の店舗に関する希望から中央でどのくらいの広さの店が必要になるのか、新しく揃えなければならない仕事道具、同行する従業員の部屋の数や広さなどを書き出している。お茶会の間も、ここで作業をすることになっているのだ。

わたしはリーゼレータとグレーティアがお茶会の準備を整えたのを確認し、オティーリエに部屋の留守を頼む。ヴィルフリートやメルヒオールが部屋を出たら、扉の外を守っているダームエルが教えてくれることになっているので、それまで待機だ。

「ローゼマイン様、ダームエルから連絡です。ヴィルフリート様とメルヒオール様がお部屋を出たようです」

部屋を一旦出たアンゲリカが戻ってきて報告してくれる。わたしは側仕えと護衛騎士を連れて、シャルロッテのお茶会へ行くために部屋を出た。

「皆、下がってください」

挨拶を終え、席に案内され、お茶とお菓子の毒見を終えた時点で、シャルロッテは側近達に下がるように指示を出した。それに合わせて、わたし達も自分の側近に下がるように命じる。これで、この部屋にはわたし達領主候補生以外いなくなった。

「今日はこちらを使いますね」

そう言いながら、シャルロッテは範囲指定の盗聴防止の魔術具を作動させようとする。わたしは急いでそれを止めた。

「シャルロッテ、範囲指定の物を使うと貴女一人に負担がかかるでしょう？　個人で持つ方を使った方が良いのではありませんか？」

「いいえ、お姉様。今日は範囲指定の方が良いのです。長時間の使用にメルヒオールが疲れるかもしれません。頻繁に神殿で魔力の奉納を行っていると聞いていますから」

……なんと⁉

わたしはフェルディナンドに最初から盗聴防止の魔術具を渡されていたし、それを負担に思ったことがなかったので知らなかったが、個人個人で握る盗聴防止の魔術具を長時間使用するのは、貴族院入学前の子供には負担になることもあるらしい。

……そんな気遣い、わたし、フェルディナンド様にされたことなんてなかったよ⁉

ルッツの家族会議の時が初めての使用だったと思うけれど、長時間の話し合いになるのが確実な場で、わたしを黙らせるためだけに使われたはずだ。フェルディナンドはわたしの魔力量をある程度把握していたのだろう。けれど、もしかしたら長時間の使用で気分が悪くなればわたしを退場させられるのだから、それはそれで構わないと思われていたのかもしれない。

……フェルディナンド様め！

ふんぬぅ、と思い出し怒りに身を任せながら、わたしはシャルロッテに「わたくしが範囲指定の魔術具を作動させますよ」と申し出る。

「シャルロッテ一人に魔力の負担をさせるわけにはいかないでしょう？」

「……そうしていつもお姉様は一人で負担を抱えようとなさるのですね」

シャルロッテが藍色の目でちろりと可愛くわたしを睨む。たまには頼れるお姉様らしいこともしたいので、シャルロッテが作動させる前に椅子を滑り降りて「ていっ」と魔術具を準備し、作動させた。わたしの敏捷さの勝利である。

「魔力の負担だけならば大して苦ではありませんから、シャルロッテはお姉様であるわたくしにたまには甘えてくれても良いのですよ。こちらの社交や養母様の補佐は全て任せているのが現状ですもの。それに、シャルロッテがここまで準備をするということは、わたくしが中央へ行くことについてのお話をするのでしょう？」

胸を張ってそう言いながら、わたしは席に座り直す。シャルロッテは小さく笑いながら「わたくしはお姉様にいつも甘やかされていますよ」と呟いた。

「そんなことはないと思うのですけれど……」

「あります。お姉様はお兄様との婚約が決まった時、お父様にわたくしの結婚相手は選択肢を残すように、と言ってくださったと聞きました。今回もお姉様が望んで王の養女になるわけではないのに、わたくしには様々な選択肢が示されました。……わたくし、お姉様に何が返せるでしょう？」

……最初からどーんと重い話がきたよ!? 「お姉様、素敵！　尊敬します」ってシャルロッテが可愛く言ってくれたらそれでいいよ、って言っていい？　ダメだよね？

いきなり真剣な目で問われてしまった。わたしは軽い答えを返せば良いのか、一緒に真剣に悩むべきか、答えに困る。

「お姉様のおかげでわたくし達は下位領地がどのように扱われるのか、本当の意味で理解できません。三十代以上の方とお話をすると、それをよく実感します」

シャルロッテはフロレンツィアの補佐をして、第一夫人の執務に関わり、城で働く貴族達を見て回った結果、昔ながらの下位領地のやり方しか知らない大人と、下位領地として扱われたことが少ない若手で完全に意識が分かれていることを実感したらしい。

「……叔父様と貴族院の在学を共にした世代くらいから意識の変化があるように思えました」

ヴェローニカに疎まれていたフェルディナンドは基本的に個人でしか優秀な成績を上げていなくて、領地の順位の変動に大きく貢献(こうけん)したわけではない。けれど、騎士コースの面々は悪辣(あくらつ)な指揮の下、宝盗(たからと)りディッターでダンケルフェルガーに勝利している。文官コースも自領から最優秀が出れば、少しは追いつこうと自然と意識が高くなっていたようだ。

フェルディナンドが卒業し、ダームエルの頃になると、政変の終了と粛清によってエーレンフェストが何の苦もなく順位を上げた世代になる。エーレンフェストが最底辺だった時代を知っている最後の世代であると同時に、各地の青色神官達を貴族にするための特例が実施されたり、粛清によって教師の顔ぶれが大きく変わったり、カリキュラムの変更が行われたりした激動の世代だ。

その後、順位だけは上がっても周囲からの扱いが下位領地のままだった頃があり、聖典絵本や知育玩具が発売され、子供部屋の教育が整えられたことで周囲の意識が少し変わり始めた世代になる。コルネリウス達がこの世代だ。下位領地の扱いと急成長したエーレンフェストの両方を経験している。

わたしとヴィルフリートの入学と同時に流行発信が始まった。成績向上委員会が発足し、座学は大幅に成績が向上し、エーレンフェストの急激な躍進は周囲の注目を集めるようになった。寮の料理はおいしいのが当たり前で、お茶会の招待状は多すぎて選別しなければならない。社交シーズンは引っ張りだこで上位領地からも声がかかる。毎年どんどんと順位を上げるため、下位領地として扱われたことがない世代だ。シャルロッテも当然下位領地の意識がない世代である。

「貴族院では上位領地としての意識がないとか、上位領地らしい振る舞いを、と言われています。けれど、エーレンフェスト内を見れば、確実に意識は変わっているのです。この先もお姉様がいらっしゃるならば、わたくしは何も考えずに古い考え方の人達は困ると、ただ批判していればよかったのです」

けれど、先頭に立ってこれまでの常識を壊していたわたしがいなくなれば、順位を落とすのはあっという間のことになるとシャルロッテは予想しているらしい。エーレンフェストには圧倒的に古い考えの大人が多く、領主一族やその側近でさえ意識が切り替わっているとは言えない。昔に逆戻りしないように何とかしなければならないのは、エーレンフェストに残る者だ。シャルロッテはそう言って、一つ溜息を吐いた。

「大人の干渉（かんしょう）を上手く避けたり、受け流したりしながらお姉様が与えてくださったものを大事に守っていかなければなりません。王の養女となるお姉様の実家として恥ずかしくないように維持していくことが、お姉様にできるお返しではないかとわたくしは考えました」

領主一族が神殿に出入りすることで貴族達の忌避感を薄めていき、神事を行って御加護を増やす。

その効果を実証することで、わたしが神殿育ちであることを誇れるようにする。印刷業を発展させて、わたしに本を送る。イタリアンレストランの料理人を大事に育て、エーレンフェストをおいしい物で溢れるような領地にする。子供部屋の教育を続け、成績向上委員会も継続して座学の成績を落とさない。わたしがしてきたことを守りつつ、意識を変えていく。

シャルロッテは「それがわたくしにできることです」と笑った。わたしがしてきたことを大事に守りたいと言われて、じんわりと心が温かくなっていく。顔が自然にへにゃりと笑み崩れた。

「お姉様、わたくしの能力は補佐向きです。残念なことに、領地の発展のために大胆な決断をしたり、新しい物を取り入れたりすることにはあまり向いていません。調整をしたり、誰かの定めた枠を守りながら浸透させていったりする方が得意なのです」

シャルロッテの自己判断は自分をとても客観的に見られていると思う。シャルロッテは陰から支えてくれる感じで、周囲との調整には非常に力を発揮する。

「その分、今までお姉様が変えてきた体制の維持を目的とするならば、今のエーレンフェストにはわたくしが一番アウブに向いています。メルヒオールやこれから生まれてくる赤ちゃんが発展を得意とするアウブになるかもしれません。彼等が育つまでの間、中継ぎ的な役目をこなし、その後も補佐する立場にいたいと思っています。お姉様はわたくしを支持してくださいますか？」

自分の得意不得意を見定めて、わたしの変えたエーレンフェストを維持していきたいと願うシャルロッテに、わたしはコクリと頷いた。

「エーレンフェストの大人達の間では変化を厭う声が大きかったので、わたくしは自分でしてきたことに自信を持てませんでした。けれど、それを維持したいと言ってくれて嬉しいです。わたくしはシャルロッテの選択を応援します。……でも、シャルロッテならば上位領地の第一夫人でも務まりそうですけれど、エーレンフェストに残るので良いのですか？」

　発展に向いた次代の領主が育つまでの中継ぎ領主を目指すことは、口で言うほど簡単ではない。婿の選択や変化を厭う貴族の風当たりなど、放り投げたくなるような面倒事が山積みのはずだ。ヴィルフリートを次期領主から外すことになれば、今度はブリュンヒルデの子供が生まれるまでライゼガング系貴族は粘るかもしれない。

「これから五年間は他領から入ってくる以外で婚姻できないため、他領の者が増えることになります。複数の他領のやり方や考え方を取り入れることで、ライゼガング系の貴族達に貴方達の主張はおかしいと反論できる土壌（どじょう）を作っていきたいと思います」

　旧ヴェローニカ派がいなくなったばかりの今はライゼガング系の声が大きいけれど、それを少しずつ封じたり、エーレンフェストの考え方に変化を持たせたりしたいらしい。そのためには領主候補生であるシャルロッテが他領から婿を取るのは、次世代のためになるそうだ。

「それに、わたくしは魔力圧縮を教えていただく際の契約で、お姉様に敵対できません。ですから、婿を取って、エーレンフェストに残るのが一番良いと思います。お姉様が王の養女となれば、エーレンフェストは後ろ盾になります。敵対することはないでしょう。けれど、他領へ嫁げば、その領地はどの立場になるかわかりません。わたくし達にとってはほとんど実感のない政変さえ、二十年も経っていないのですから」

魔力圧縮の契約がそんなところに絡んでくると思わなかった。ひやりとする。シャルロッテをエーレンフェストに縛りつけるつもりはなかったのだ。先の見通しの甘さに頭を抱えていると、シャルロッテが困ったような微笑みを浮かべながらわたしを優しく見つめる。

「色々と考えた上で契約し、魔力圧縮で魔力を増やすことを選んだのはわたくしです。わたくしの選択をお姉様が気に病む必要はありません。たとえお父様との養子縁組を解消しても、どのような状況になっても、わたくしはお姉様の味方なのだと思ってくだされば、それで良いのです」

シャルロッテの言葉が泣きたくなる程に嬉しい。黙ってシャルロッテの話を聞いていたヴィルフリートも頷いた。

「エーレンフェストは其方にたくさんのものを与えてもらった。それなのに、中央へ行く其方にエーレンフェストが与えてやれるものは多くはない。王族の後ろ盾としても貧弱(ひんじゃく)この上ないであろう。……だから、絶対的な味方という安心感くらいは持っていくが良い」

「シャルロッテだけではなく、ヴィルフリート兄様もわたくしの味方でいてくださるのですか？」

わたしが確認する意味を込めて首を傾げて尋ねると、ヴィルフリートはフッと笑った。

「他領へ行った叔父上への態度を見れば、中央へ行った其方がエーレンフェストに対して非道なことをすることはなかろう。……面倒は押し付けられそうだがな」

「あら、ヴィルフリート兄様。失礼なことをおっしゃらないでくださいませ。わたくし、アーレンスバッハへ行ってしまったフェルディナンド様の世話を焼いている自覚はありますけれど、面倒をおかけしたことはないですよ」

役に立てるように頑張っているのに、なんという言い草だ。断固として抗議する。わたしの言葉にヴィルフリートは「やれやれ」と肩を竦めた後、ビシッとわたしを指差した。

「そう思っているのは其方だけだ。間違いない」

「間違っているのはヴィルフリート兄様です。わたくし、フェルディナンド様に面倒をおかけしないように頑張っているのです」

「見当違いの方向に、ではないのか？」

シャルロッテとメルヒオールが笑い出したけれど、誰もヴィルフリートの言葉を否定してはくれない。

……うぐぅ。だ、大丈夫だもん。

「見当違いの努力といえば、其方の移動を隠しておく必要はあるのか？」

「どういうことですか？」

「其方の中央行きがあちらこちらで噂されている」

「え⁉」

領主会議の間に他領から中央神殿の神殿長にしろ、という突き上げを食らっていたこと。王族から領主夫妻が呼び出しを受けて打診されたこと。断ったけれど、再度側近を外した状態での話し合いが行われたこと。そして、エーレンフェストに戻ってから領主一族だけを残した話し合いの場が持たれたこと。神殿の引き継ぎを急ぎ始めたこと。これらの状況から、わたしを中央神殿の神殿長にするように、という王命が下ったのではないかと推測されているらしい。

「領主会議の報告の中で聞いていない話だから、初めて聞いた時は驚いたぞ。同時に一つの懸念が浮かび上がってきて、其方に確認したいと思っていたのだ。……其方、王の養女となった後、中央神殿の神殿長にされるのではあるまいな？　私はお茶会などで他領の神殿の話を聞いたが、エーレンフェストの神殿とはずいぶんと違うようだぞ」

心配そうな顔でヴィルフリートに言われて、わたしは首を横に振った。

「視察くらいはするかもしれませんけれど、神殿長として神殿に入ることはないと思います。わたくしに神殿長をさせるならば他の王族も同じようにしてください、と先にジギスヴァルト王子にお願いしておきましたから」

ヴィルフリートとシャルロッテは一度二人で顔を見合わせた後、恐る恐るわたしを見た。

「そ、其方……。まだ正式に王の養女となったわけでもないのに、ジギスヴァルト王子にそのような注文を付けたのか？」

わたしがコクリと頷くと、ヴィルフリートは「これだからローゼマインと一緒にいるのは嫌なのだ」と呻き、シャルロッテはものすごく言葉を探して視線をさまよわせた後、「お姉様は早く王の養女になられた方が不敬にならずに済むので安心ですね」と微笑んだ。

「そんなに不敬ですか？　エーレンフェストではアウブを始め、領主一族が出入りして神事を行っているのですから、王族にも同じことを求めるのは当然だと思ったのですけれど。虚弱なわたくしではなく、健康な王族が神殿長になって神事を行った方が良いのでは、と提案したのですけれど、こちらは大丈夫ですか？」

「普通の貴族は誰もそのようなことは言わぬ！」

「確かにジギスヴァルト王子は驚いていましたね。言わないとこちらの思惑は全く通じていないようでしたから、発言したこと自体は全く後悔していませんけれど」

ヴィルフリートは肩を落として「其方の婚約者になるジギスヴァルト王子に私は心から同情する」と言ったけれど、一体どういう意味なのか。わたしが睨むと、ヴィルフリートはメルヒオールに向かって「社交はローゼマインを手本にしてはならぬ」と言い聞かせ始めた。

「神事と勉強は手本にしても良いが、社交と常識だけは絶対にローゼマインを基準にしてはならぬ。叔父上でさえ頭を抱えていたのだからな。我々に対応できるわけがない。人には得手不得手がある。他人の良いところを真似るようにするのだ。良いな？」

ヴィルフリートの言葉をメルヒオールは真面目な顔で頷きながら聞いている。

「ローゼマイン姉上は何でもすごいのですけれど、不得手なこともあるのですね。同じようにしてもできないことばかりで落ち込んでいたのです。少しホッとしました」

「メルヒオール、ローゼマインは目標に据えるくらいが良い。全く同じことをしなければならぬと思えば息苦しくなるし、自信を失うばかりになる」

「わたくしもお姉様と同じことができなくて、一度は領主候補生としての自信をなくしましたもの。わたくし達兄妹が一度は通る道なのですよ」

ヴィルフリートの助言やシャルロッテの経験談をメルヒオールは「自分だけではなかったのですね」と安堵した顔で聞いている。三人だけでわかり合っているのが、ちょっと悔しい。

「わたくしを仲間外れにしないでくださいませ」

「仲間外れも何も、其方には常識外で規格外の兄弟を持つ苦労や挫折などわからぬであろう？」

「規格外で常識から外れた師匠ならいます！　わたくしだって苦労しました」

だから、仲間に入れてと訴えると、ヴィルフリートとシャルロッテは顔を見合わせた。

「叔父上と其方はどちらも常識を外れた規格外で同類だと思うぞ」

「叔父様の厳しい講義に普通の顔で付いていけるお姉様に挫折などございました？」

「叔父上とローゼマイン姉上が規格外仲間ならば、仲間外れではないですよ」

……そっちで仲間にしないで！　兄弟の仲間に入りたいんだよ！

おおぅ、と嘆いていると、オルドナンツが飛んできた。お茶やお菓子の上に降り立たないように、全員がテーブルの外に腕を差し出す。オルドナンツはわたしの腕に降り立った。

「ハルトムートです。ローゼマイン様を中央へ出すというのはどういうことか、とライゼガングの古老達が城へ押し寄せてきました。アウブの留守を狙ったのかもしれません。これからフロレンツィア様がお一人で対応されるようです。タイキョウでしたか？　あまり良くないと思われます」

ハルトムートの言葉を三回繰り返して黄色の魔石に戻ったオルドナンツを睨み、ヴィルフリートが「父上の留守を狙って、母上に抗議に来るとは……」と唸った。ジルヴェスター達はライゼガングで一度休憩をしてアーレンスバッハへ向かった。古老達は領主の不在を知って行動している。

わたしはシュタープを出して、コンコンと軽く黄色の魔石を叩くと「オルドナンツ」と唱えた。

「ハルトムート、誰がライゼガングの貴族に領主会議の様子を知らせたのか調べてください。背後

に言動を煽(あお)っている者が必ずいます」

ブンとシュタープを振ると、白い鳥はハルトムートのところへ飛んでいく。壁にすぅっと消えたオルドナンツを睨んでいたヴィルフリートが憤然(ふんぜん)と立ち上がった。

「母上のところへ行くぞ」

「はい、ヴィルフリート兄様。わたくし達が代わりに対応しましょう。ライゼガング系の貴族はどう考えてもお腹の赤ちゃんによくありません」

わたしも椅子から滑り降りる。ヴィルフリートがコクリと頷きながら、動揺しているシャルロッテとメルヒオールに視線を向ける。

「シャルロッテとメルヒオールは母上を別室に連れていき、ライゼガングから離せ。私とローゼマインで彼等を追い返す」

「……大丈夫なのですか、お兄様？　今までにたくさん嫌な思いをしたのでしょう？　それに、ライゼガング系の貴族とのこれから先の対応を考えれば……」

不安そうに心配の言葉を連ねるシャルロッテの肩をヴィルフリートは軽く叩いた。

「シャルロッテ、私はもう次期アウブではない。彼等の協力を取り付ける必要もなければ、甘んじて暴言を受ける必要もないのだ。私が矢面に立つので、其方はこれを好機と捉え、ギーベ・ライゼガングにどのように抗議し、協力を取り付けていくのか考えよ。その方が得意であろう？」

「お兄様……」

わたしはヴィルフリートが役割分担の話をシャルロッテやメルヒオールとしているうちに、盗聴防止の魔術具を止めて側近達を呼んだ。何事かと入ってきた側近達に、ライゼガング系の古老達の来訪を知らせる。

「レオノーレ、お母様とギーベ・ライゼガングとおじい様に知らせてくださいませ。それから、アンゲリカ。領主候補生の護衛騎士を全員集めてください」

「はっ！」

別室で待機していた側近達が慌ただしく集合し始めた。メルヒオールとシャルロッテが緊張感を孕(はら)んだ護衛騎士達の物々しい雰囲気に息を呑んでいる。二人についてくるように言いながら、ヴィルフリートがわたしに向かって手を差し出した。

「行くぞ、ローゼマイン。父上の留守に勝手な振る舞いはさせぬ」

「えぇ、ヴィルフリート兄様。粛清で政敵がいなくなったとはいえ、ちょっと浮かれすぎで増長が過ぎていますよね？　今後のためにもこの機会にガツッと叩いておきましょう」

わたしがニコリと笑ってヴィルフリートの手を握る。

「自分達が担ぎ上げているライゼガングの姫が一番怖いと思い知れば良いのだ」

「どういう意味ですか⁉」

ライゼガングの古老

勢い良くシャルロッテの部屋を飛び出したものの、わたしはヴィルフリートのスピードについて行くことができなかった。騎獣に乗って本館を目指す。

「遅いぞ、ローゼマイン」

そう言いながら先頭を速足で歩くヴィルフリートを見る。あれ？　と思わず首を傾げた。ヴィルフリートの周囲を取り囲んでいる側近達の位置に変化があることに気が付いたのだ。いつも一番近くにいたランプレヒトの位置が遠い。名捧げをしたバルトルトの位置がずいぶん近くになっている。名を捧げられると信頼感が違うのだろうか。

そんなことを考えながらハルトムートの情報から得られた応接室へ向かった。扉を守るフロレンツィアの護衛騎士にライゼガング系の貴族が来ているかどうかを確認して、中に入れてもらえるようにお願いする。領主候補生が勢揃いで「中に入れてほしい」と頼む事態に、護衛騎士は非常に困った顔で中の者にお伺いを立ててくれた。

「皆様、お揃いでどうされましたか？」

部屋の中からスッと出てきたのは、ハルトムートの父親レーベレヒトだ。フロレンツィアの文官なので同席していたらしい。ヴィルフリートが一歩前に出た。

「ライゼガング系の貴族が来ているのであろう？　私達を中に入れてほしい。母上一人に交渉をさせるわけにはいかぬ」

「お願いします、レーベレヒト。わたくしに関するお話なのでしょう？」

レーベレヒトは渋々という顔をわたし達に見せて、一度部屋に引っ込んだ。フロレンツィアに確認を取って、わたし達を中に入れてくれる。中にはフロレンツィアとその側近がいて、対面には宴で顔を見たことがあるけれど、特に交流がなかったライゼガングの古老達が座っていた。

「おぉ、ローゼマイン様！」

「皆様は一体何をしていらっしゃるのですか？」

「エーレンフェストの将来に関わる大事なお話でございます。ローゼマイン様はライゼガングの希望。中央神殿の神殿長にするなど、とんでもないことではございませんか。一体アウブ・エーレンフェストは何を考えていらっしゃるのか？」

約束もなく押しかけてきたとは思えないくらいに堂々とした態度で古老達がそう言った。フロレンツィアが小さく息を吐く。

「先程から申し上げているように、エーレンフェストの将来に関わる大事なお話なのですから、ぜひアウブ・エーレンフェストがお帰りになってからお話しくださいませ」

出直せと言われたライゼガングの古老達は首を横に振った。

「フロレンツィア様にはよくご理解いただき、アウブを説得していただかなくては……。フェアベルッケンに目隠しをされたアウブを救い出すのは第一夫人にしかできぬこと。まさかフロレンツィア様まで我が子可愛さ故にフェアベルッケンに捕らわれている、ということはありますまい」

ジルヴェスターは我が子可愛さに目が曇っていると古老達は言い、「アウブはそんなところまでヴェローニカ様によく似ていらっしゃる」と溜息を吐く。身贔屓が過ぎる領主の態度を正さなければ領地の将来を見誤るという古老達の主張は、結局のところ、中央神殿の神殿長にされないようにわたしを次期領主にしろというものだった。

フロレンツィアが「わたくしの周囲にフェアベルッケンはいらっしゃらないようです」と微笑むと、古老達は笑顔で頷いた。

「ならば、ローゼマイン様をエーレンフェストから出すわけにはいかないということをフロレンツィア様にはご理解いただけるでしょう。王命により中央神殿に神事ができる領主候補生が必要ならば……エーレンフェストには神殿に入るのにちょうど良い領主候補生が他にいるではございませんか。交渉次第で何とかなるでしょう」

古老達はヴィルフリートをちらりと見ながらそう言って笑い合う。犯罪者であるヴェローニカに育てられ、本人も罪を犯したヴィルフリートの方が神殿に入るには適している。祈念式に青色神官の衣装を着てライゼガングへ来られるのだから中央神殿にも行けるはずだ、と貴族らしい遠回しな言葉で言われたヴィルフリートが悔しそうに唇を引き結んだ。

……ライゼガングに行った時にもこういう嫌味を言われていたんだろうな。

こういうのを見ると、本当に幼い時の過ちがいつまでも後を引く世界なのだと思い知らされて憂鬱になるし、高齢の人達の神殿に対する印象を突きつけられて溜息を吐きたくなる。

「養母様、お部屋を出てくださいませ。このような言葉を耳に入れて心を痛めるのはお腹の赤ちゃんに良くありませんし」

「お母様、行きましょう」

シャルロッテがフロレンツィアの手を取ろうとしたけれど、フロレンツィアは穏やかな笑顔のままハッキリと拒否した。

「いいえ。その心だけいただきます、ローゼマイン、シャルロッテ。子供達をこの場に残してわたくしが去るわけにはまいりません」

微笑むフロレンツィアを守るように、わたしはヴィルフリートと一緒にフロレンツィアの前に立ち、ライゼガングの古老達に向き直る。

「わたくし、皆様が何をおっしゃっているのか困惑しています。中央神殿へ行くような予定はございません。一体どなたがそのようなことをおっしゃるのでしょう？」

「領主会議に出席していた者は皆、そのように言っています。我々にも独自の情報網があるのです、ローゼマイン様」

領主会議に出席する貴族は限られている。王の養女になることが漏れていない以上、更に人数は絞られる。けれど、中央神殿に入ることがまるで決定事項のように語られていることが気になった。

「いくらツェントの命令とはいえ、エーレンフェストにとって何が重要なのかわからぬアウブと、口先の約束だけで実行はできぬヴィルフリート様がエーレンフェストを率いていくなど我々は不安でなりません。ローゼマイン様にこそエーレンフェストを率いてほしいのです」

中央神殿に行く必要などない、必要ならばヴィルフリートに行かせろと口々に言う古老達を見つめていると、ボニファティウスが飛び込んできた。

「ローゼマイン、無事か!?」

「おぉ、ボニファティウス様！　ちょうど良いところに……」

ライゼガングの古老達はボニファティウスを見つけて目を輝かせ、わたしをエーレンフェストに引き留められるようにしてほしいと願い出た。そんな彼等をボニファティウスはとても困った顔で見下ろす。気持ちとしては一緒に引き留めたいが、王の養女になることを知っているボニファティウスにはできないからだろう。

……彼等を焚き付けたのはおじい様でもないみたいだね。

ヴィルフリートよりわたしの方が次期領主に相応しいから中央神殿に行かせるべきではない、と口々に言っている古老達にボニファティウスは不思議そうに首を傾げる。

「ローゼマインが中央神殿へ行くなど聞いたことがないが、一体誰がそんなことを？」

「領主会議に行った貴族達は皆そのように申しています。ご存じありませんか？」

「知らぬ」

ボニファティウスがキッパリと言い切ると、古老達は少し動揺したように顔を見合わせ始める。

わたしの隣に立っていたヴィルフリートが少し呆れたような顔で古老達を見回した。

「ローゼマインは中央神殿へ行く予定などない。其方等、誰かに騙されているのではないか？」

彼等にとっては最も指摘されたくはない相手だったことにカチンときたのか、顔が少し険しくなる。それから、貴族らしい言い回しでヴィルフリートに嫌味を言い始めた。

……あぁ、こんな感じで祈念式の時もヴィルフリート兄様は無駄に相手を刺激して怒らせたり、興奮させたりしてたんだ。

別にヴィルフリートに悪気はないけれど、全く空気を読んでいない。指摘するのがボニファティウスやわたしだったら、ここまでライゼガングの古老達も興奮しなかったはずだ。過去にヴェローニカが行った悪事まで並べたてながらヴィルフリートを責める古老達と、嫌味に耐えている様子のヴィルフリートを見て、頭を抱えたくなった。

……ヴィルフリート兄様、わたしより社交に向いてない気がするよ。

「皆様の言い分はよくわかります。ライゼガングは長いこと辛酸を嘗めてきましたし、ヴィルフリート兄様が迂闊なことをしてしまったことも事実です」

古老達が「わかってくださいますか、ローゼマイン様」と期待の眼差しで、ヴィルフリートは傷ついた顔でわたしを見る。

「……でも、エーレンフェストで、そして、ライゼガングで豊穣が約束されるように祈念式でライゼガングを訪れたヴィルフリート兄様にもそのようなことをおっしゃったのですよね？」

「ローゼマイン様……？」

「先程ヴィルフリート兄様に、先の見通しができていないとおっしゃいましたけれど、皆様も先の見通しが甘いと思いますよ」

わたしがニコリと微笑むと、古老達とヴィルフリートが揃って驚いたように目を瞬いた。

「皆様の中でわたくしは中央神殿へ行くことになっているのですよね？　ならば、わたくしが行ってしまった後、エーレンフェストの神事を行うのが誰になるのか、全く想像もできないということはございませんよね？」

　わたしがちらりとヴィルフリートを見ながらそう言うと、ヴィルフリートがニヤリと笑って古老達を見回した。

「今はローゼマインの成人後、メルヒオールに神殿長を引き継ぐという形を取っている。だが、其方等の言う通りにローゼマインが中央へ行けば、私は婚約解消で後ろ盾をなくす。其方等が言うように、領主候補生の中で神殿に入るのが最も似合うであろうな」

「えぇ。祈念式のために訪れているのに悪し様におっしゃるのですもの。これから先の神事はライゼガングに必要ないと受け取られるかもしれません。ライゼガングが食糧庫としての役目を果たすには、祈念式が何よりも重要な神事なのですけれど……」

　今後ライゼガングで神事が行われなくなる可能性を示唆し、わたしは笑顔で脅しをかける。

「ですが、ライゼガングの収穫がなければエーレンフェストは立ち行きません。ライゼガングの収穫量が下がると困るのはエーレンフェストでございます」

　ライゼガングがふんぞり返っていられるのは、食糧庫としてエーレンフェストの中で揺るぎない地位を占めているからだ。神事が行われなければ、その地位は一気に落ちる。わたしは更に笑みを深める。

「確かにこれまではライゼガングの収穫がなければ立ち行きませんでした。でもね、皆様。神事によってハルデンツェルでも収穫量が激増しましたし、エーレンフェストは他領との交易が盛んになってきましたもの。以前と違って他領から入れることも難しくはなくなっているのですよ」

今まではエーレンフェストが他領とあまり交流をしていなかったけれど、これからは紙や髪飾りの代わりに食料の輸入をすることもできるのだ。食料を他領から取り入れることで相対的にライゼガングの影響力を削ることなど簡単だと丁寧に教えてあげる。それはアウブの一声で決まることである。エーレンフェストが片田舎でどこの領地からも見向きもされない時代しか知らない古老達は一瞬で青ざめた。

「ローゼマイン様、ライゼガングの血を引く姫である貴女が何ということをおっしゃるのですか⁉　後ろ盾である我々を裏切るおつもりですか⁉」

「あら、裏切るも何も……わたくし、エーレンフェストの神殿長であり、領主の養女なのですよ？　神事を貶め、わたくしの兄弟を蔑ろにし、アウブに敬意を持たない貴族に後ろ盾とおっしゃられても困ります。アウブになるつもりはないと何度も訴えているのに困ったこと」

頬に手を当ててこれ見よがしに溜息を吐く。「後ろ盾として不満」という意味は通じたようだ。信じられないという顔で古老達がわたしを見つめる。

ライゼガングの古老達とわたしを見比べながら、ボニファティウスが「ローゼマイン、それは少し言い過ぎでは……」と取り成すように言う。

「でも、おじい様。ライゼガングの総意として、もっと順位を下げるように養父様に要望したのでしょう？　わたくし、貴族院で皆とエーレンフェストの順位を上げるために頑張っていたのですけれど、それを否定されてとても悲しく思ったのですよ」

わたしがアンゲリカの憂い顔で「自分の後ろ盾に裏切られた思いでした」と嘆くと、あの会議の時にライゼガングの総意よりだったボニファティウスは「うっ」と言葉に詰まった。

「だからといって、ライゼガングで神事を行わないというのは……」

「心配ありません、ボニファティウス様」

ヴィルフリートが空気をぶった切って笑顔で口を開き、ライゼガングの古老達を見回す。

「其方等も神殿に入れば良いだけだ。自分達で神事を行えば今まで通りの収穫を得ることができよう。エーレンフェストのためにライゼガングの大事な姫が行っていることだ。其方等もローゼマインを助ければ良いのだ。実務を引退していても魔力はあるので問題なかろう」

ヴィルフリートが笑顔で言い切る。

……相変わらず空気は読めてないけど、間違ってはいないんだよね。

「ヴィルフリート兄様やシャルロッテはわたくしが不在の時に穴を埋めるために神事を始めて、今でもお手伝いをしてくれているのです。わたくしの後ろ盾である貴族達に神事の穴埋めをお願いしても良いかもしれませんね」

奉納式のために一人だけ貴族院から戻らなければならないのは可哀想だと思うならば、引退して社交を控えめにする古老達が手伝ってくれればとても助かる。わたしの言葉に、神殿や神事に忌避感のある古老達は顔を引きつらせたが、「そうなれば、私が貴族院へ入ってからも安心ですね」とメルヒオールは喜びの声を上げた。

「噂を鵜呑みにしたライゼガングの者が大変ご迷惑をおかけいたしました」

ギーベ・ライゼガングは到着すると同時にそう言って謝罪する。わたしがいかに次期領主になる気がないか、嫌な思いをさせられたか説明した結果、ギーベ・ライゼガングが到着した時にはライゼガングの古老達は肩を落としてすっかりおとなしくなっていた。

「大変不躾な真似をしてしまいましたが、彼等の言葉は全てローゼマイン様を案じる心から出たことでございます。どうか寛大なお心でお許しください」

ギーベ・ライゼガングは淡々とこれまでのヴェローニカの仕打ちとわたしが養女になってからのライゼガング系貴族の立場の向上について語る。収穫量の向上、春を呼ぶ儀式の再現、製紙工房に印刷工房、魔力圧縮方法に御加護の増加、わたしがいまいち認識していないことも、わたしが行ったこととして語られた。

「ライゼガングにこれだけの利益をもたらしてくれた一族の姫が、養女というだけで次期アウブにはなれず、邪魔者のように中央神殿へ押し込められることになると聞けば、苦渋の人生を送ってきた老人達にはとても耐えられないのです」

王命で中央神殿へ向かわされるのは、古老達にとってライゼガングの姫がまたひどい待遇を受けるのと同じことらしい。

「ローゼマイン様はヴィルフリート様にお心を寄せることができるのです。ヴェローニカ様に虐げられて政治と切り離すために神殿へ入れられたフェルディナンド様と同じことがローゼマイン様の身に繰り返されるのではないかと心配する古老の気持ちにも少し寄り添っていただけると嬉しく存じます」

やり方は過激だし、迷惑をかけられた気分でしかないけれど、ライゼガングの古老達がわたしを心配していたのは本当なのだろう。丁寧にそれを説明するギーベ・ライゼガングにわたしは「そうですね」と頷いた。

「ローゼマインは優しい子ですから、お約束もなく、アウブの不在時に突然いらっしゃるのでなければ、もっとライゼガングの気持ちに寄り添うことができたと思いますよ。わたくしを心配してやってきただけで、本来はお茶会をしていたのですから」

フロレンツィアはそう言ってわたしを庇いながらギーベ・ライゼガングにニコリと笑う。

「ローゼマインも本気でライゼガングだけ神事を行わないと考えてはいませんよ。そうですよね？」

ライゼガングの総意として順位を下げるように言われたり、旧ヴェローニカ派の粛清の後にジルヴェスターを蔑ろにされたりしたことで心証が悪くなっているのだ。

「はい。自分の派閥を切り捨ててもエーレンフェストの膿（うみ）を出そうとした養父様に寄り添ってくださったのであれば、ライゼガングに対する心証は違ったと思います」

とりあえずギーベとの話し合いで、これまで通り神事を行うことを約束し、代わりに、ライゼガングはジルヴェスターにもっと協力するようにお願いしておく。

「ローゼマインのお願いを聞き入れて、ギーベ・ライゼガングがアウブに寄り添ってくださるのでしたら、今回の件は不問にしましょう。幸いなことにアウブはお留守ですから、お約束がなかったことを知っているのは、ここにいる者だけですものね」

「恐れ入ります、フロレンツィア様」

フロレンツィアが突然の来訪を不問にしたことで、古老達のことは上手くまとまったようだ。わたしとしても自分の心配をしてくれたことを延々と聞かされた後だったので、古老達にひどい罰がなくてホッとした。話は終わったかな？　と思ったところでギーベ・ライゼガングはヴィルフリートをじっと見つめた。

「ヴィルフリート様、ヴェローニカ様が彼等に何をしてきたのか、どうして貴方も含めてライゼガングからこれほど恨まれているのか、お考えになったことはございますか？」

正面から嫌味を言われるのではなく、静かに問われたヴィルフリートは少し目を細めてギーベ・ライゼガングを見つめる。

「アウブや側近達から話を聞いて知っていてもご理解できていないように見受けられます。貴方は誰よりもヴェローニカ様の作り上げた派閥の恩恵（おんけい）を受けて育ちました。ヴェローニカ様の行ったことを見つめ直し、貴方に対する第三者の目をよくお考えください」

不用意にライゼガングを刺激するのはヴィルフリートに理解が足りないからだと指摘し、ギーベ・ライゼガングは古老達を連れて戻っていく。ヴィルフリートは何かを考えるように自分の足元をじっと見つめていた。

数日後、わたしは神殿に戻った。ハルトムートから内密で話をしたいと言われ、わたしは盗聴防止の魔術具を使って話をする。

「ライゼガングの古老達を煽った者がわかりました。どうやら複数の者がいたようで、突き止めるのに苦労しました」

ハルトムートは少し疲れた顔をしている。

「まず、ヴィルフリート様に名捧げをしたバルトルトです」

「え？」

「ヴィルフリート様に名を捧げ、命令に反することができないことを利用して、甘言を吹き込んだり、側近にそれとなく仲間割れを仕掛けたり、ライゼガングの課題として無理難題を押し付けたり、領主候補生の間の情報交換をさせないように手を出したりしていたようです」

ハルトムートの報告にわたしは顔を引きつらせた。名を捧げた者に裏切られたのだろうか。

「命令に反することはできませんが、主のために行っていることが結果的に裏切りになることもあるでしょう。その辺りは難しいところですね」

ハルトムートはそう言って肩を竦める。名を捧げた者をどのように扱うかは主次第だそうだ。

「バルトルトはヴェローニカ様に育てられていながら、派閥を裏切ったアウブやヴィルフリート様に強い反感を抱いていたようです」

「それで……？」

「ヴィルフリート様とその周辺の急な変化に気付き、バルトルトが不審な行動をしていることに気付いたのはフロレンツィア様でした。アウブが不在の機会にバルトルトへの牽制とライゼガングの勢力の削ぎ落としをまとめて行う予定だったそうです」

「養母様が⁉」

想定外の名前が出てきて、わたしは大きく目を見開いてしまった。

「バルトルトを唆し、中央神殿への打診があったことをほのめかし、いくつかのルートを使ってライゼガングの古老達を煽ったようですね。彼等をアウブ不在の城に向かわせ、古老達の暴言等によっては騎士団に捕らえさせて、今のうちに影響力を削いでおく計画だったようです」

わたし達がお茶会をしていて北の離れから出ない日を狙って行ったらしい。ハルトムートが気付いたのが計算外だったようだ。

「私の父上が計画したようです。嫌な感じの手口に既視感があったのですが……」

ハルトムートが「親子で化かしあったようなものです」と疲れた声を出した。証拠や証言を集めてレーベレヒトを問い詰めて、真実を引き出すのにかなり苦労したらしい。

「本来はもっときつくライゼガングを封じ込める予定だったそうです。ローゼマイン様のおかげでずいぶんと穏便に収まったと父上が言っていました」

「それはよかったですけれど、養母様もそのような計画を立てるのですね。そちらに驚きました」

おっとりと微笑んでいる姿しか知らなかったので、あまりにも衝撃が大きすぎた。

「粛清後に最大派閥となり興奮していることで、今が一番古老達を動かしやすくなっています。おそらくブリュンヒルデが第二夫人になる前にある程度ライゼガングの力を削いでおきたかったのでしょう。この件に関してはエルヴィーラ様のお力を借りることもできませんから」

貴族のやり取りにわたしは思わず遠い目になってしまう。ジルヴェスターが不在で大きなお腹を抱えて一人でライゼガングの古老達を迎えるフロレンツィアを心配してお茶会を飛び出した自分が馬鹿みたいだ。

「……バルトルトはどうなったのですか？」

名を捧げていながら主を陥(おとしい)れようとしていた彼の行く先が気になって問いかけると、ハルトムートは「彼の名を受けたヴィルフリート様の判断に寄ります」と言った。

「フロレンツィア様はバルトルトを見張りつつ、ヴィルフリート様が自分で気付くように手がかりを少しずつ与えるおつもりのようですね」

貴族としての教育の一環なので手を出すな、とハルトムートはレーベレヒトにきつく言われてきたらしい。

「今回は私も不用意に主を危険に突っ込ませるな、と父上からお叱りを受けました」

妙な動きが見えた時は誰かが裏で糸を引いていることが多い。よくよく見定めなければ主を危険に晒(さら)すだけになると叱られたらしい。

「私もまだまだ勉強が足りないようです」

ハルトムートは自分のオルドナンツでお茶会を中断させることになり、ライゼガングの古老達とわたしが向き合うことになり、しかも、それで利益を得たのは領主夫妻でこちらには何もないという結果に終わったことを気にしているようだ。「側近として不甲斐ない」と落ち込んでいるハルトムートをわたしはお茶に誘う。

「ハルトムートがいなければ、背後関係は全くわからないまま終わったのですもの。ハルトムートはよく頑張ってくれました。お茶でも飲んで、おいしいお菓子を食べましょう」

養父様の帰還

わたしは神殿や印刷業の引き継ぎをしつつ、貴族院の勉強のおさらいをしたり、孤児院の子供達の勉強を見たりして日々を過ごしていた。魔術具を持っていてこの冬に洗礼式を受ける歳の子は、秋にジルヴェスターとの面談がある。アウブが後見して貴族にすることが相応しいかどうか確認されるのだ。そのため、子供達は色々な勉強を必死にしているし、生活態度に問題があると言われないように気を付けているらしい。孤児院の皆の頑張りに負けないようにメルヒオールや収穫祭に向かわなければならない青色見習い達も頑張っている。

自分の魔術具を得たディルクは、わたしがローデリヒやフィリーネに作らせた回復薬を使いながら必死に魔力を溜めているようだ。貴族院へ行くまでにはまだ三年以上あるけれど、できるだけ早く魔力を溜めておかなければならない。

そんな日々を送っていると、城のオティーリエからオルドナンツが届いた。アーレンスバッハへ葬儀に行っていたジルヴェスター達が帰還するらしい。

「フェルディナンド様からのお土産がたくさんあるそうです。それから、夕食を一緒に摂れるように城へ戻ってきなさい、ということでした」

わたしはうきうきしながらメルヒオールや側近達と一緒に城へ戻る。お土産が楽しみで仕方がない。時を止める魔術具においしいお魚はいっぱい詰まっているだろうか。


「おかえりなさいませ」

ジルヴェスターが馬車から降りてきた。護衛騎士であるカルステッドも一緒だ。ジルヴェスター達が降りると、今度は下働きの者が馬車に積まれていた荷物を下ろし始める。ジルヴェスター達の馬車の後ろには側近達の馬車があり、その後ろにはたくさんの荷物を載せた馬車が連なっていた。行く時も荷物がいっぱいだったけれど、帰りもいっぱいだ。

……行く時より荷物が増えてるよ。馬車の数が多いもん。

「すごく荷物が多いのですね。まるでフェルディナンド様がお婿に行った時のような荷物の量ではありませんか」

帰ってきたジルヴェスターに挨拶をして、ぞろぞろと連なっている馬車を見ながらそう言うと、ジルヴェスターはものすごく嫌そうな顔でわたしを見下ろした。

「誰のせいだと思っている？　其方等は二人とも私を荷運びの下働きと勘違いしていないか？」

わたしは別にジルヴェスターを下働きと思ったことはないし、フェルディナンドに頼まれた物を運んでもらっただけである。つまり、犯人は一人しかいない。

「あぁ、なるほど。フェルディナンド様のせいということですか。人遣いの荒い弟がいると、養父様も大変ですね」

わたしはジルヴェスターを労ったはずなのに、何故かさりげなく長い袖に隠されてチョップを食らった。解せぬ。

「其方、とんでもない物を送りつけたらしいな。準備していた素材では足りぬ、とアレが頭を抱えていたぞ」

「何のことでしょう?」

「私が知るものか。とりあえず、後ろから馬車三つ分の荷物は其方の物だ。アーレンスバッハでの話は夕食時にする。それまでに何が入っているのか確認して片付けさせよ」

ジルヴェスターはそう言いながら「あっちへいけ」というように手を振る。わたしは「馬車三つ分」という言葉に驚いて馬車とジルヴェスターを見比べた。ジルヴェスター達、人が乗っていた馬車を除いて、荷物だけを積んだ馬車が五台並んでいる。そのうちの三台がわたしの荷物らしい。

「ローゼマイン様、急いで確認をしましょう。夕食に間に合いません」

オティーリエがリーゼレータとグレーティアを呼んで馬車へ向かう。荷物の確認と仕分けをすることになったのだが、最初の馬車の荷物を見ただけで嫌になってしまった。多すぎる。

「これは空の食器や鍋ですね。ヴァッシェンで洗浄されているので神殿の厨房へ……いえ、領地対抗戦の時にお母様に準備していただいた物もありましたね。どれがどこの食器だったかしら?」

普段から自分で料理をするわけではないので、専属料理人達に聞いてみなければどこの鍋かもわからない。空になった鍋がいくつもあるので食事を摂っていることが確認できて一安心だが、後片付けは思いのほか大変だ。

「ひとまず神殿の厨房に運んでフーゴやニコラに選別してもらい、エルヴィーラ様にお返しする時に新しいお料理やお菓子を詰めるのはいかがでしょう？」

「フィリーネの意見を採用します。食器や鍋は神殿の厨房に運んでください」

わたしは指示を出し、神殿に向かわせるための馬車に載せてもらう。

「こちらは何でしょう？……アーレンスバッハの布？」

アーレンスバッハは暑いのか、ずいぶんと薄い生地がたくさん入った箱があった。布を取り出したグレーティアが少し広げて首を傾げる。

「ずいぶんと薄いですね。エーレンフェストでは真夏以外に使えないのではございませんか？」

「上から薄く重ねればデザインに幅を出すことができますし、アウレーリアに一つ贈れば故郷の布ですから喜んでくれるかもしれません」

染めた布を選んでいた時の選択からわたし達は好みが似ているとブリュンヒルデが言っていた。息子であるジークレヒトの夏服を仕立てるのにも使えるかもしれない。

「このようにいただいた布は知り合いの女性に配る物ですから、全てローゼマイン様のお部屋に運ばせましょう。他領の布は珍しいですから喜ばれますよ」

オティーリエがどの布を誰に渡すのか考えなければ、と楽しそうに言いながら下働き達に運ぶように命じる。わたしは布の木箱は全てオティーリエに預けて、他の箱を開けることにした。時を止める魔術具の箱がまだあるのだ。

「フェルディナンド様は一体どれだけ時を止める魔術具を持っていらっしゃるのかしら？」

「まぁ、ローゼマイン様。フェルディナンド様がアーレンスバッハへ向かう時や衣装を届ける時など、何度かお料理を届けたではありませんか。フェルディナンド様はあちらに溜まっていた分をお返しくださっただけですよ」

リーゼレータがクスクスと笑ってそう言った。

……そうか。こんなに送ってたのか、わたし。

「こちらから送るばかりで、戻ってくることが今まではありませんでしたから、今回は箱が多いのでしょう。けれど、フェルディナンド様はお返しを詰めるのも大変だったでしょうね」

リーゼレータの言葉に、フェルディナンドが料理のお返しに何を返そうか悩んでいる姿が思い浮かんでちょっとおかしくなった。直後に、思考放棄してユストクスに任せそうだと思い直す。

……ユストクス、ファイト！

そんなことを考えながら時を止める魔術具を開けると、そこには見たことがない変な物が小分けにされていっぱい詰まっていた。一緒に見ていたハルトムートとクラリッサが感嘆の声を上げる。

「まぁ！　アーレンスバッハの素材ですね。多分とても珍しい物ですよ。こちらはローゼマイン様が送った素材や調合道具に対するお返しではございませんか？」

「何が入っているのかメモもついているので、それはそのまま図書館の工房へ運び込んでもらうのが一番だと思います」

二人の指示で素材箱は図書館の工房へ運び込まれることになった。

わたしは次の箱を開ける。ぷぅんと鼻に届いたのはちょっと生臭さが混じった海の匂い。即座にわたしは大きく蓋を開けた。小さいシュプレッシュが一角に大量に詰まっていて、レーギッシュも見える。その他は知らない魚もたくさんあるし、すでに切り身にされている物もあるけれど、名前と捌き方が書かれたメモが載せられていた。

「きゃあっ！　お魚です！　たっぷり詰まっていますよ」

「ローゼマイン様、魚が動き出すのですぐに閉めてください！」

ダームエルにバンと閉められたので、一瞬で魚の姿はわたしの視界から消えてしまったけれど、箱にいっぱい詰まった魚のおかげでわたしの胸も喜びでいっぱいになった。

……フェルディナンド様、ありがとうっ！　わたし、今、マジ幸せです！

どのように料理してもらうか頭の中で魚料理のレシピがぐるぐると回り始める。煮付けができないのは残念だけれど、シュプレッシュのつみれは絶対に作ってもらうつもりだ。

「ローゼマイン様、このお魚はどこに運びますか？」

「半分は城の調理場で、もう半分は神殿にしましょう。皆にも幸せのお裾分けです」

他の荷物にはレティーツィアからのお菓子のお礼として細々としたアーレンスバッハの小物や料理に使えそうな珍しい調味料や香辛料が入っている。お手紙も何通か入っていた。

「この辺りの細かい仕分けは図書館で素材の仕分けをする時に一緒に行いましょう」

「かしこまりました」

大まかに分けると、馬車を図書館と神殿に向かわせる。ラザファムにはオルドナンツで、フランには飛んでいく手紙で、それぞれ大量の荷物が届くことを知らせた。

「すでにお疲れのご様子ですけれど、この後はお部屋で細かい仕分けが残っていますよ」

リーゼレータの言葉にわたしはコクリと頷いた。布や小物を誰にどのような順番で何を配るのかも大事なのだ。細かい社交がわたしは苦手でげんなりしながら、北の離れの部屋に向かう。

一緒に北の離れに向かうのはヴィルフリート、シャルロッテ、メルヒオールだ。三人ともジルヴェスターからのお土産を抱えている。

「叔父上からの荷物は本当に其方の分だけだったな」

ヴィルフリートが呆れたような顔でそう言った。わたしはムッと唇を尖らせる。

「お兄様には養父様からのお土産があるでしょう？　わたくしの分はないのですよ」

「あれだけあってもまだ足りないのか⁉」

「フェルディナンド様の荷物と養父様からのお土産は別ではありませんか」

ジルヴェスターにフェルディナンドがわたしの分だけしか準備していないので急遽子供達の分を準備しなければならなくなったと愚痴を言われたけれど、それはわたしのせいではない。

「叔父様にお料理や素材を送ったのはお姉様だけですもの。叔父様からお返しが届くのもお姉様だけなのは当たり前ではありませんか」

シャルロッテの言う通り、フェルディナンドからのお土産はわたしが送った物に対するお返しなので、わたしの分だけでもおかしくはない。だが、本当にわたしの分だけで、他の兄弟達への贈り物は全くない。清々しい程に一つもない。フェルディナンドは社交上で失礼にならない必要最低限しかしないのだ。

フェルディナンドが婿としてアーレンスバッハへ行く時に、わたしはディートリンデの分だけではなく、レティーツィアの分もプレゼントを用意していたのだが、「そんな物が必要か？」と言われたことがある。ディートリンデに渡せば、ディートリンデからレティーツィアに下げ渡しがあるだろうとフェルディナンドは言った。

「兄弟がいることはわかっているのだから、普通はもう少し配慮するものではないのか？」

「ちょっと寂しいですよね」

ヴィルフリートとメルヒオールがそう言い合っているのを見て、わたしは言うべきか言わずに胸に秘めておくほうが良いのか一瞬悩んだ後、口を開いた。

「ヴィルフリート兄様、フェルディナンド様はヴェローニカ様にそういう普通の気配りをされたことがないので、誰か一人に贈る時は他の兄弟にも送った方が良いという意識がないのですよ。フェルディナンド様にとってお土産や贈り物というのは、多分、養父様から下げ渡される物なのです」

フェルディナンド様の言葉の端々(はしばし)から推測しただけですけれど、と付け加えながらそう言うと、ヴィルフリートが驚いたように軽く目を瞬いた。けれど、シャルロッテは納得の表情で頷く。

「わかります。わたくしもおばあ様から何かいただいたことはございませんもの。おばあ様からの物はお兄様から下げ渡されていましたから」

「そうなのか？」

「えぇ。わたくし、おばあ様に何かいただいたことは一度もございません。洗礼前のお兄様は東の離れでおばあ様に大事にされていて、本館に遊びに来ればお父様やお母様が可愛がるので、昔はお兄様が羨ましかったものです」

シャルロッテの言葉にヴィルフリートは衝撃を受けた顔になった。けれど、シャルロッテはそれ以上ヴェローニカの話題には触れず、フェルディナンドの生い立ちに同情する。

「わたくしはお母様からの贈り物がありましたけれど、叔父様はお母様もいらっしゃいませんから、そういうところがわからなくても仕方がないかもしれませんね」

「えぇ。フェルディナンド様はわたくしが皆に配ればそれで良いと考えているのでしょう。仕方がないと割り切って布やお魚をお裾分けしますから、フェルディナンド様からのお土産がないことについては我慢してくださいませ」

わたしがそう言うと、メルヒオールは「楽しみにしています」と素直に喜んだ。

部屋で土産物の仕分けをするうちにすぐに夕食の時間になる。わたしはアーレンスバッハの土産話を楽しみに食堂へ行った。

「アーレンスバッハはいかがでした？　フェルディナンド様に隠し部屋は与えられていましたか？きちんとご飯を食べていましたか？」

「西の離れではあったが、隠し部屋を得ていた。ジギスヴァルト王子と共に確認してきたので、それに関しては間違いない」

「これで一安心ですね」

懸念材料が一つ減って、わたしはホッと安堵の息を吐く。しかし、ジルヴェスターにはジロリと睨まれた。

「ランツェナーヴェの使者が来た上に、葬儀の準備で死ぬほど忙しい時に西の離れの一室に移れと言われて大変だったとフェルディナンドの側近から遠回しに文句を言われたぞ」

側近達は部屋の確認や洗浄が大変だったそうだけれど、フェルディナンドは喜んでいたらしい。

「おまけに、其方から預かった素材を渡したら朝まで隠し部屋から出てこない。葬儀の期間中は連日徹夜をしていたのか、ひどい顔色になっていた。あれは多分日中に寝ていたな。朝より夕方の方が元気だった」

「いくら何でも浮かれすぎではありませんか⁉」

「そのくらいは予測して隠し部屋と素材と回復薬を与えたのではなかったのか？」

……徹夜するために隠し部屋をお願いしたんじゃないのに！　フェルディナンド様のバカバカ！

「まぁ、そういう意味でフェルディナンドは元気そうだったので問題なかろう。葬儀で気になったのは、ランツェナーヴェや中央騎士団だ」

ジルヴェスターはフェルディナンドの話題を終わらせた。それまで黙って聞いていたフロレンツィアが「……何かございましたの？」と心配そうに尋ねる。

「襲撃というか、反乱というか、混乱というか……。葬儀の場で中央騎士団の一部が突然暴れ出したのだ」

ジルヴェスターによると、本当に突然のことだったそうだ。葬儀の最中に中央騎士団の一部が暴れ始めたらしい。すぐにアーレンスバッハの護衛騎士達や中央騎士団長が動いて、暴れ出した騎士達を取り押さえたそうだ。

「五人が暴れて、その内の二人は死亡。三人は縛られて中央へ即座に送り返された。誰にも怪我はなく、すぐに鎮圧された」

暴れ始める者がいて、何だ、何だと皆の注目が向いた時には周囲の騎士達が取り押さえに動いていたらしい。何が起こったのかよく理解できなかった者もいただろう。そんな一瞬の騒ぎだったそうだ。実際、葬儀は何事もなかったかのように続けられたようだ。

けれど、翌日には王族の命を受けた中央騎士団がアーレンスバッハの次期領主に切りかかったという事件になっていた。夕食時にディートリンデが「中央騎士団や王族から武器を向けられた」と大きく騒いだことで、その場にいない者には大事件が起こったように印象付けられたらしい。

「誰が何を狙って起こした事件なのか全くわからぬ。だが、中央騎士団に対する不信感が出席者の胸に植え付けられたと思う」

「フェルディナンド様は何と……？」

「そのように騒ぎ立てることではないとディートリンデ様を諫めて、逆に、何故自分の心配をして王族に抗議しないのかと彼女に責め立てられていた。フェルディナンドも王族や中央騎士団との話し合いで大変そうだったのだが、それに対する感謝や労いはなかったな」

ジルヴェスターは腹立たしそうに溜息を吐いた後、腕を組んだ。

「ディートリンデ様の側にはランツェナーヴェの王の孫がいて、しきりに心配していたな。フェルディナンドよりもよほど婚約者らしかった。星結び前からディートリンデ様は愛人でも……」

「ジルヴェスター様」

ニコリと笑ってフロレンツィアが言葉を遮る。子供達に聞かせる話ではないと威圧感のある無言の笑顔で諭されてジルヴェスターは口を噤んだ。

……そういえば、貴族院のお茶会で身分違いの恋をしたって話をしていたっけ？　別れたと聞いた気がしたんだけど、まだ続いていたんだ。

大事にしてくれる恋人がいたならば、フェルディナンドの相手はきついだろう。フェルディナンドは一見笑顔で優しいように見えるけれど、親しくなればなるほど扱いがぞんざいになる。

「ランツェナーヴェはユルゲンシュミット以外の国ですよね？　そちらの方もアウブ・アーレンスバッハの葬儀にいらしたのですか？」

空気を読んだシャルロッテがするりと話題を変える。フロレンツィアに睨まれていたジルヴェスターはすぐにその話題に乗った。

「国境門があるのでランツェナーヴェとアーレンスバッハは交流がある。春の終わり、領主会議の終わる頃から秋の終わりまでランツェナーヴェの代表者はアーレンスバッハに滞在し、貿易のための船が出入りするそうだ。国境門から船が出てくる様子を初めて見たが、なかなか面白かったぞ。青くて広い海の上に国境門がどんとあるのも珍しくて不思議な光景だった」

そのような交流があるため、ランツェナーヴェの代表者も葬儀に参列していたそうだ。その時にランツェナーヴェの者が着ていた衣装に銀の布が使われていたらしい。

「私は遠くから見ただけだし、エーレンフェストにあったのが小さな切れ端だったので、同じ素材なのかどうかわからないが、銀色というだけでどうしても気になってしまう。ランツェナーヴェならば全く魔力を持たない素材があっても不思議ではないであろう？」

ゲルラッハの夏の館で銀の布を発見したボニファティウスは難しい顔になりながらジルヴェスターの話を聞く。

「警戒は必要だが、魔力攻撃は防げても、それ以外の衝撃などが防げるわけではない。暗殺や初見の者が繰り出す最初の一手を防ぐだけならば効果は大きいであろう。だが、防具として布は大して役に立たぬぞ」

シュタープの剣では切れないけれど、鈍器ならば衝撃はそのまま伝わるし、布で覆われていない部分は普通に魔力が通る。防具としては役に立たない、とボニファティウスは言った。

「養父様、フェルディナンド様には詳しくお話ししていますよね？」

「隠し部屋の確認に行った時に話をした。できれば手に入れて研究してみたいと言っていたぞ」

ジルヴェスターによると、ランツェナーヴェの人達はユルゲンシュミットの血を引く王族と現地の者で全く見た目が違うらしい。色々と話を聞いたところ、褐色肌で顔立ちから少し違って見えるそうだ。

「初めて見たので少し驚いたな。ランツェナーヴェの大半が現地の者なので、彼等はユルゲンシュミットに来ると不思議な気分になると言っていた」

異国の話にメルヒオールが目を輝かせる。

「ランツェナーヴェはどのようなところなのでしょうね？　私も一度行ってみたいような気がします。あ、でも、先に他領へ行ってみたいです。貴族院も兄上や姉上のお話を聞いているので、行くのが楽しみです」

メルヒオールの言葉にわたしも大きく頷いた。

「わたくしも同じ思いです。ランツェナーヴェにはどのような本があるのでしょう？　一度ランツェナーヴェの図書館へ行きたいです。もちろん、他領の図書館にも興味がありますよ。歴史の長いダンケルフェルガーやクラッセンブルクの図書館には素敵な本がたくさんあるはずですもの」

……想像しただけでうっとりだよ。

わたしがずらりと並ぶ本の数々を思い浮かべていると、シャルロッテが困った顔で笑った。

「……お姉様の図書館へ向ける思いは十分伝わってきましたけれど、メルヒオールと同じ思いではないと思います」

呆れたようなシャルロッテのツッコミを、わたしは笑って誤魔化(ごまか)した。

ジルヴェスターからアーレンスバッハの話を聞いて、夕食は終わった。フェルディナンドの話を聞こうとしても「詳しくは手紙を読め」で打ち切られたのだ。

「ローゼマイン、フェルディナンドからの手紙が荷物の中にあったであろう？　あの中にはレティーツィア様の手紙も入っているらしい。なるべく早めに返事を差し上げるように」

「わかりました」

フェルディナンドの手紙

「養父様にも言われましたし、早めにお手紙を読んで返事を書かなければならないのです。でも、わたくし、お手紙の入った荷物を図書館へ送ってしまったので、明日は図書館へ行きますね」

夕食を終えて自室に戻ると、わたしは自分の側近達に明日の予定を伝える。オティーリエは「こちらの仕分けはどうされますか？」と心配そうに布がたくさん詰まった箱を見つめた。

「側仕え達でわたくしに合う各季節の貴色を選んでもらった後、養母様、シャルロッテ、お母様、アウレーリアの布を選びましょうか」

「布をお渡しするためにはお茶会を開催しなければなりませんけれど、どうしますか？」

「え？　お茶会、ですか？」

なんとこんなふうに配る時は他の人と比べたり、あっちが良かったみたいな感想を持たれたりしないように、できるだけ個別に贈るのが良いとされているそうだ。

……うあぁ、面倒臭い。お土産を配るためだけに何度もお茶会なんてやってられないよ！

「オティーリエ、わたくしが選んで、それぞれにお茶会を開いてご招待して、その方に渡すには時間が足りません。他に何か方法がないか考えてくださいませ」

わたしが引き継ぎで忙しくて何度もお茶会の時間を取れないことは側近達が一番よくわかってい

る。側仕え達は「どうしましょう」と考え込む。

「お腹の大きな養母様にお願いするのは気が引けるのですけれど、わたくしの分を選んだ後は、全て養母様にお贈りして、そこから皆に配っていただくのはいかがでしょう?」

「それはあまり良くありません。フロレンツィア様からの贈り物になってしまいます。派閥や力関係を考えると、ローゼマイン様からの贈り物という形は崩さない方が良いでしょう」

オティーリエはそう言うけれど、わたしは別にフロレンツィアからの贈り物で良いと思う。

「……わたくしは一年後には去るのですから、その後の派閥形成のためにも養母様に預ける方が良いと思います。今、一番立場が不安定なのは養母様でしょうから」

わたしはハルトムートの話を聞くまで全く気付いていなかったけれど、実は、わたし達の婚約解消で一番問題があるのはフロレンツィアなのだ。

ヴィルフリートはわたしとの婚約を解消したがっていた。次期領主になどなりたくないとジルヴェスターにも言っていたくらいだ。婚約解消をして立場が不安定になったところで自分の希望が叶ったのだから納得できるだろう。シャルロッテやメルヒオールも自分の将来に選択肢が増えたことを喜んでいたので問題ない。

けれど、フロレンツィアは今までライゼガングの後ろ盾を持つわたしがヴィルフリートの第一夫人になる予定だったから、どっしりと構えていられたのである。実子が次期領主になり、養女を通じてライゼガング系の貴族を味方につけられるとわかっていたから、ブリュンヒルデを第二夫人に迎え入れても全く問題がなかったのだ。

わたしとブリュンヒルデの年が近いので、たとえブリュンヒルデに子供ができても、わたしとヴィルフリートの子供がいれば、ライゼガングがどちらを優先するのかは目に見えている。ジルヴェスターの第二夫人として迎え入れることを歓迎できた。

けれど、わたしとヴィルフリートの婚約が解消になると、全ての前提がひっくり返ってしまう。ライゼガング系の貴族はこぞってブリュンヒルデにつくだろうし、そこに子が生まれればフロレンツィアの血を引く子が次期領主になれる可能性は著しく下がる。

「……ローゼマイン様はライゼガングの貴族であり、ご自身の側近であるブリュンヒルデを優先なさいませんの？　ヴィルフリート様との婚約を解消し、アウブとの養子縁組を解消するのであれば、エーレンフェストに残る関係はご実家だけ……即ち、ライゼガングとの繋がりになります」

オティーリエが静かにわたしを見つめながら問いかける。側近達がわたしの答えをじっと待っているのが視線でわかった。わたしの答えがエーレンフェストに残る者達の動きに大きな影響を与えるに違いない。

「わたくし、養母様やシャルロッテの立場を強化しておきたいのです」

どちらかというとライゼガング系の貴族が多い自分の側近達を見回しながらハッキリと告げる。わたしはフロレンツィアの立場が不安定になることも、調整役としてエーレンフェストに残ることを選択したシャルロッテが不遇の立場になることも望んでいない。

「ブリュンヒルデはライゼガングをまとめ、エーレンフェストを安定させるために第二夫人を望んだのです。養母様の立場を脅かすことを望んだわけではありません。わたくしはブリュンヒルデではなく、第一夫人である養母様を支持します」

エルヴィーラも大きな権力の後押しがある第二夫人のトルデリーデのために立場が不安定になり、世代交代のことで頭を悩ませていた。わたしの選択を責めはしないだろう。

「……かしこまりました。これらの布は半分ほどローゼマイン様のために取り置いて、もう半分はフロレンツィア様に委ねましょう」

「半分も取り置くのですか？」

わたしは各季節の貴色を取り分ければそれで良かった。半分と言われて目を瞬くと、オティーリエはクスッと悪戯っぽく笑った。

「あら、わたくし達、側近への下げ渡しはございませんの？」

それは完全に頭になかった。確かに、フロレンツィアより先にいつも頑張ってくれている側近達を労うべきだろう。わたしは自分の分を選んでもらった後、側近達に自分の好きな布を取るように言う。そして、残りの布は「この人にはお裾分けしてください」というお願いのお手紙と一緒に全てフロレンツィアに贈ることにした。

次の日、側仕えはグレーティア一人を、文官と護衛騎士は全員を連れて図書館へ行った。調味料や香辛料の仕分けもあるし、昼食や夕食準備をしてもらうため、フーゴ達専属料理人も一緒だ。事前にオルドナンツで連絡を入れておいたので、ラザファムが出迎えてくれる。

「おかえりなさいませ、ローゼマイン様」

「ただいま戻りました、ラザファム。こちらに届いている荷物の仕分けをします。素材は工房に運ばれていますか？　それから、オルドナンツで頼んだように隠し部屋でお手紙を読んだり、返事を書いたりできるように机や文房具を入れたいのですけれど……」

「どちらも準備していますよ。ローゼマイン様が隠し部屋を開けてくだされば、すぐに整いますよ」

料理人達が下働きの案内で厨房へ向かうのを確認し、わたしはラザファムを先頭に工房へ行った。指示した通り、荷物が運び込まれている。

「この箱の素材を文官達で手分けして片付けてください。ハルトムートの指示に従うように。男性の護衛騎士もこちらのお手伝いをお願いします。クラリッサやフィリーネでは運べない物もあるかもしれませんから」

文官全員が動員される時はダームエルもついつい文官に数えてしまう。それを正直に口にするとダームエルが可哀想なので、男性の護衛騎士は全員まとめてお手伝いである。重い素材もあるし、高いところに収納することもあるので男手が多いと便利なのだ。

「わたくしは隠し部屋でお手紙を読んで、お返事を書きます。その間、素材の分類と片付けはお願いしますね。素材の分類や収納方法はわかるでしょう？」

「もちろんです。お任せください」

神殿も図書館も、わたしの工房はフェルディナンドが整えていた。そのため、どちらも配置は同じである。工房の配置は完璧[かんぺき]に把握しているとハルトムートとクラリッサが張り切っているので、二人に任せておけば問題ないだろう。

わたしはグレーティアに頼んでレティーツィアから送られた物が入っている箱からお手紙を取り出してもらい、ラザファムに声をかけて三階にある自室へ向かった。

「急なことですから、こちらのテーブルと文具を入れる予定ですが、よろしいでしょうか？」

「えぇ。新しい家具を準備する必要はありません」

わたしはラザファムに頷きながら隠し部屋を開けた。ここの隠し部屋には椅子とフェルディナンドの「大変結構」が入った魔術具がある。他の人に触られるのが何となく嫌で、わたしは魔術具の入った革の袋を手に持って一度隠し部屋から出ると、テーブルや文具の準備が終わるのを待つ。テーブルが入ったら、グレーティアに城から持ってきたインクや紙を入れてもらい、テーブルの上にお手紙を置いてもらった。消えるインクも準備済みである。

……わたし、完璧。

「では、読んできますね。護衛騎士はアンゲリカだけ残してくれれば十分です。必要になれば呼びますから、後の皆は荷物の仕分けを手伝ってください」

一人で隠し部屋の中に入ると、わたしは早速レティーツィアのお手紙から読み始めた。ジルヴェスターから早く返事を書くように、と言われたからである。別にフェルディナンドのお手紙はお説教が並んでいそうだから後回しにしたというわけではない。

両親の声が入った可愛いシュミルの魔術具がとても嬉しかったこと、最初はフェルディナンドに対してどのタイミングでどのように使えば良いのかわからなかったが、ユストクスが実演して教えてくれたことが書かれている。

「ユストクスのおかげで、上手にシュミルの魔術具を使うことができるようになりました……って、想像したらシュールだよね」

眉間に皺（しわ）を刻んで教育中のフェルディナンドにユストクスが「今です」とか「こういう時に使いましょう」と言いながら、白いシュミルのぬいぐるみをビシッと出す光景を思い浮かべると、妙な笑いがこみ上げてくる。

そのシュミルから「たまには褒めてくださいませ」とわたしの声がすると、フェルディナンドがきっと嫌そうな苦い顔で褒め言葉を口にするに違いない。近くで見ていると変な八つ当たりをされそうなので、離れたところからこっそりと見たいものである。

「それにしても、レティーツィア様はお菓子がないと辛いんだ。フェルディナンド様、もうちょっと手加減してあげようよ」

春の領主会議を終えると、突然教育が厳しくなったと書かれている。理由が書かれていないのでわからないけれど、それはどうしてもアーレンスバッハにとって必要な教育らしい。わかっていても辛いので、いつもフェルディナンドがご褒美にくれるエーレンフェストのお菓子とシュミルの魔術具が心の支えで、厳しい教育を乗り越えるためには必須だと書かれていた。

「……うーん、これは新しいお菓子が必要かも」

フェルディナンドが渡しやすいように、クッキーや小さく切り分けたカトルカールを小分けにして袋に入れていたけれど、アイスクリームやティラミスのように時を止める魔術具でなければ運べないような物も準備してあげた方が良いかもしれない。

とりあえず、レティーツィアはとてもわたしに感謝していると書いてくれていて、今回フェルディナンドがお礼の品を送り返す時に、一緒にお礼を届けたいと考えてくれたらしい。

何を送れば良いのか悩んでいたところ、ユストクスが調味料や香辛料など、お料理に幅の出そうな物はどうかと提案したらしい。何だかずいぶんユストクスと仲が良さそうだ。

……いや、フェルディナンド様やエックハルト兄様より聞きやすいのは間違いないけどね。

「エーレンフェストにない物は使い方がわからないかもしれないので、ユストクスの助言通り、料理長から聞き出したアーレンスバッハの料理のレシピも同封しています……だって。レティーツィア様、マジいい子！」

わたしは同封されていたレシピにさっと目を通す。知らない材料ばかりなので、ひとまず作ってみなければどんな味の物ができるのかわからない。フーゴ達の努力に期待しよう。

……せっかくだからもらった調味料や香辛料で何か作って送るのもいいかもね？

わたしは少しでも楽しく勉強できるようにレティーツィアへ新しいお菓子を送ること、シュミルの魔術具を喜んでもらえて嬉しいこと、送ってもらった調味料で新しい料理を作るので試食してみてほしいことなどを書く。

フェルディナンドの教育が厳しくなったことには理由があるようだし、レティーツィアも納得しているようだ。わたしからレティーツィアにもっと優しくしてあげて、と無責任に言うことはできない。せめて、フェルディナンドに褒め言葉のハードルを下げるようにお願いしておくので、いっぱい褒めてもらうように助言するのが精々だろう。

……レティーツィア様も「大変結構」が入った録音の魔術具が必要かもね。

レティーツィアのお手紙を全て読み終わったら、フェルディナンドのお手紙を読む番だ。何通もあるので、きっとどれかにはお小言が入っていて、どれかには褒め言葉が入っていると思う。

「……どれから読もう？」

ドキドキしながらわたしは封を切る。カサリと広げるとお小言がだーっと並んでいた。

まず、婚約者に対して隠し部屋を与えるように王族に交渉するのはとても非常識なことだとか、連座回避を直接交渉して勝ち取るなど心配しすぎだというお叱りの言葉が並んでいた。

どうして婚約者には部屋が与えられないのか、与えるとどういうふうに周囲から見られるのかが書かれている。どうやらわたしはディートリンデに結婚前から寝室に男を入れるように、そして、フェルディナンドには結婚もまだなのにディートリンデと同室で生活しろ、と王命で強要するような真似をしたことになっているらしい。

王命で隠し部屋を与えると聞いた時、少しでもディートリンデと距離を取りたいのに何ということをするのだ、とフェルディナンドは頭を抱えたそうだ。

……のおおぉぉっ！　そんなつもりじゃなかったの！

ディートリンデが領主の配偶者に与えられる本館の部屋ではなく、西の離れに部屋を準備したことでお互いに安堵したそうだ。ただ、身の安全のために彼女は王命の実行を渋り、王族が確認にやって来る葬儀の直前まで部屋を与えようとしなかった。そのため、一番忙しい時期に部屋を移ることになって引っ越し作業が本当に大変だったらしい。

フェルディナンドが与えられた部屋は、ゲオルギーネが第三夫人だった頃に使っていた部屋らしい。ユストクスとエックハルトの二人が「毒の検出をしなければ立ち入れない」と何種類もの検出薬を振りまいて、アーレンスバッハの側近達をドン引きさせたそうだ。

……でも、ユストクスとエックハルト兄様の心配はわたしもわかるよ。何事も念入りに確認はしておかなきゃね。

毒の形跡がないことを確認し、部屋を丸ごとヴァッシェンした上で引っ越し作業をしたと書かれている。その間、フェルディナンドは隠し部屋を工房に改造していたらしい。

「部屋の移動によって執務室までの距離が遠くなり、ゲオルギーネの離宮からは更に遠くなり、ユストクスが情報を得にくくなったし、隠し部屋などなくても生活はできる。だが、できるだけ早く工房を得たいと思っていたのは事実なので、今回のことは不問とする……って、今まで散々お小言を書いてたじゃないですか！　どこが不問ですか⁉」

ふんぬぅ！　とひとまずお手紙に向かって怒っておく。フェルディナンドと「不問」という言葉の意味の摺り合わせが必要だ。

「しかも、寝台で寝るより隠し部屋で転寝（うたたね）する方がよく眠れるので、今度は長椅子が欲しいものだ。領地対抗戦の時に使ったのは非常に寝心地が良かった……って、あの長椅子、わたしにくれたやつだよね⁉　自分の代わりに残していくとか言ってたくせに、置ける場所があったら寄越（よこ）せってこと⁉　それとも、新しいのを注文しておけってこと⁉」

とりあえず、フェルディナンドが隠し部屋ライフを充実させたいと思っていることはよくわかった。でも、本気で隠し部屋から出なくなりそうなので、長椅子の設置に関してはユストクスとエックハルトの意見を聞いてからにしよう。そうしよう。

隠し部屋のお手紙の他には、ランツェナーヴェの来訪を中心としたアーレンスバッハの情勢が書かれているお手紙もある。おそらく葬儀の始まる直前くらいに書かれたらしい内容だ。

ランツェナーヴェの姫の受け入れを拒否する王の決定を伝えたら、ランツェナーヴェの使者が都合良く改竄されたあちらの事情を述べ、ディートリンデがランツェナーヴェに同情して非常に面倒なことになっているそうだ。

葬儀の期間中に王族とランツェナーヴェの会談の場を設けようとしたり、この魔力不足の時世にランツェナーヴェに輸出している魔石をタダ同然で譲ろうとしたりして、貿易関係がしっちゃかめっちゃかになったらしい。あまりにもそれがひどかったので、フェルディナンドが雷を落としたら、ディートリンデは反省どころか「貴方はわたくしを本当には愛していないのよ！」と意味不明な反論をして、ランツェナーヴェの使者が滞在する館へ飛び出していったそうだ。

「一体どういう心理からそのような言葉が出たのか、その場にいた誰にも理解できずに困っている。変わった者同士、君には通じるところがないか？……って、えええぇぇぇ？　そんなの、わたしにもわかるわけないよ」

一事が万事そんな調子で、ディートリンデが騒いでいるようだ。ランツェナーヴェの王の孫を気に入って側に置いているおかげで、フェルディナンドは仕事に集中できるし、少し気分的な余裕はできたが、仕事量は以前と比べものにならない程に増えたそうだ。

「ディートリンデ様、次期アウブだよね？　いくら何でもそれはまずいでしょ……」

ランツェナーヴェの使者の館に頻繁に出入りするディートリンデを諫めたり、連れ戻したりするためにゲオルギーネが奮闘しているらしい。ゲオルギーネに連れられて、城に戻ってくるディートリンデの姿が何度も目撃されているようだ。

ディートリンデの行動が目に余るので、レティーツィアの教育は厳しくせざるを得ない。城の中はレティーツィアをなるべく早く次期領主にしようと一つにまとまりつつあるらしい。

……うーん、これもディートリンデ様のおかげと言えるのかな？

最後のお手紙は、ジルヴェスターが到着し、調合の道具や素材を手にした後に書かれたようだ。魔紙のことしか書かれていない。わたしが送ったサンプルが想定外の品質になっていること。作製行程で魔力を使い過ぎていて、頭が痛くなるようなレシピであること。ここまで魔力を使う魔術具では、相応のお礼をするのが難しくなること。あまりにも無駄が多すぎるレシピに愕然としたことなどがずらずらと書かれている。

「以上の理由から、取り急ぎレシピを改良した。この通りに調合した魔紙を送ってくるように……って、徹夜続きで工房に籠もって何をしていたのかと思ったらレシピの改良をしてたってこと⁉　そんなの後でいいでしょ⁉　フェルディナンド様のバカバカ！」

最高品質の魔紙三百枚という大変な要求をするのだから、調合するための時間はなるべく長く確保した方が良かろうなんて尤もらしい理由が書かれている。けれど、葬式の期間中に体を壊しそうな生活をする理由にはならないはずだ。

「新しいレシピに必要な素材も送ったってことは、あの箱詰めにされていた大量の素材はわたしへのお返しでもお土産でも何でもないってことだよね？　うぅ、フェルディナンド様め。王族への要求は非常識だけど隠し部屋は嬉しかったし、久し振りの調合が楽しくて止められなかったって正直に言えばいいのに！」

久し振りの研究に没頭して、それが非常に楽しかったらしいことは、レシピに関係のない調合や素材の蘊蓄がつらつらと書かれたお手紙からも読み取れる。テンションが高い証拠だ。

裏に書かれた新しい魔紙のレシピは消えるインクで書かれている。わたしが触れていることで光っているので、わたしはハルトムート達に教えられるようにそれを別の紙に書き写していく。

「……うん？」

最後の言葉はレシピではなかった。わたしはペンを置いて、じっとその言葉を見つめる。

「君のゲドゥルリーヒを教えてほしい……？」

どういう意図で書かれた言葉なのかわからなかった。

ゲドゥルリーヒが故郷という意味で使われているのか、もっと別の意味を込めて使われているのか。どのように答えれば良いのか。どの答えにどんな反応が戻ってくるのか。考えれば考えるほどわからなくなってきた。

もしかしたら、一年後にわたしがエーレンフェストを離れることを知っているのだろうか。それとも、領主会議の他領の動きから中央神殿の神殿長になると予測しているだけかもしれない。そんなことを考えていると、脳裏にフッとフェルディナンドの顔が思い浮かんだ。

ひどく静かで、感情を完全に排した無表情だった。ひたと真っ直ぐに向けられた薄い金色の瞳と、足元から冷気が漂ってくるような底冷えのする声が「君は王となることを望むのか？」とわたしに問いかける。

「そんなことは望みません。わたくしが望むのは本を読むことですから」

あの時はそう答えた。でも、今は簡単に答えられない。アーレンスバッハへの婿入りが決まり、フェルディナンドを脅迫した時に口から出てきた気持ちの方が強くなっている。

「フェルディナンド様を助けるためならば、グルトリスハイトを手に入れて王になってもいいですよ」

わたしはフェルディナンドに何の相談もなく、行動に移してしまった。すでにわたしは次期ツェント候補で、次の領主会議の前に王の養女となってグルトリスハイトを手に入れる予定なのだ。

……フェルディナンド様、どう思うんだろう？

そう考えると怖くて、わたしは自分のゲドゥルリーヒについて答えが出せなくなった。答えを避けてお手紙の返事を書いて隠し部屋を出る。

「フェルディナンド様のレシピ通りに魔紙三百枚、作らなきゃ」

王の養女になってしまえばフェルディナンドの代わりに調合なんてできないし、ジギスヴァルトと婚約すればお手紙のやり取りもできなくなるのは確実だ。多分この魔紙の作製がフェルディナンドとの最後のやり取りになる。わたしが自由に動ける時間は刻一刻と減っている。今はフェルディ

ナンドのお願いを叶えることに時間を使いたい。

……答えを出すの、魔紙ができてからにしよう。

わたしは問題を先送りにした。

トロンベ狩りと星結びの儀式

「これは素晴らしい。とても勉強になります。高価な素材をなるべく使わず、魔力の消費を抑えて品質を上げていく手腕は、やはり経験の差が大きいようですね」

わたしがお手紙から書き写したフェルディナンドの改良レシピを見て、ハルトムートとクラリッサは感嘆の溜息を吐いた。二人では気付かなかった素材や手順を用いることで、最高品質の魔紙の調合に必要な魔力と経費を大幅に下げているらしい。

「その分、調合の手順や必要な素材の種類が増えているではありませんか」

フェルディナンドの改良版レシピはちょっと手間がかかる。わたしのレシピの方が速くできるとアピールすると、ハルトムートは苦笑した。

「魔力の豊富なローゼマイン様と違って、私やクラリッサが作るのであれば、フェルディナンド様のレシピの方が断然速く作れます」

わたしのレシピには絶対に必要な金粉を量産するのに時間がかかりすぎるし、回復薬がなければ次の工程に移れない。金粉だけではなく回復薬の素材や調合が必要になるため、わたしのレシピはとても他の人に作れないそうだ。

「ローゼマイン様のレシピでは碌に補助もできませんが、素材を丁寧に組み合わせて品質を補っていくフェルディナンド様のレシピならば、我々も多少のお手伝いができます」

改良版でようやく上級文官がところどころ手を出せるレベルの魔力量の調合になるらしい。わたしのレシピがいかに魔力を消費するものであるのか、そして、フェルディナンドがいかに面倒なことを頼んできたのかよくわかった。

「このレシピによると、最後の合成はフェルディナンド様がなさるようですね」

レシピを覗き込んできたクラリッサがそう言った。よくよく見てみると、フェルディナンドが求めているのは、最後の合成の一歩手前までのようだ。最高品質の魔紙三百枚ではなく、それを作るための魔紙を準備してほしいらしい。

「最後の合成を自分の手で行った方が、魔力面でも素材面でも効率的だと判断したのでしょう。ローゼマイン様の口添えで工房を得られたから変更したのではありませんか？」

ハルトムートの言葉にわたしは頷く。最後の合成を自分で行うことで必要な不燃紙の量に変化が出る。自分の工房を得たので、大事な工程はフェルディナンドが自分で調合できるようになった。そのため、指示に変化が出たに違いない。

「不燃紙は高価で希少です。費用の削減のためにはできるだけ使用量を減らしたいですものね」

クラリッサが工房に保管されている不燃紙に視線を向ける。フェルディナンドが指定した量を作ろうと思えば、今ある分では足りない。

「プランタン商会にある不燃紙はローゼマイン様が全て買い取ったのですよね？　足りない分はどうするのですか？」

プランタン商会でしか購入できない物を全て買い漁ったのに、どのようにして手に入れれば良いのかしら、とクラリッサが呟く。わたしはきょとんとクラリッサを見た。

「どうするも何も……ないなら作れば良いではありませんか」

「素材が希少だそうですけれど、どうするのですか？」

驚きの顔でクラリッサが尋ねてきたけれど、わたしはニコリと微笑んで首を横に振った。ここで全て答えるつもりはない。

「今はまだ秘密にしておきたいと思います。それより、早く片付けてしまいましょう。材料を揃えなければ調合はできませんもの」

わたしはグレーティアと一緒にレティーツィアから贈られた物を仕分けしていき、お手紙に書かれている料理のレシピを見ながら調味料や香辛料の味見を少しずつしていく。ハルトムート達は次に調合する時にわかりやすいように素材の配置を考えながら片付けていった。

「ローゼマイン様、こちらの素材は片付け終わりました。この後はどうされますか？」

「神殿へ戻ります。星結びの儀式の準備も必要ですし、引き継ぎを急がなければならないのに、わたくしとハルトムートがいつまでも神殿に戻らなければメルヒオール達が困るでしょう？」

あまり長いこと神殿を空けられない。わたしは隠し部屋で書き上げたお手紙の返事をユーディットに城へ届けてもらい、調味料や香辛料、アーレンスバッハのレシピなどは神殿の厨房へ運んでもらうことにする。

「こちらの調味料でまた新しい料理を考えられるのですか？」

「えぇ。少しずつ味見しただけですけれど、新しい味ができそうです」

香辛料を混ぜれば一味足りないカレーっぽい物ができると思う。足りない味を何で補うかで頭を悩ませることになりそうだけれど、ちょっと楽しみでもある。

……じっくり悩める時間があればいいいんだけどね。

神殿に戻ると、わたしはフリッツを呼び出して星祭りで拾われる前にタウの実を拾ってきてもらえるようにお願いした。星祭りの後になると、森の中でタウの実を拾うのが難しくなる。

「あと五十枚は必要なのです。タウの実は余裕を持って拾ってきてください。それから、タウの実の採集に向かう時は魔力を持つ子供達を除いてください。森で何か起こったら困りますから」

タウの実を拾うという目的で森へ行って、怪我をして血でも流れたら大変なことになる。目の届く神殿内ならばともかく、森で何か起こったら大変だ。

「では、工房で紙作りをする者と森へ行く者を分けましょう」

「えぇ、よろしくお願いします。にょきにょっ木を狩る時も魔力持ちの子は出さないようにしてください。わたくし、にょきにょっ木について広く知らせるつもりはないのです」

「かしこまりました」

……わたしと同行するのは名捧げ済みの側近達かな。

フリッツは優秀なので、お願いした三日後にはタウの実が準備されていた。わたしは名捧げ済みの護衛騎士であるマティアスとラウレンツ、それから、どうしても同行すると言い張ったハルトムートを連れて、久し振りに孤児院の裏側へ行った。下町に繋がる門がある裏側に来ると、そのまま下町へ出たくなってしまう。門をしばらく見つめた後、わたしは灰色神官達がトロンベ狩りの準備をしているところへ向かった。

籠(かご)に詰まったタウの実や灰色神官が中心になって鉈(なた)のような刃物を持っている光景は、わたしにとって別に珍しい物ではないけれど、マティアスやラウレンツにとっては珍しいようだ。

「ローゼマイン様、これは何ですか？　何をするのでしょう？」

「これはにょきにょっ木の実で、不燃紙の材料なのです。これから、素材を狩るのですけれど……これから見る光景、ここで得た情報は決して口外しないでください。これは命令です」

わたしが秘匿を命じると、全員が一瞬ピクリと動いた。名捧げによる魔力的な縛りがあったのだろう。三人が神妙な顔で了承するのを確認してから、わたしは灰色神官達のところへ近付いた。

「フリッツ、準備は良いですか？」

「はい。子供達は孤児院で作業をさせているので、こちらへ来ることはないでしょう」

わたしは「助かります」とフリッツに頷くと、刃物を持った者ばかりがいる周囲を警戒しているマティアスとラウレンツを見上げた。

「わたくしがこの実を投げたら、二人はすぐにわたくしを抱えて後ろに下がってくださいｏ ハルトムートは後方、少なくとも白い石畳の上で待機ですからね」

わたしを抱えて後退させる役を護衛騎士の二人に頼み、わたしはラウレンツと一緒に白い石畳と土が剥き出しになっている境目に立った。ここから投げればタウの実は絶対に土に落ちる。後ろに投げない限り失敗することはない。

周囲には刃物を構えた真剣な眼差しの灰色神官達がいるため、ラウレンツが周りを見ながら護衛としてかなり緊張した顔になっている。けれど、彼等の視線はこれから現れるにょきにょっ木に向けられているだけだ。

わたしは準備されている籠に手を伸ばし、両手に一つずつタウの実を握った。魔力が吸われていくのがわかる。昔よりも流れる量が少ないように感じるのは、わたしの魔力が増えたからだろうか。ぶよぶよだった実にぼこぼこと種ができていって、硬くなってきた。発芽寸前のわずかな熱を感じた瞬間、わたしは「ていっ！」と力いっぱいタウの実を投げる。

「いっけぇ、にょきにょっ木！」

「なっ⁉　トロンベ⁉」

同行した貴族三人を驚かせたトロンベ狩りはあっさりと終わった。体力、魔力共に増えているわたしには発芽させるのもそれほど負担ではなく、必要な分の枝が得られたのだ。

「トロンベがこんなに簡単に狩れるなんてあり得ません」

「騎士は黒の武器でなければ狩れないと言われているのですが……」

平民が軽々とトロンベを倒したことにマティアスとラウレンツがショックを受けているが、伸び始めた枝を切っただけである。そこまでショックを受けるようなことではない。

「騎士達が狩るのは平民達の手に負えなくなったトロンベだけですし、成長してしまった時は黒の武器でなければ倒せないので、頭を抱えるようなことではありませんよ」

「それにしても、ローゼマイン様はどうしてこのことを秘密にするのですか？」

内密にしなければならない理由がよくわからないとラウレンツが首を傾げる。

「タウの実がトロンベになることを騎士団に告知し、危険がないうちに潰してしまった方が良いのではありませんか？」

「下町の平民が総出でタウの実を拾って投げ合うお祭りがあるので、今のままでも大した不都合はありません。騎士達がタウの実を全て潰すために下町の森を荒らして回ったり、下町の皆が楽しみにしているお祭りがなくなったりする方が困ります」

騎士団と下町の人数を比べれば、人海戦術を行う場合、下町に任せる方が良い。仮に、騎士が潰すことにして星祭りの投げ合いがなくなった後で騎士が拾いに行けない事情ができれば、森はトロンベだらけになる可能性もある。今のままで上手く回っているのだから、余計なことをする必要はない。下町の森にあるタウの実は下町の者が回収してくれるので、任せておけば良いのだ。

「平民達が拾い損ねて、森の獣達に潰されずに残って成長した物だけを騎士団が討伐するので問題ないと思っています」

「ですが、魔力の多い身食いがいれば、大混乱になる恐れがありませんか？」

ハルトムートの懸念をわたしは首を横に振って否定した。

「タウの実を発芽させるには魔力がたくさん必要になります。そうですね。貴族院で魔力圧縮を学んだ下級貴族の成人ならば発芽させられるでしょう。でも、そのくらいの魔力を持っている身食いはお祭りに出られるような年齢になる前に死ぬので滅多にいませんし、この白い石畳の上では発芽しないのです。街の中で投げ合う分には別に危険はないのですよ」

身食いは魔力を吸い出す子供用の魔術具を持っていないので幼い時に死ぬのだと言うと、三人とも目を伏せた。子供用の魔術具を持てない子供は貴族街にもいる。

「今の孤児院は貴族の子が多いですから、何らかの拍子に発芽させる可能性もあります。危険ですから、わたくしは自分がいなくなった後の孤児院でにょきにょっ木狩りをさせるつもりはありません。兵士や下町の者が森で得た若い枝をプランタン商会に売ってもらえるように兵士達を通じて周知してもらうだけに留めるつもりです」

高価な商品なので孤児院で狩れるのが良いが、安全第一である。危険はなるべく排除するつもりだ。それに、魔術具を持っていて貴族を目指す子は、回復薬を使ってでも魔術具に魔力を溜めなければならないのだ。トロンベ狩りに魔力を使っている場合ではない。

それに、貴族を目指せない子の魔力では発芽させることができない。それはディルクが去年まで星結びの儀式の日に皆と一緒に遊んでいて発芽しなかったことからも明らかだ。魔力圧縮の方法を教えられない孤児院の子供達ではトロンベを発芽させることもできない。大人になれば一つくらいは発芽させられるようになるかもしれないという程度である。

貴族院で学び、貴族として神殿へ戻ってきたディルクならばできるかもしれないけれど、トロンベ狩りに魔力を使える状況ではないはずだ。

昔、トロンベを身食いが生きていくための魔術具代わりにしようとした時にベンノに言われたあれこれも頭に浮かんでいる。けれど、それは口に出さずにわたしはフリッツを振り返った。

「では、フリッツ。孤児院のにょきにょっ木狩りは今日で終了です。次からはたまたま森で遭遇(そうぐう)した時に狩るか、たまたま狩った人達から買い取るかのどちらかです。大きな収入源になるので多く欲しいのですけれど、安全が一番ですもの。……これを使った紙ができたらプランタン商会を通して買い取りますから部屋に届けてくださいね」

「かしこまりました、ローゼマイン様」


神殿内のトロンベ狩りが終わればまもなく星結びの儀式だ。午前中は神殿で行われ、午後は城へ行かなければならないのだから忙しい一日になる。

わたしが神殿長として礼拝室に入って壇に上がると、ザックの姿が見えた。黄土色っぽい晴れ着を着ているところから察するに、彼は秋生まれのようだ。隣にいる春の貴色をまとった子が花嫁だろう。髪飾りは二人の貴色を取り入れた物になっている。

ルッツ達の情報によると、彼女はザックより三歳下の幼馴染(おさななじみ)らしい。控えめだがしっかり者で、新しい物や興味が向く物に没頭するザックの発想力を褒めながら、ずっと支えていた子だそうだ。

別の町へ行くと彼女に何を持って帰るのか考えるのがザックの楽しみだったらしい。

春から秋の間は別の町へ行ってしまうザックを心配していた彼女に、彼女の両親はいい加減に結婚するか、きっちり別れて別の相手と結婚するか選べと迫ったそうだ。彼女と別れる気はさらさらないザックがすぐさま結婚を決めて、今日の儀式になったらしい。

……ザック達に幸せが降り注ぎますように。

控えめに、控えめに、と注意していたけれど、いつもよりちょっと多めの祝福が飛んでしまった。これくらいならばご愛敬で済ませられる程度である。天井付近で弾けた黒と金の光を見上げながら、わたしは次の儀式のことを考えて冷や汗を垂らしていた。

……ザックでこれか。次の儀式はトゥーリの成人式なんだよね。大丈夫かな？


午後からは貴族街へ移動して星結びの儀式だ。その後には未婚の成人が結婚相手を探す宴もある。コルネリウスやハルトムートはすでに婚約者がいるので婚約者と二人揃って出席し、相手がいない友人に異性の友人を紹介したり、意中の者がいる者を無責任に応援したりするそうだ。

城へ移動する際のレッサーバスの護衛として乗り込んでいるダームエルが助手席で項垂れている。わたしの成人側近で相手がいないのはダームエルだけだからだ。毎年、「今年こそは……」と気合いを入れていたのだけれど、今年は気合いも入らないらしい。

「私にはもう結婚は無理です、ローゼマイン様」

今まで何年間もエーレンフェストでは見つからなかったし、中央へ出れば下級貴族がほとんどいないらしいので結婚は絶望的だとダームエルは呟く。

「独身でも良いではありませんか。本があれば生きていけますよ」

「ローゼマイン様は本があれば満足かもしれませんが、私は普通の結婚がしたいです。周囲が幸せな結婚をしている者ばかりで羨ましく思います」

一番身近に接する側近達はラブラブで、同い年の友人達も既婚者ばかりだそうだ。もう数年で仲の良い友人の子供が洗礼式を迎えるらしい。ちなみに、そういう愚痴を側近達の間で漏らすと、全く悪気のなさそうな笑顔で「私の子供が洗礼式を迎えてもダームエルは独身でいそうですね」と言われるらしい。

……ハルトムート！

「それに、結婚しなければ中央へ行けません」

「……そんなに結婚したいならば、フィリーネが成人するのを待つしかありませんね」

「ローゼマイン様、私と結婚をするつもりはない、とフィリーネからは面と向かって言われています。命令するような可哀想な真似は止めてください」

キリッとした顔ではあるが、ダームエルが心なしか落ち込んだ声でそう言った。同じ立場の先輩に懐くのと将来の伴侶（はんりょ）として考えるのは別物だ、と自分に言い聞かせるように言っている。

「それはコンラートを引き取る手段の一つとして結婚を挙げた時のことですか？」

「……そうです」

やっぱり振られたとダームエルは解釈していたらしい。フィリーネから話を聞いた時は裏で様々に調整できるダームエルがカッコいいと思ったのだが、今の姿を見るとフィリーネの目は大丈夫なのか、ちょっと心配になってしまう。

「フィリーネはダームエルに庇われる妹のような立場ではなく、隣を歩いていけるような一人前の女性になりたいのですって。そうしたら、自分からダームエルに求婚したいとフィリーネは言っていましたよ」

「えっ⁉　フィリーネから私に求婚ですか⁉……いや、騙されませんよ。さすがに」

ダームエルが一瞬期待の表情になり、直後に警戒し始める。そんなに結婚関連で騙されたことがあったのだろうか。心配になる反応だ。

「わたくしは別に嘘(うそ)なんて吐いていません。でも、ハルトムートに求婚したクラリッサを参考にするとフィリーネは言っていました。将来、ダームエルは足払いを受けてメッサーで脅されるようなダンケルフェルガー式の求婚を受ける可能性があります」

「それは嘘だと言ってください！」

「わたくし、嘘は吐いていません」

そんな、と頭を抱えて呻くダームエルだが、絶望的だとしょぼくれていた時よりはずいぶんと元気になったと思う。

「脅し求婚が怖ければ、先にダームエルから動けば良いと思いますけれどね」

わたしが小さく笑いながらそう言うと、ダームエルはわたしの様子を窺いながら口を開いた。

「ローゼマイン様は……私にどうしてほしいですか？」

「どういうのは？　フィリーネの求婚を受けても、ダームエルから求婚しても構いませんよ？」

「違います。私の移動です。リーゼレータには中央へ来てほしいとお願いしたのですよね？」

リーゼレータを引き合いに出しながら、ダームエルが問いかける。

「中央へ行ったところで下級騎士である私が役に立つのか、ローゼマイン様に不利益にならないのか判断に困っているのです。ローゼマイン様は私にどうしてほしいですか？」

領主の養女の護衛騎士でもダームエルは散々陰口を叩かれてきた。わたしが幼いから付き合いの長い者は手放し難いのだろう、と周囲から言われていた。けれど、中央へ行く頃にはわたしの見た目は年頃の少女のものになっている。わたしが独身の下級騎士を故郷から連れてきて重用するのは、変な噂を招きかねないそうだ。

「私が結婚していれば違ったのですが、今の私ではローゼマイン様にとって良くない誤解を招くと思われます。それに、私が中央へご一緒することで役に立つことがございますか？」

ダームエルは自信がなさそうにそう言って肩を落とした。

「わたくしの側近はダームエルがいた方が上手くまとまるのです。微弱な魔力を探る手腕も買っていますし、騎士でありながら書類仕事が得意なところも美点だと思っています。……それに、側近の中で一番長い付き合いなので、一緒にいてくれると心強いです」

「そ、そうですか……。恐れ入ります」

少しばかり照れたようにダームエルは頬を掻く。こっちも照れくさくなるので止めてほしい、と思いつつ、わたしは先を続ける。

「でも、フィリーネは成人するまでエーレンフェストに残しますし、引き継ぎ期間が短い神殿関係は心配でなりません。わたしが中央へ移動した後、印刷関係も下町の者達と上手くやっていけるのか不安に思っています。ですから、ダームエルにここにいてほしいと思う気持ちもあるのです」

神殿でフェルディナンドの教育を一番長く受けているること、ヘンリックを助けながら印刷関係を軌道に乗せる助言ができること、孤児院長になるフィリーネを危険から守ること、中央での受け入れが決まるまで下町のグーテンベルク達を守ることなどを考えると、ダームエルは適役だ。

「わたくしはできるだけ守るつもりですけれど、中央へ行っても、エーレンフェストに残っても、ダームエルは決して楽ではないでしょう。ですから、選択を委ねたのです。ダームエルがどちらを選んでも、わたくしは嬉しいですよ」

しばらく考え込んでいたダームエルは城に着く直前に顔を上げた。灰色の瞳にはハッキリとした決断の色が見える。

「ローゼマイン様、私はエーレンフェストに残ります」

フィリーネが本当に求婚してくることがあれば、成人したフィリーネと一緒に中央へ移動する。結婚できなければ、わたしの名誉を優先してそのままエーレンフェストに残るらしい。

「決断してくれて嬉しく思います。……でもね、ダームエル。求婚を待つより自分から求婚してフィリーネの心を奪うくらいのことをした方が男らしいというか、カッコいいですよ？」

ブリギッテのためになりふり構わず魔力圧縮をして、追いつこうと努力していたダームエルはカッコよかった。最終的には悲恋とはいえ、本になるくらいにカッコよかったのだ。

「きっとその方がフィリーネもお母様も喜ぶと思います」

「エルヴィーラ様の本になるのは一度で十分です！」

トゥーリの成人式

星結びの儀式の時、わたしは以前エルヴィーラに助言されたように、ボニファティウスに盗聴防止の魔術具を渡して「皆には内緒のお願いですよ」とこっそりダームエルを預かってくれるようにお願いした。ボニファティウスが快く引き受けてくれたので大助かりだ。ダームエルに報告したら愕然とした顔で「非常に助かります」と喜んでくれた。


星結びの儀式から数日後、神殿に戻ったわたしはダームエルを連れてメルヒオールの部屋へ足を運んだ。エーレンフェストに残る彼を相談役にすることを提案するためだ。

「ダームエルはおじい様の下につくことが決まっていますが、神殿でフィリーネの補佐をする予定です。神殿での執務歴が長いので、メルヒオールの相談役にいかがですか？」

「神殿のお手伝いをしてくださるのであれば、ボニファティウス様ではなく、私が受け入れても良かったのですが……」

「メルヒオールがダームエルを気に入って返してくれなくなったら困りますもの。シャルロッテとメルヒオールは優秀な側近を得ようと、わたくしの側近を狙っているのでしょう?」

わたしが移動した後、エーレンフェストに残していくわたしの側近を自分達が取り込んでも良いかシャルロッテに秘密裏に尋ねられたのだ。特に文官は上位領地にも認められる優秀さなので取り込みたいらしい。でも、成人後に移動する予定のフィリーネと、フィリーネと結婚して移動してくる予定（決定ではない）のダームエルを取られるのは困る。

「そうですか。残念です。では、ローゼマイン姉上の側近が神殿にいるうちに、私の側近を鍛えてもらうようにします」

側近としての取り込みは諦めてくれたようだ。わたしは胸を撫で下ろして神殿長室に戻る。そこにいる側近達を集め、中央への移動後にわたしの側近を取り込むために水面下で妙な争いが起こっていることを伝えた。レオノーレが納得したように頷く。

「領主夫妻の仕事を手伝ったことで優秀さを広げてしまいましたからね。領主一族が取り込みたがる理由はわかります」

他に知らせないようにジルヴェスターが命じているので、表立っての交渉などはない。けれど、わたしが移動してしまうと、勧誘合戦が始まる可能性は高いそうだ。

「フィリーネ達にはローゼマイン様がいなくなっても、成人したらローゼマイン様に仕えることになっていると示すような何かがあると良いかもしれませんね」

「レオノーレ？」

「ローゼマイン様の紋章が入った魔石の小物があれば、フィリーネ達も自分の主が誰なのか主張しやすいかもしれません。下級貴族に領主一族からの勧誘を断り続けるのは大変です」

上からの要望を断るなんて生意気な、と言われてもおかしくない。それはエーレンフェストから連れ出す予定の専属達も同じだ、とレオノーレは言った。

「誰がどのような無理難題を振りかけるかわかりません。ローゼマイン様がいらっしゃる間に配り、周知させておく必要があるでしょう」

平民達に配ったお守りとは別に、わたしの紋章が入った物を持たせておいた方が良いらしい。中央でわたしの専属だと主張するのにも役立つそうだ。

「アウブとの養子縁組は解消されるのですから、エーレンフェストの紋章ではなく、ローゼマイン様個人の紋章が必要ですね」

「わたくしの紋章ならばすでにあります」

ローゼマイン工房の紋章をそのまま使えば良い。あれは養子縁組を解消しても変わることがないわたしの紋章だ。本とインクと植物紙の材料である木と花の髪飾りからベンノやフランと一緒に考えたわたしだけの紋章。

「何に紋章を刻めば良いかしら？」

「普段から身につけられる物が一番良いと思いますよ。他者に奪われにくい指輪やネックレスが良いのではございませんか？」

……奪われにくいって……。まぁ、大事なことだけど。

「わたくし、一番加工しやすいのは魔石なのです。お守りを作った時に魔法陣を刻んだ要領で、紋章を刻めば大丈夫かしら？」

「調合の際、魔石の大きさには気を付けていただきたいです。ローゼマイン様は側近にも専属にも同じ物をまとめて作るおつもりではございませんか？　平民と貴族の差、専属本人とその家族では違いが必要になります。中央へ向かうならば厳しい目で見る方もいらっしゃるでしょう」

レオノーレの指摘にわたしはコクリと頷いた。正直、面倒な……と思ってしまったけれど、そういう違いが貴族達にとっては大事なのだ。

「ローゼマイン様、エーレンフェストに残る側近に配るのでしたら、わたくしのことも忘れないでくださいませ」

ユーディットが自己主張してきたので、わたしは苦笑しつつ了承する。

「魔石に紋章を刻むだけならば時間はかからないので、手早く終わらせてしまいましょう。フラン、ギルベルタ商会に連絡を入れてくださいませ。秋に向けた髪飾りや衣装の注文をしたいのです」

……トゥーリには成人式の前に渡すんだ。

うふふん、と鼻歌混じりに隠し部屋へ入って、わたしは側近、専属、専属の家族それぞれの魔石を選ぶ。エーレンフェストに残る側近の分はフィリーネ、ダームエル、ユーディットの分で良いだろうか。オティーリエやブリュンヒルデは後でついて来る予定がないので、わたしの側近であることを示す物などもらっても困るだろう。

グーテンベルク達はまだ誰が一緒に来てくれるのかわからないので後回しだ。トゥーリと母さん、それから、ロジーナ、フーゴ、エラ、ヴィルマの魔石を選ぶ。専属の家族分は父さんとカミル、それから、エラの母親の分が必要になる。

フーゴの家族はエーレンフェストに留まるけれど、エラの母親は一緒に移動することを選んだそうだ。なんでも、エラに子供が生まれた後、なるべく早く職場に復帰できるように子供の面倒を見てくれるらしい。女給の仕事を辞めたがっていたので、今回の移動は渡りに船だったと聞いている。

……大きさと数はこれでいいよね？

わたしは自分の書字板を出して、花があってちょっと複雑な紋章をじっと見つめながら、シュタープをスティロで変化させて魔獣から作られた魔紙に魔力で描き写していく。一枚目が完成したところで、自分で準備した魔石の数を見ながら溜息を吐いた。何度も同じ紋章を描くのは大変だ。魔法陣の中には文字や記号も入るし、ちょっと歪んでも効果に違いはないので問題ないけれど、紋章は絵だけだ。ちょっとした歪みが非常に目立つ。

「この紋章、コピペできれば簡単なんだけど……。こう、タブレットを使ってた時みたいに指で始点と終点で範囲指定……できないものかな？」

わたしは何ということもなく、麗乃（うらの）時代の感覚で魔紙の上を指先でトントンと叩いて始点と終点を指定する。自分の魔力が薄く広がり、自分が想像していた通りの範囲が魔力で指定された。

「うわっ⁉　できた⁉」

薄い黄色の魔力が魔紙の上にある。これはもしかしたらこのままコピペができるかもしれない。感動に打ち震えながら、わたしは範囲指定されている部分を見つめる。

「もしかして、このままコピペできそう？　やっちゃう？……よし。『コピーしてペッタン』！」

わたしは気合いを入れて、範囲指定した部分を見つめながら指を動かす。紋章が分裂した。元の場所にある分と、わたしの指の動きに合わせて動く分の二つに分かれたのだ。そのまま空白部分に動かして指でトンと移動先を指定すると、そこに紋章の二つ目ができた。

「すごい、すごい！　これ、マジ便利じゃない？」

調子に乗って、わたしは必要な人数分のコピペを行う。魔石にコピペした紋章を魔力で刻み込めば完成だ。ついでに、別の魔石に魔力を注いで変形させ、紐（ひも）や鎖を通すためにバチカン部分を作っておく。これで平民でも簡単に身につけることができる。

「あっという間にできちゃった」

わたしは自分の目の前に転がる紋章入りの魔石を見つめた。このコピペを使えば、写本がすごく楽になるはずだ。皆でコピペをすれば、次々と本の数を増やすことができる。これがあれば、本を持っていないジギスヴァルト王子と結婚するのも怖くない。離宮の図書室を本で埋めることもできるはずだ。

「皆で写本計画だよ！　わたし、天才！　いやっふぅ！」

うきうきで工房から出て、わたしは世紀の大発見を皆に教える。しかし、普通の紙ではコピペが使えなかった。魔紙に書かれた魔力のインクでなければ魔力の範囲指定ができないのである。

……のおぉぉおっ！　写本に使えないじゃん！　皆で写本計画が一瞬で消えちゃったよ！

ついでに、皆に教えようとした時に、最初に使用したことで登録されてしまった呪文が間違っていたことに気付いた。わたし以外の誰も気付かなかったので仕方ない。ユルゲンシュミットにおいて、コピペの正式呪文は「コピーシテペッタン」になった。

……あああぁぁぁっ！　失敗した。わたしだってちゃんと知ってるのに！　正しくは「コピーアンドペースト」だって！

何はともあれ、完成はしたのだ。できたてほやほやの紋章入りの魔石をその場にいたユーディットとダームエルとフィリーネに渡す。

「わたくしの紋章です。わたくしがいなくなった後、誰かに仕えるように言われた時に見せると効果的だそうです」

「恐れ入ります。……この紋章入りの魔石はハルトムート達にも配った方が良いと思われます。残る者や平民の専属に必要だから作ってくださったことは存じていますが、ぜひご一考ください」

ダームエルの言葉にわたしはハルトムート達が自分で魔石を準備してきた場合は紋章を刻むことを約束した。

ギルベルタ商会からコリンナとトゥーリが針子を連れてやってきたのは、紋章入りの魔石が完成して三日後のことだった。

「わたくしの移動に同行する専属とその家族に渡す紋章です。エーレンフェストにおける引き抜きを防ぐため、移動先で誰の専属なのか明確にするために作りました。こちらが専属のトゥーリとエーファの分、こちらが同行者のギュンターとカミルの分です」

「ローゼマイン様、これは……」

少し贔屓が過ぎるのではないかと言いたげなトゥーリからコリンナに視線を移し、わたしはニコリと微笑んだ。

「コリンナ、他に同行する針子が決まった時は教えてください。その者の分も準備します。わたくしの専属料理人とその家族、専属楽師にはすでに渡しましたから」

「かしこまりました」

コリンナが笑顔で頷き、自分達だけではないことを知ったトゥーリはホッとしたように胸を撫で下ろす。わたしはそんなトゥーリの三つ編みをじっと見つめた。髪を下ろしているトゥーリはこれで見納めだ。夏の終わりの成人式以降は大人の女性として髪を上げることになる。

……胸も結構あるなぁ。わたし、まだぺったんなのに。

魔紙の調合や秋に行われるエントヴィッケルンのために魔力圧縮をきっちりしているわたしの体はまた成長が止まってしまった。魔紙作りとエントヴィッケルンが終わったら、また魔力を薄めにするつもりだ。

……成人式が近いってことは、そろそろ結婚相手も決まる頃かな？　トゥーリが結婚……。結婚かぁ。相手が誰か知らないけど、何か嫌だ！　わたしのトゥーリが結婚なんて！

勝手に想像して悔しくなって、トゥーリの結婚相手に想像の中でパンチする。わたしのトゥーリを奪っていくなら一発くらいは殴らせろ！　という親父(おやじ)的思いが胸に浮かんだのだ。

「……ローゼマイン様、どうかされましたか？」

「い、いいえ。少し考え込んでしまっただけです。髪飾りのデザインは今まで通りトゥーリに任せますから、最高級の糸を使って作ってください。トゥーリの髪飾りを長く使いたいのです」

　これから先、王の養女になっても使える品質の物を作ってほしい。身分に合わなくなって下げ渡さなければならなくなるのは悲しいのだ。

「トゥーリの成人式はもうじきですね。衣装や髪飾りの準備はできたのですか？」

「はい。衣装は冬に母と、髪飾りは自分で作りました。ですから、実家からではなく、ギルベルタ商会から成人式に出ることになっています」

　貧民街の実家から出るには衣装や髪飾りが豪華すぎるのだろう。両親とは神殿前で落ち合うことになっているらしい。久し振りに父さんと母さんの顔を戸口で見ることができそうだ。

　……テンション、上がってきた！

「わたくし、トゥーリのために特大の祝福を贈りますね」

「皆と同じでお願いします。あまり贔屓をするのは良くありません。先日の星祭りもグーテンベルクの結婚があったことで神殿長の祝福に偏り（かたよ）があったと噂されていますから」

　……うぐぅ。ちょっと多かっただけなのに。

　とりあえず、皆と同じで、と釘（くぎ）を刺されてしまった。わたしが気分に任せて祝福をしたら間違いなく偏りが出る。本気で対策を練らなくてはならないようだ。

　わたしは図書館の工房で少しずつ魔紙の調合を進めながら、自分の側近達に祝福対策について尋ねてみた。

「祝福に使う魔力の量を調節するのですか？　一体何のために、でしょう？」

聖女らしくババーンと全開でやれば良いのに、と言うハルトムートとクラリッサは置いておく。皆に祝福を贈る神殿長が知人を贔屓するのも下町ではあまり良く言われていないようだし、わたしがやりすぎると後任のメルヒオールが苦労するのだ。それに、トゥーリから「皆と同じで」という注文が入っている。トゥーリに嫌な顔をされないように対策を練らなくてはならない。

「気分に任せると勝手に大きな祝福になるわたくしには抑えるのが難しいのですが、青色見習い達が見学するのですから、お手本になれる程度の祝福であることも大事なのです」

わたしの言葉に少し考えていたコルネリウスが顔を上げた。

「魔石を使って祝福を行うのはどうでしょう？　アーレンスバッハとの境界門で行われた星結びの儀式ではフェルディナンド様が取り出された魔石を使っていた記憶があるのですが……」

コルネリウスの指摘で、ランプレヒトの結婚式では「やりすぎ防止」のために魔石を使ったことを思い出した。あの方法は確かに使えるかもしれない。護衛騎士として同行したレオノーレも「良い案ですね」と微笑んだ。

「魔石を使って祝福する様子を見せれば、メルヒオール様も同じように祝福できると思います。ローゼマイン様は魔力制限、メルヒオール様はローゼマイン様と同程度の祝福を贈るためと目的は違いますが、魔石を使うことで祝福の量を調整することができるのではございませんか？」

コルネリウスとレオノーレの言葉にわたしは目を輝かせた。魔石を使えばトゥーリの願いを叶えられて、同じような祝福ができないと悩むメルヒオールに解決策を示すことができて、何の失敗をすることもなく青色見習い達の手本になれる。完璧だ。

「素晴らしいです！　魔石を使いましょう」

夏の成人式当日。わたしは自分より先に礼拝室に入場するハルトムートに魔石を渡した。何度か祝福の練習をして魔力を調節した魔石だ。これで祝福の量は問題ないだろう。

「この魔石を祝福の時に渡せば良いのですね」

儀式の流れを再確認した後、わたしはハルトムートが礼拝室に入場するのを見送る。青色神官達が礼拝室に入場していくのを見ていたメルヒオールが「儀式に参加するのは初めてですから、少し緊張します」と呟いた。

「あら、今日は見学ですからそんなに緊張しなくても大丈夫ですよ」

今日は青色見習い達が儀式の見学を行う日でもある。今日は見学だけなので、青い儀式用の衣装を着た見習い達は横の壁際（かべぎわ）に並んで立っているだけだ。騒がなければそれで良い。

「収穫祭で自分が儀式を行うと思えば、どうしても緊張してしまうのです」

メルヒオールの言葉に青色見習い達が揃って頷いた。秋の収穫祭で失敗するわけにはいかない、と気を張り詰めているのがわかる。ただでさえ、犯罪者の子として冷たい視線を向けられるのに、失敗を重ねるわけにはいかないそうだ。

「緊張感は大事ですけれど、今から緊張していたら体がもちませんよ。今日は儀式の最中に大騒ぎさえしなければ良いのです。肩の力を抜いてくださいませ」

声をかけたところで緊張は然程解れなかったようだ。いつも通りの笑顔を浮かべようとしているけれど、どことなく強張った顔でメルヒオールを先頭に青色見習い達が礼拝室に入っていく。

皆を見送ってしばらくすると、「神殿長、入場」と扉が開いた。

わたしは聖典を抱えて礼拝室に入場する。壇上で一番に探したのはトゥーリだ。正確に言うならば、他は目に入らなかった。わたしと目が合ったトゥーリがフフッと笑いながら少しだけ顔を横に向ける。

……きゃあ！　トゥーリ、美人！

今までは三つ編みにして背中で揺れていた青緑の髪が結い上げられ、唇に紅が引かれている。それだけでトゥーリは一気に大人の女性になっていた。側面の髪を編み込みにしているせいだろうか。周囲の女性より髪型が凝っているように見えた。

トゥーリの髪を飾るのは自作の髪飾りだ。上達したトゥーリの手で作られているので、成人式に臨む女性達の中で一番綺麗に。それに、左右から二つ差し込まれているので非常に目立っている。ただ、髪飾り自体は決して派手な物ではない。小ぶりの花がいくつもついていて、清楚な雰囲気が出ている。

その花に使われている色合いは、わたしがトゥーリの洗礼式のために準備した初めての髪飾りと同じだった。花の形、糸の質、作った人の腕前が全然違うので同じ物には見えない。けれど、側面を編み込みにした髪型と同じ色合いの髪飾りだ。洗礼式の時と雰囲気を似せようと意識したことがわかった。家族皆で一緒に作り上げた髪飾りが原点だったことを思い出させてくれる。

青の晴れ着は下町で浮かないように、そして、これから先も着られるようにシンプルなワンピースだ。けれど、周囲が単色に刺繍している晴れ着をまとっているのとは違って、母さんが染めた布を使っている。わたしが持っている衣装とは花の柄や色が違うけれど、同じようなグラデーションを用いていた。ちょっとお揃いっぽくて嬉しい。

トゥーリの指が胸元に移動した。そこにはわたしがあげたばかりの紋章入りの魔石が輝いている。トゥーリの誕生季に合わせて青の魔石をあげたので、衣装と重なって見えにくかったようだ。

……あぁ、もう、なんか嬉しくて泣きそう。

涙を堪えるためにも、わたしは周囲に視線を向ける。ピンクの頭が見えた。あれはもしかしたらフェイだろうか。確かトゥーリと同じ時に洗礼式をしたはずだ。あの隅に青色見習い達が並んでいる。わたしが失敗する姿を見せるわけにはいかない。

そんなふうに敢えてトゥーリから意識を切り離しながら、わたしは成人式を行う。ハルトムートから魔石を受け取って祝福を与えた。

「火の神ライデンシャフトよ　我の祈りを聞き届け　新しき成人の誕生に　御身が祝福を与え給え　御身に捧ぐは彼らの想い　祈りと感謝を捧げて　聖なる御加護を賜らん」

魔石から青の光が飛び出し、祝福となって新成人達に降り注ぐ。トゥーリの注文通り、皆と同じくらいの祝福の成人式だ。トゥーリはホッとしたように降り注ぐ祝福の光を見上げ、その後で「よくできました」というようにわたしに向かって微笑んでくれた。

……やったよ、わたし。

儀式が終わると、礼拝室の扉が開かれる。その扉の向こうには予想通り、父さんと母さんの姿があった。洗礼式を終えていないカミルはやはりお留守番のようだ。

残念だなと思っていたら、父さんと母さんも自分の首元から革の紐で下げられた紋章入りの魔石を笑顔で見せてくれた。ニカッと笑った父さんが「ちゃんとついて行くからな」と言ってくれているのがわかる。

家族全員を移動させるのはわたしの我儘だ。わたしと家族の関係を知っている者は皆無ではないし、ハルトムートに調べることができたのだ。他の誰かが突き止める可能性はある。エーレンフェストに置いておくと、どういう形で利用されるかわからない。わたしは家族を利用されたらどのように暴走するのかわからないから、自分が手を伸ばせる範囲に移ってもらうことにした。わたしの我儘だけれど、わたしの家族はそれを当たり前の顔で受け入れてくれた。

嬉しいと大好きが胸に渦巻き、魔力が膨れ上がる。まずいと思った時には遅かった。パァッと青の光の祝福が、儀式の時とは比べものにならない量で降り注ぐ。

「な、何だ⁉」

扉から退場していた新成人達がビクッとして振り返り、片付けを始めようとしていた神官達が「うわっ⁉」と驚きの声を漏らす。壁際に並んで見学していた青色見習い達はポカンと口を開けて祝福の光を見つめていた。

バッと勢いよく振り返ったトゥーリの視線が痛い。青い瞳は雄弁に「何やってんの、マイン！」と怒っている。

……ごめんなさい、ごめんなさい。そんなつもりじゃなかったの！

あわあわしながら、わたしは必死で言い訳を考える。けれど、真っ白になった頭では碌な言い訳が浮かばない。

「……お、おまけの祝福で……あ、いえ、違います。見学している青色見習い達に、魔石を使わない祝福の手本を見せようと思いまして……。ほほほほほ……」

「素晴らしいお手本でした、ローゼマイン様」

感動の顔をしているハルトムートの言葉は果たしてその場にいる皆にとってフォローになったのだろうか。なっていないと思う。父さんと母さんは驚いた顔から笑いを堪えるような顔になったけれど、トゥーリの顔は怖いままだ。

最後の最後に失敗して、トゥーリの成人式は終わった。

アウブの面接

秋の洗礼式を失敗なく終え、その後はエントヴィッケルンのための魔力を溜めるために城へ何度か足を運んで魔力供給をした。ブレンリュース入りのおいしい回復薬はないので、優しさ入りを常

用しながら魔力を溜めている毎日だ。

その頃には収穫祭の準備で神殿内がバタバタとし始めた。馬車や荷物の手配、連れていく側仕えの選別、農村で行う儀式の確認など、初めての収穫祭のために入念な準備をしている青色見習い達の姿がある。

秋の収穫祭は徴税のための文官が同行するので、旧ヴェローニカ派の子供達があまり嫌な思いをしなければ良いと思っている。一応文官には釘を刺すつもりではあるけれど、目の届かないところではどうしようもないこともあるのだ。誰をどこへ派遣するのか決める会議が行われ、青色神官と青色見習いの組み合わせが決められる。

「フィリーネも青色巫女見習いになりましたが、収穫祭には行かないのですか？」

メルヒオールに尋ねられたわたしは「行かせない」と答えた。

「彼女にはわたくしの部屋や側仕えを下げ渡すつもりで孤児院長の後任に指名しました。今は共有状態ですから、フィリーネが収穫祭へ行くための側仕えや専属料理人がいないのです。それに、他の青色見習い達と違って収穫祭に参加しなければ冬が越せないわけではありませんから」

今回未成年の青色見習い達を収穫祭へ派遣するのは、人手不足もあるけれど、彼等の冬支度のためには絶対に必要だからだ。そうでなければ、未成年を神事に派遣しない。ちなみに、メルヒオールは領主候補生なので、青色見習いでなくても直轄地を回ることになるため別枠だ。

「神殿に全く人がいないという状況を避けるためにも、フィリーネは収穫祭に出しません。留守番を任せるつもりです」

そんな話をしていると、オルドナンツが会議室に飛び込んできた。白い鳥がわたしの前に降り立ち、ジルヴェスターの声で喋り始める。

「三日後に面接を行う。冬に貴族として洗礼式を迎える子供の報告書を提出せよ」

青色見習い達が同じ言葉を三回繰り返すオルドナンツをじっと見つめている。孤児院に兄弟のいる子もいるので、孤児院から貴族になる子がどのような扱いになるのか気になるのだろう。

「孤児院から今年の冬に貴族として洗礼式を受ける年齢の子供は二人です。報告書は城に戻るローデリヒに持たせますので、よろしくお願いします」

わたしはジルヴェスターへオルドナンツを返した。今年の冬に貴族として洗礼式を受けられる可能性がある子供はベルトラムとディルクだけだ。同じ年の子供はいたけれど、一人は親元に帰っていて、もう一人はハルトムートの面接で落とされて魔術具を得られなかった。貴族として洗礼式を受ける資格がないのだ。

収穫祭の話し合いを終えると、わたしは神殿長室に戻った。モニカを使いに出してヴィルマに面接の日時の連絡をし、二人の報告書を受け取ってくるようにお願いする。それから、オルドナンツで訓練中のラウレンツを呼びだした。弟のベルトラムが洗礼式を受けられるかどうかが決まる大事な面接が行われるのだ。兄として言葉をかけたいのではないかと思ったのである。

わたしがヴィルマからの報告書を読んでいると、すぐにラウレンツはやってきた。

「ローゼマイン様、面会の日時が決まったとオルドナンツが……」

「ええ。そうです。孤児院へ行ってベルトラムに声をかけてあげてください。親のない子としてアウブを後見人に洗礼式を受けるのですから、洗礼式の後は世間的に兄弟と認められることはありません。それでも、できるだけ気にかけてあげてほしいと思っています」

洗礼式で親が決まる貴族社会の慣例で考えると、ベルトラムは親のない子だ。世間的には孤児院に入った時点で「弟ではないでしょう」と言われるのが当然の社会である。

「成績優秀であると認められること。それから、復讐心など思想の問題がなく、アウブ・エーレンフェストに仕える意思がある者でなければ、貴族として洗礼式を受けることができません。ヴィルマの報告書によると、ベルトラムは成績や生活態度には何の問題もありません」

「そうですか」

ホッとしたように胸を撫で下ろすラウレンツに「でも、思想に関してはわかりません」と言う。孤児院では良い子にしようと頑張っているけれど、領主への恭順を示すかどうかわからない。

「両親を捕らえ、自分を孤児院に入れたアウブに対して何のわだかまりもなく仕えるのは難しいと思います。けれど、これから貴族として生きていこうと思えば、名捧げを強要されるでしょう。ベルトラムによく言い聞かせて、呑み込ませてあげてください」

両親の処刑に伴って名捧げをしたラウレンツが今はどのような生活をしているのか、ジルヴェスター達に対してどのように感じていて、どのように感情を処理しているのか教えてあげてほしいと頼む。「貴族社会に戻る」と口にしているベルトラムが、洗礼式の後は以前の生活に戻れると考えている可能性は高い。少しでも自分の想像と現実の溝を埋められると良いと思う。

「洗礼前の子供達にお心を砕いてくださって感謝しています。とうに見捨てられていてもおかしくありませんから」

もっと助けることができれば良いけれど、わたしの手が届く範囲は広くない。それに、周囲から手を伸ばしすぎるな、と何度も言われている。

「ローゼマイン様、ディルクに声をかけてあげなくても良いのですか？」

「えぇ。フィリーネ。ディルクはもう少しフェシュピールの練習が必要ですけれど、それ以外は問題ありません」

フェシュピールを真剣に練習するようになったのが、魔術具を手に入れた後なので最近の話なのだ。孤児院の練習を時々見に行っているロジーナの報告によると、このまま真剣に行えば洗礼式のお披露目をこなすことはできるようだ。

「ディルクはあれだけ堂々とハルトムートに自分の意見を言えるし、目標を定めています。アウブと面接しても全く問題ないでしょう。他の貴族の子達と違って、孤児院で生きていくのに領主一族の恩恵を受けていることを理解していますから、忠誠心も特に疑っていません」

むしろ、ディルクのことで心配なのは、貴族として生きていく上で貴族の常識を身につけるためにどうするのかということだ。

「孤児院育ちのディルクに足りないのは、貴族としての常識や心構えです。できるだけ教えてあげてください。領主候補生であるわたくしではお手本になりません」

ディルクは旧ヴェローニカ派の誰かの子供で孤児院出身者と言われながら貴族として生きていか

なければならないのだ。領主候補生としてわたしが知った貴族の常識よりは、下級貴族の生き方の方が役立つだろう。フィリーネは「頑張ります」と頷いてくれた。

「ダームエルも指導をお願いしますね。それから、ローデリヒ。ヴィルマの報告書を養父様に届けてください」

「かしこまりました」

面接当日になった。ジルヴェスターは護衛騎士、側仕え、文官を二人ずつ連れて神殿へやってくると、厳めしい顔でわたしを見た。

「孤児が私の役に立つかどうかが一番大事なことだ。役に立たぬ者のために手間をかける気はない。命は救ったのだから、それ以上の扱いについて其方は口を挟まぬように」

わたしが彼等を可哀想だと考え、救ってあげたいと思うラインや基準が貴族社会からずれていることは知っている。連座から救ってくれただけで十分だ。それは、フェルディナンドを連座から救うのが非常に難しいことからもよくわかる。

「旧ヴェローニカ派の子供達をどのように取り込むかは、領主一族にとって大事なことだと存じています。彼等の命を救ってくださった以上、わたくしは養父様がどのような判断をしても文句など言いません」

「……そうか。わかってくれているならば良いのだ」

ジルヴェスターは少しだけ肩の力を抜いてそう言った。

そして、面接は始まる。孤児院の管理をしているヴィルマがディルクとベルトラムを連れてきて、報告をする。すでに報告書を受け取っていたジルヴェスターは軽く頷きながら聞いている。深緑の瞳に真剣な光を宿してディルクとベルトラムを見比べながら。

「ふむ。二人ともよく努力したようだな。成績はとても優秀だ。洗礼式までにディルクはフェシュピールをもう少し練習した方が良いようだが、ベルトラムは成績に関しては何の問題もない」

そこで言葉を一度切って、ディルクを見つめる。

「ディルク、其方は犯罪者である旧ヴェローニカ派の誰かの子供と認識されて貴族社会で生きていくことになる。かなり辛い生活になると思うが、それでも貴族になることを望むのか？」

ディルクは黒に近い焦げ茶の目を輝かせて大きく頷いた。

「望みます。私はローゼマイン様がしてくださっていたように、孤児院を守るための権力が欲しいのです。それは孤児では得られません。どんな辛い思いをしても貴族になりたいです」

ハルトムートの面接で語っていたように、ディルクは一生懸命に自分の望みを告げて、魔術具を与えてくれたジルヴェスターに感謝の言葉を述べる。ディルクの目には純粋な望みがあるだけだ。両親を殺されたわけでもないので、領主に対して暗い感情など欠片もない。

「ローゼマイン様にいただいた回復薬を使っても、まだベルトラムの半分も魔力を溜められていませんが、貴族院に入学するまでには絶対に溜めます」

その真っ直ぐな思いにジルヴェスターが少しだけ頬を緩め、同時に、少し同情するようにディルクを見つめた。

「……其方は旧ヴェローニカ派の子供達と見なされる。故に成人する頃には領主一族に名捧げが必要となるであろう。そのことについてはどう考えている？」

連座回避のために旧ヴェローニカ派の子供達は名捧げを行った。青色見習い達や孤児院の出身者も同じ扱いになる。ディルクは旧ヴェローニカ派の子供ではないが、孤児院から貴族になる以上、同じ扱いを受けることになる。説明を受けたディルクはきょとんとした顔で首を傾げた。

「私が自分で主を選べるのですか？　だったら、孤児院を守ってくださる方を主にしたいと思います。孤児の生活ではどんな貴族に召し上げられるのか、買い取られるのか、その先でどのような扱いが待っているのかわかりません。以前は主の八つ当たりで殺された灰色神官達も珍しくなかったそうです。それに比べたら、自分で自分の主を選べるだけでも幸運なことだと思います」

貴族と根本的に考え方が違うことにジルヴェスターは苦い笑みを見せながら「そうか。名捧げが幸運か……」と頷いた。

「ディルク、其方がエーレンフェストの貴族として洗礼式を受けることを認めよう」

「恐れ入ります」

ディルクが「やった」と小さな声で言ったのがわかった。ジルヴェスターは喜色満面になったディルクからベルトラムへ視線を移し、じっと見据える。

「何か言いたいことがあるようだな？」

口を噤んだままの彼にジルヴェスターは「言ってみよ」と静かな口調で圧力をかける。ベルトラムはゆっくりと口を開いた。

「……本当にディルクのような孤児が貴族になるのですか？」

「ディルクのような孤児と言ったが、其方も孤児だ。二人は同じ立場だぞ？」

ジルヴェスターの言葉にベルトラムはカッとしたように目を見開いて、「違います」と言った。

「ディルクと同じではありません。私はギーベ・ヴィルトルの……」

「其方の知るギーベ・ヴィルトルはもうおらぬ。別の者がギーベ・ヴィルトルになっているからな。それに、孤児院にいる其方は孤児だ。私が後見人で、親のない子供として貴族になるのだからディルクと変わりはない。洗礼式で親が決まる貴族社会において、其方の両親はいないことになる」

ラウレンツとも兄弟とは見なされず、孤児院出身のディルクと同じ立場だと言われたベルトラムは「知っています」と口を噤んで、少しだけ視線を下げた。言葉で言われてわかっていても理解を拒否しているような態度に、わたしはそっと息を吐く。

「孤児院からの報告書によると、其方は一刻も早く孤児院から出たいとか、自分が身を置いていた貴族社会に戻りたいという思いで努力しているようだな？　だが、貴族として洗礼式を受けたところで過去の生活に戻れるわけではない」

ベルトラムの拳がきつく握られて震え始めた。必死に激情を堪えているように見える。けれど、この現実は呑み込んでおかなければならないことだ。

「洗礼式を終えても両親が戻ってくるわけではないし、住む場所は神殿のままだ。少し年嵩の子供達と同じように青色見習いとして生活をすることになる。そういう現実を知った上で、私の後見を受けて貴族としての洗礼式を受ける覚悟があるか？　ディルクのように主を選べるのか？　私は自分に恭順を示さぬ犯罪者の子供をエーレンフェストの貴族として遇するつもりはないぞ」

厳しい眼差しでジルヴェスターが見据える。ベルトラムはぎゅっときつく目を閉じた。

「両親を処刑した領主一族に仕えることができるのか、否か。それが一番重要なのだ。城や貴族院で様々な噂や悪意に晒され、連座の意味を知っていて、自分の今の境遇に感謝できる年嵩の者は自分の主を選ぶ覚悟もある。だが、突然家族を失い、周囲の目を知らぬままに孤児院でローゼマインに庇護されていた幼子は今の境遇に感謝などできぬであろう？」

ベルトラムはしばらく黙り込んでいた後、「……感謝しています」と言った。

「兄上からも罪を犯したのは両親で、悪いのは両親だと言われました。こうして生きていられるのが奇跡的なのだ、と。わかりたくないけれど、わかっています。領主一族の慈悲で我々は生かされているのです」

「そうか。兄に言い聞かされたか……」

「……はい。兄上はローゼマイン様に名を捧げましたが、私はメルヒオール様に捧げたいです」

孤児院に何度も顔を出して、勉強の様子を見てくれたり、青色見習い達と一緒にカルタやトランプをしてくれたり、気遣ってくれたメルヒオールにならば仕えられると考えていたらしい。

「……名捧げを考えているならばいいだろう。其方の後見人となろう」

ジルヴェスターの言葉にベルトラムは肩の力を抜いた。

二人が貴族として洗礼式を受けることが決まったので、冬の洗礼式の衣装や付き添いをどうするのか話し合い、大まかに決めてしまう。衣装はお下がりだし、付き添いは神殿長であるわたしの側近から出すことになった。

洗礼式の話を終えるとディルク達は退室し、エントヴィッケルンについての話になった。

「グレッシェルのエントヴィッケルンはフロレンツィアの出産後に行う予定だ」

「出産後ですか？」

「あぁ、回復薬で体調を立て直して、エントヴィッケルンに参加すると言って聞かぬ」

ジルヴェスターとしては参加させたくないようだが、フロレンツィアは領主の第一夫人として譲れないと言っているらしい。

「養母様の体調も心配ですけれど、エントヴィッケルンの準備は整っているのですか？」

「商人達からどのような店にしたいのかという設計図が届いていて、文官達やギーベ・グレッシェルによって町の設計がされた。魔力はある程度溜まっている。魔力圧縮と御加護の再取得のおかげだな。正直なところ、本当に助かった」

「それはよかったです」

ジルヴェスターが御加護の再取得をしたことで、当初の予想よりは楽に魔力を溜めることができているようだ。わたしも魔力圧縮を頑張っているので、魔力は何とかなるだろう。

「そういえば、広域ヴァッシェンの方はどうするのですか？　今回はフェルディナンド様もいらっしゃいませんし、わたくしもエントヴィッケルンの直後にグレッシェルへ行くのは無理ですよ」

エントヴィッケルンで建物だけを綺麗にしても、町全体をヴァッシェンで綺麗にしなければ意味がない。他領の商人を受け入れる準備をしながら、同時進行で長い年月の中でこびりついた汚れを平民達に取り除いてもらうのは無理だ。町全体のヴァッシェンは必須である。

「……それなのだが、クラリッサを貸してもらえぬか？」

ジルヴェスターの言葉にわたしは「クラリッサですか？」と唇を尖らせる。クラリッサはハルトムートの婚約者で、まだダンケルフェルガー籍なのである。わたしに名捧げをしているので、わたしが個人的に仕事をさせる分には良いけれど、領地の事業に駆り出すものではない。

「あまり良くないのはわかっているが、かなり有効な広域魔術の補助魔法陣を持っているとブリュンヒルデから聞いた。貴族院のディッターで広域魔術のヴァッシェンを使った、と。クラリッサの補助があれば、ギーベやブリュンヒルデを始めとしたグレッシェルの貴族達で何とかするらしい。エントヴィッケルンが行われる日はグレッシェルへ向かうように命じてくれぬか？」

わたし達領主一族は供給の間に籠もるので、グレッシェルでヴァッシェンを行うのは別の者に任せるしかない。ブリュンヒルデはわたしやフェルディナンドのような魔力がないため、補助の魔法陣と人数で何とかしようと考えているようだ。

「側近であるブリュンヒルデから其方に頼むように言ったのだが、アウブである私から頼むべきだ、と拒否されたのだ」

「まぁ、エントヴィッケルンは領地の事業で養父様が行うことですから、養父様からお願いするのが正しいと思いますよ」

わたしはそう言いながらジルヴェスターを見つめる。

「クラリッサに命じるのは構いませんけれど、条件があります。領主一族の側近の中から上級貴族を全員一緒にグレッシェルへ向かわせてください」

「側近の上級貴族を全員だと？」

「はい。わたくしの側近だけを派遣するのは納得できません。未だ他領の籍であるクラリッサだけではなく、領主一族全員の側近達にも協力いただきたいです。これはアウブが主導する領地の事業ですし、人数が多い方が楽なのはエントヴィッケルンも広域ヴァッシェンも同じですもの。おそらくグレッシェルの貴族だけでは足りませんし、領主一族が積極的にグレッシェルを支援するのはライゼガング系の貴族を取り込むためにも必要ですよ」

「……わかった。領主一族の側近の上級貴族にはグレッシェルへ向かうように通達を出す」

ジルヴェスターが頷いてくれたので、わたしはクラリッサにオルドナンツを出し、ブリュンヒルデと話し合って広域ヴァッシェンの計画を立てるように命じる。ブリュンヒルデからすぐにお礼のオルドナンツが飛んできた。

「恐れ入ります、ローゼマイン様。クラリッサから連絡が入りました。領主一族の側近達が力を貸してくださると思わなかったので、かなり楽に町の洗浄ができそうです」

オルドナンツから響く声はずいぶんと明るくて、ブリュンヒルデがエントヴィッケルンのために奔走している様子がよくわかった。

「成功させるためにはわたくしも助力を惜しみませんよ」

そう答えを返す。すぐにまたオルドナンツが飛んできた。ブリュンヒルデからかと思ったが、オルドナンツはわたしではなく、ジルヴェスターのところへ飛んでいった。

「レーベレヒトです。アウブ・エーレンフェスト、フロレンツィア様の下にエントリンドゥーゲが訪れたようです」

出産の女神の訪れということは産気づいたに違いない。ジルヴェスターがガタッと立ち上がった。

「メルヒオールに連絡を。すぐに城へ戻るぞ」

ジルヴェスターの側近がメルヒオールに知らせるために動き始める。

「養父様、わたくしは……」

「其方は同母の兄妹ではないから城に戻ったところで本館の領主居住区域に入れぬ。できれば、ここでエントリンドゥーゲに祈ってくれ」

お産の時にフロレンツィアに魔力を与えることもあるらしい。その際の魔力は夫や我が子といった血族でなければ反発が大きいのだそうだ。わたしが行ったところで何の役にも立たない。

わたしはジルヴェスターとメルヒオールが急いで城へ戻るのを見送った後、神殿長室に戻った。自室にある小さな祭壇の前で出産の女神エントリンドゥーゲに祈りを捧げる。

数日後、メルヒオールが神殿に戻ってきた。生まれたのは女の子だったそうだ。


それから更に一週間後、わたしは城に呼び出された。エントヴィッケルンが行われるのだ。領主一族が自分の側近達の上級貴族をグレッシェルに派遣する。わたしの側近からはクラリッサ、ハルトムート、コルネリウス、レオノーレ、オティーリエがグレッシェルでヴァッシェンを行うことになった。

こうして、グレッシェルは汚れ一つない真っ白の町に生まれ変わった。

収穫祭とグーテンベルクの選択

グレッシェルのエントヴィッケルンが無事に終わった。わたしは城の供給の間に籠もって魔力を込めるだけだったが、ヴァッシェンを行った側近達がその様子を教えてくれる。

「大人数でヴァッシェンを行ったのですが、一瞬でグレッシェルが美しくなりました。空に数多く浮かぶ魔法陣から一気に水が降り注ぐ様はなかなか壮観(そうかん)でした」

「これからは美しい町並みを維持するためにギーベから命じられた兵士達や二号店に荷物を運び始めた商人達が目を光らせるようになるそうです。木工工房の荷物を載せた第一陣の馬車がエーレンフェストを出発したとブリュンヒルデが言っていました」

「領主一族の側近の上級貴族達が集合したのですから、ギーベ・グレッシェルはとてもお喜びだったようです。指示を出したアウブに好感が寄せられているように思えました」

コルネリウスが広域ヴァッシェンの、レオノーレがブリュンヒルデの報告を、オティーリエはギーベや周囲の貴族達の反応を教えてくれる。

「私はグレッシェルに降りてみました。取り引きを終えて各領地に戻る商人達は往路と全く違うグレッシェルの様子に、来年の商取り引きに対する期待を口にしていましたよ。戻った商人達が報告を上げると、貴族院でも話題に上がるかもしれません」

なんとハルトムートとクラリッサは綺麗になった町をうろうろして色々と見て回ったらしい。まだ扉も窓枠もない店が立ち並ぶ一角が面白かったそうだ。

「クラリッサ、ありがとう存じます。町全体の洗浄は補助の魔法陣があるとないとでは大違いなのです。ダンケルフェルガー籍の貴女には無理を言ってしまいましたが、とても助かりました」

「いいえ、お役に立てて何よりです。今回の件で、わたくし、きちんとローゼマイン様の側近として数に数えられたようで嬉しく思ったのです」

ハルトムートが神官長職に就いているため、ダンケルフェルガー籍から抜けることができない。そのため、普段は領地に深く関わる仕事が回されることはないのだ。わたしのお手伝いをしているけれど、神殿にも入れず、領主会議が終わった後は、自分が本当に役に立てているのか不安に思っていたそうだ。

「わたくしは魔紙の調合を手伝ってくれるだけで十分助かっているのですけれど……」

それでも、他の者からわたしの側近と認められるのはまた別らしい。遠出することになったのだから、クラリッサ自身が得られたものがあってよかったと思う。


商人達がそれぞれの領地に戻る季節は収穫祭の時期でもある。今回の収穫祭ではシャルロッテが祈念式で回ったギーベのところを回り、ヴィルフリートとわたしとメルヒオールで手分けして直轄地を、青色神官達がギーベのところを手分けして回ることになっている。

「ハルトムートには春にヴィルフリート兄様が向かったライゼガング系のギーベを任せます。よろしくお願いしますね」

「ローゼマイン様は直轄地に加えて、小神殿の引き継ぎとキルンベルガ周辺のギーベも担当していらっしゃいます。ご無理のないようにお願いします」

わたしはハッセの小神殿の守りや隠し部屋をメルヒオールに引き継ぎ、キルンベルガでグーテンベルクを回収してこなければならないので結構忙しい。

収穫祭はいつも通りダームエルとアンゲリカを護衛騎士として連れていく。後は神殿の側仕えと専属達だ。彼等が慣れた作業として収穫祭の準備をするのを横目で見つつ、わたしはお留守番の側近達に仕事を割り振っていく。収穫祭から戻ってきたアンゲリカやダームエルと交代できるようにゆっくり休暇を取る者もいるし、フィリーネのように神殿の留守番を任されて張り切っている者もいる。主がいないこの時期は未成年の側近にとって貴族院の予習に最適の時期なので、今のうちにしっかり勉強することも勧めておいた。

ハッセの小神殿の交代要員を連れていく馬車と護衛の兵士の手配をお願いする。孤児院では冬支度の準備を進めるように指示を出し、工房で作られた不燃紙はプランタン商会を通して買い取り、図書館へ運んでもらう。そんなふうに収穫祭の準備をしつつ、図書館へこまめに通って、わたしはできるだけフェルディナンドの魔紙の作製に時間を割いていた。

……できれば、貴族院へ行く時に持っていきたいんだよね。前みたいにフェルディナンド様が領地対抗戦でエーレンフェストのお茶会室で泊まることができれば直接渡せるし。

魔紙を作製しているうちに出発の日は近付いてくる。最初に出発するのは、馬車で遠くのギーベの土地へ向かう青色神官達だ。幼い見習いと一緒に向かう者もいる。今までは未成年の見習いを参加させることがなかったので、青色神官達も戸惑っているのがわかる。

「カンフェル、フリターク。初参加の幼い見習いを同行させるのです。色々と大変でしょうけれど、よろしくお願いしますね。それから、見習いの貴方達は貴族として洗礼式を受けているので、彼等より上の立場だと思っている者もいるでしょう？　でも、神殿において青色神官の間に差はありません。見習いの貴方達は先輩である彼等の言葉をよく聞くように」

初参加で右も左もわからない子供はお荷物なので迷惑をかけないように、と言い聞かせておく。遠出して止められる者がいない中で貴族の権力を持ち出されると面倒なのだ。

「徴税の文官達にはあまりひどい扱いをしないように釘を刺しておきましたが、今、徴税に関わる仕事に就いているのはライゼガング系の貴族が多いです。挑発(ちょうはつ)するような言葉や旧ヴェローニカ派に対する嫌味や皮肉があるかもしれません。けれど、その場で感情を暴走させないように極力気を付けて、わたくしやメルヒオールに報告しますとだけ言うようにしてくださいね」

フロレンツィアがライゼガングの古老達をやり込めたし、わたしが親族だからという理由でライゼガングに味方することもないと知っているはずだ。領主一族の後ろ盾があることを示せば、そこまでひどい扱いはされないと思う。

緊張の面持ちでコクリと頷いた見習い達が「いってまいります」と馬車に乗り込んでいく。荷物をたくさん載せた馬車がゆっくりと出発し始めた。

馬車でギーベのところへ向かう神官達が出発すると、次はハルトムートやシャルロッテの番だ。本人は騎獣で移動するので、先に馬車で荷物と神殿の側仕え達を送り出すのである。

シャルロッテは神殿に出発の挨拶にきて、生まれたばかりの妹の話を少しした後、荷物や灰色神官を乗せた馬車を送り出した。シャルロッテ自身は貴族の側近達と明日出発するらしい。

最後は直轄地を回る領主候補生の出発になる。ヴィルフリートを送り出し、メルヒオールの荷物を送り出す。メルヒオール自身は護衛騎士の騎獣に同乗させてもらうそうだ。

わたしはハッセに向かう交代要員の灰色神官達を送り出し、護衛の兵士達に挨拶をする。父さんの首元には革の紐があり、紋章付きの魔石がかかっているのがわかった。

「今回もよろしくお願いします」

「お任せください」

そんな短いやり取りでも父さんと言葉を交わせるのは嬉しい。

ハッセに向かう馬車を送り出した後、わたしはレッサーバスを出して、側仕え達に荷物の積み込みを始めてもらうことになる。

「ローゼマイン姉上の騎獣は便利ですね。私も早く使えるようになりたいです」

「シャルロッテによると、大きさを変化させるのにかなり魔力を使うようです。貴族院に入って魔力圧縮を頑張るところから始めなければなりませんね」

わたしの言葉にメルヒオールは少し不満そうに唇を尖らせた。

「ローゼマイン姉上が中央へ移動してしまうのですから、私はローゼマイン姉上の魔力圧縮方法を教えられない世代になるだろうと父上に言われました」

「まぁ、そうなりますね。フェルディナンド様がいなくなったことで条件が満たせていないので、今年はすでに他の者に魔力圧縮を教えていませんもの。それに、わたくしがエーレンフェストにいられなくなる以上、あの契約はこれ以上広げない方が良いと思っています」

マティアスから聞いたことだが、ゲオルギーネも自力で二段階の圧縮を行っていたようだ。本来は自分でよくよく考えて自力で何とかすることだし、わたしが王族になったら図書館の地下書庫の存在を広めるつもりでもある。そこにある圧縮方法を試すことが可能になるはずだ。

「色々な方にお話を聞いて、自分でよく考えること。それから、古語のお勉強はしっかりしておくこと。今のわたくしにできる助言はこれくらいでしょうか」

「聖典を読むために勉強していますが、先は長そうです」

メルヒオールはハァと息を吐いて肩を落とした。

わたしのレッサーバスはメルヒオールの側近達の騎獣に囲まれた形で小神殿へ移動した。小神殿の隠し部屋を開けてモニカに部屋を整えてもらい、専属料理人達に仕事を始めてもらう。様々な指示を出すと、メルヒオールに声をかけ、フランと護衛騎士を連れてハッセの冬の館に向かった。

「リヒト、来年からは神殿長が交代になります。今日はその紹介のためにメルヒオールを連れてきました」

神殿長の交代を町長のリヒトに伝えてから儀式を行い、熱のこもったボルフェを見学する。今日、メルヒオールが寝るのはハッセの冬の館だ。次の日の朝に徴税官と徴税の確認をしてからメルヒオールと小神殿に移った。引き継ぎの開始である。

「メルヒオール、これが小神殿の守りの魔石です。祈念式と収穫祭の二回、魔力を供給することになります。こうして色が変わるまで魔力を注げば終わりです。……魔力量が心配ならば、魔石に魔力を準備しておくと良いかもしれませんね。後は、シャルロッテやヴィルフリート兄様にも登録をお願いして、協力してもらうようにしても良いと思います」

「ローゼマイン姉上は全て一人で行っていたのですね」

メルヒオールは少し落ち込んだような声を出したけれど、毎日命がけで魔力圧縮をしていたわたしと魔力量を比べてはならない。そんな勢いで圧縮していたら、わたしのように成長不良になってしまう。

「メルヒオールはいきなり全てを一人で行う必要はありませんよ」

守りの魔石に魔力を登録した後は、側仕えやハッセの灰色神官達がわたしの隠し部屋から家具を一切合切運び出している方へ視線を向ける。

「メルヒオールが使う家具はどれですか？　この隠し部屋と一緒に家具もできるだけ譲ります。一年に二回しか使わない物にお金をかけるのも勿体ないでしょう？　ここに新しい家具を入れるよりは、他に使った方が良いと思うのです」

領主一族がお下がりをもらうことはあまりないので、メルヒオールは一瞬驚いていたが、メルヒオールの会計を握っているらしい側仕えは安堵の表情を見せる。神殿用の予算はあるが、ハッセとエーレンフェストの神殿で別に付くわけではない。新しく部屋を整えるのは想定外のはずだ。

「布団(ふとん)などの布製品は入れ替えますが、テーブルや寝台などの木製の家具はそのまま使わせていただきましょう。ローゼマイン様のおっしゃる通り、引き継ぎに忙しい中、一年に数回しか使わない物のために城で相応しい家具を選んだり、注文したりする時間はございません」

　時間が惜しいという側仕えに、メルヒオールは「そうですね。では、ありがたく使わせていただきます」と納得の顔を見せた。

「トール、リック。メルヒオールが使わない物を馬車に運んでください。エーレンフェストの神殿へ持ち帰ります」

「かしこまりました」

　隠し部屋が完全に空になったら、わたしの登録を削除してメルヒオールが登録し直す。その後、また家具を運び込んでいくのである。

「お貴族様の部屋のやり取りは意外と面倒が多いのですね」

　礼拝室の扉が大きく開かれ、荷物が行き来する光景を見ていた兵士達がそう言った。鍵を渡すだけで終わる平民の受け渡しとは事情が違って面白いらしい。

「魔力登録があるので安全性や防犯性は高いのですけれど、譲る時には厄介(やっかい)ですね」

「お部屋を後任に譲られるということは、本当に余所へ行ってしまうのですか。ギュンターさんが引き抜かれる家族と移動するから、と引き継ぎを始めたので驚いていたのですが……」

家族と移動するために父さんも門で引き継ぎをしているらしい。

「あら、わたくしが移動することはまだ他の者には秘密ですよ。他に漏らさないように気を付けてくださいませ」

ちろりと父さんを睨みながらそう言って、兵士達と他愛ない会話を交わしながら荷物の積み込み状況を見たり、小神殿の管理をしているノーラやマルテと足りない物の補充についての話をしたりする。

「そんな心配そうな顔をしなくても大丈夫ですよ、マルテ。わたくしが移動してもハッセとエーレンフェストの神殿で行き来はありますし、ハッセの小神殿がなくなるということはありません」

「はい」

「それに、同行してくださる兵士達へのお礼についても引き継ぎをしました。ですから、これからもよろしくお願いしますね」

「はっ！」

兵士達に渡すお金は下町からの情報としてジルヴェスターに売りつけて得るようにメルヒオールに助言してある。予算がなければ余所から引っ張り出せば良いという商人教育に側近達が目を剥いていた。けれど、貴族院で得た情報を関係各所に売りつけるのと同じだと説明したところ、納得していた。皆が神妙な顔で聞いていたので、頑張ってジルヴェスターから引き出してくれるだろう。

ハッセの小神殿で引き継ぎを終えたら、メルヒオールは南へ、わたしは東へ向かって出発だ。騎獣で次々と回って直轄地の収穫祭を終わらせ、フーバー、ブロン、グラーツ、ヒルシュにあるギーべの夏の館を回り、キルンベルガへ向かう。

ギーベ・キルンベルガに挨拶をして儀式を行い、翌朝に徴税を行う。全てを確認してグーテンベルク達を回収したら撤収（てっしゅう）である。

「今回も長い期間の出張、お疲れ様でした。初めて参加した者も多かったでしょう？　キルンベルガはどうでした？」

ルッツとギルの報告によると、ユーディットがずいぶん丁寧に手を回してくれていたようだ。初めての者達はやはり土地の違いに戸惑ったり、体調を崩したりしたこともあったけれど、慣れた者達は気持ち良く仕事もできたし、快適だったらしい。

……中央で準備するのにユーディット達に助言をもらった方が良いかもしれないね。

わたしはグーテンベルク達にキルンベルガでの仕事の様子を聞きながらエーレンフェストの神殿へ戻る。それから、ザームに準備してもらっていた招待用の木札をそれぞれの工房に向けて渡した。

「重要なお話があるので、親方、グーテンベルク本人、グーテンベルクから弟子と認められている者には神殿へ来てもらいます。日時は五日後の三の鐘です」

文字が読めない者のために文面をとりあえず読んでおく。今回は弟子の参加が多かったせいで、貴族からの招待状にビクビクしているのがよくわかる。今度は何だ？　という顔をしているルッツやヨハンとは大違いだ。

「……あの、ローゼマイン様。ハイディさんを参加させるのですか？」

恐々とした様子でそう尋ねてきたのは、インク工房のホレスだ。ハイディの言動がフラン達に受け入れられていなかったことや、ハイディを止めるためにヨゼフが苦労していたことを思い出し、わたしは数秒間考え込んだ後、ニコリと笑った。

「インク工房は夫婦でグーテンベルクですから、どちらかの参加があれば良いということにしましょう。ハイディがお留守番できるのでしたら、インク研究に使えそうな他領の素材を少しお土産としてヨゼフに渡しますと伝えてください」

ハイディが絶対に留守番したくなるようなアーレンスバッハの素材をいくつか挙げると、ホレスが感動したように目を輝かせた。

「助かります！　ローゼマイン様は本当に聖女ですね」

……え？　ハイディを留守番させるって、そんなに感動されること？

収穫祭から戻ってくる青色神官達を迎えている間に招集日になる。今回は下町の職人を招くので、孤児院長室を使うことにした。招く人数が多いため、玄関口のホールで話ができるように椅子を増やして整えてもらい、ニコラにお茶菓子を準備してもらう。

一番慣れているプランタン商会のベンノとマルクとルッツを先頭に、グーテンベルク達と彼等を抱える工房の者達が強張った顔で入ってくる。貴族の場所に足を踏み込むのが平民にとってどんな意味を持っているのかわかっているので、わたしは彼等が少々挨拶をすっ飛ばしても、左右の手足が一緒に動いていても見て見ぬ振りだ。

話を始める前に「貴族と接することがない下町の職人なので、多少の言葉の乱れは特に気にしないし、罰することはありません」と明言しておいた。これは親方達の緊張を解すためでもあるけれど、わたしの側近達に聞かせることが主な目的である。途中でいちいち睨まれたり、話を遮られたりするのは困る。

「他にはまだ大っぴらに言えないことなので、招待させていただきました。これからお話しすることは次の春の終わりまで絶対に口外しないようにしてください」

わたしは次の春の終わりにエーレンフェストから出ること、成人したらそちらで印刷を始めるためにグーテンベルク達について来てほしいことを伝える。

「グーテンベルク本人か、弟子に来てもらえるとありがたいと思っています。普通は貴族の都合で命令するものですけれど、わたくしはなるべく希望を聞きたいと思っています。結婚や婚約で制約の出る人もいるでしょうから、移住は強制しません。けれど、移住できない時は今までのように長期出張で技術を伝えてもらうつもりですから、長期出張は強制になります」

移住は強制ではないという言葉に、親方達が揃って安堵の顔を見せた。大事に育ててきた跡取りを奪われては困るということだろう。移住の話を知っているベンノは平然とした様子でお茶を飲んでいるけれど、初耳だったらしいルッツは翡翠(ひすい)のような緑色の瞳を見開いてわたしを見た。

「エーレンフェストを出ることは決定なのですか?」

「そうですね。覆ることはないと思います」

「グーテンベルクの移動は本当に三年後で間違いないですか?」

……ルッツまでベンノさんと同じことを！　そんなに疑わしそうな目でわたしを見ないで！

「服飾の専属であるギルベルタ商会やルネッサンスはわたくしの移動と共に動いてもらいますから、春の終わりになると思います。プランタン商会も工房や店を準備したり、新しい印刷協会を作ったりするために、先に移動するとベンノは言ってくれました」

わたしがそう言いながら視線を向けると、ベンノは軽く頷いて、他の親方達にプランタン商会のこれからの動きを述べる。

「私は先に動き、グーテンベルクの受け入れ準備を整えます。プランタン商会から移住するのは、私、マルク、ルッツの三人を予定しています。ルッツは未成年のため、親の了承が必要になるので、両親を呼んで話をしてから正式に決定します」

ベンノの言葉にルッツは挑戦的にニッと笑った。

「親を説得してでも一緒に行きます。……トゥーリに後れを取るわけにいかないので」

「馴染みのある者達が一緒に来てくれるのは心強いです。……ただ、わたくしが成人していなければ、他領では自由に動けません。ですから、グーテンベルク達の移動は三年後です。成人前に好き勝手できるエーレンフェストが特殊だったのですよ」

残念だとわたしが言うと、「うーん……」と何とも言えない声が聞こえてきた。

「未成年がパトロンになるのはエーレンフェストでも普通はあり得ません。受け入れたエーレンフェストは特殊なのかもしれませんが、一番特殊なのはローゼマイン様だと思います」

ヨハンの言葉にグーテンベルク達が揃って頷いた。護衛騎士として扉前に立っているダームエルまで頷いている。何ということだ。わたしの後ろに立っているハルトムートだけは「特殊ではなく、特別です」と訂正しているが、それはどうでも良い。

「移住する際は家族も一緒で構いません。ギルベルタ商会の髪飾り職人は家族ごと、夫婦で専属になっている料理人は母親が同行するとすでに報告をもらっています」

「配慮はありがたいですが、俺は行けません。この街で自分の工房を持つためにずっと頑張ってきたんで……」

グーテンベルク達が考え込んでいる中、インゴは唸るような声でそう言った。若い親方で仕事を得るのも苦労していたインゴだが、グーテンベルクになった今は街でかなり人気のある工房になっているらしい。ダプラも増えてきたし、新しく入りたいという希望も多いようだ。わたし以外のパトロンからの注文もあり、地縁ができているので新しい土地へは行けないと言う。

家族を移動させることができるのでマシだけれど、わたしも地縁があり、自分の図書館があるエーレンフェストを離れたくないと思っているので、インゴの気持ちはよくわかる。

「わかりました。インゴはここに留まってください」

「ありがとうございます。……ディモ、お前はどうする？　行きたいならダプラ契約を解除してもいいぞ。他の町、面白かったんだろ？」

インゴが隣に座っている自分の弟子のディモを見ながらそう声をかけた。ディモはインゴの声に顔を上げる。

「あの、ローゼマイン様。親方ではなく俺が行った場合、工房は与えられますか？」

「仕事場は必要ですから工房は与えます。さすがに親方の資格までは与えられませんけれど、その地に新しい技術である印刷を持ち込めば資格を得ることは容易になるのではありませんか？」

わたしの言葉にディモが嬉しそうに目を輝かせた。ディモは印刷機作りに初期から携わってくれているので、インゴの代わりに来てくれるならば頼もしい。

ディモが「行きます」と決意表明すると、ザックがそわそわとするように少し体を動かした。

「ローゼマイン様、希望すれば命令してくれるのですか？　ダプラは命令がなければ簡単には動けません。希望するなと親方に言われればそれまでです」

おい！　とザックの工房の親方が目を吊り上げるけれど、ザックは行く気満々のようだ。灰色の目がらんらんと輝いている。グーテンベルクの称号が欲しいと工房へやってきた最初の印象から変わっていない。

「知らない町に行くと面白い物がたくさんあって、発想のきっかけになることが多いです。それに、俺は別の町にも自分の名前がついた物を置いてみたい」

井戸のポンプや馬車の改造など、エーレンフェストのいたるところでザックとわたしの名前を見ることができる。それを他の領地でも行いたいそうだ。なかなかの野心家である。一緒に来たいと思ってくれているならば、わたしは連れていく。ザックの発想力と設計力は他に代え難い。

「わかりました。本人の希望があっても親方が反対する場合は命令しましょう。でも、新婚の奥様に相談してから決めてくださいね」

「あいつは大丈夫です。グーテンベルクの移動にも一緒に行きたいと言っていたくらいなので」

「大丈夫という言葉は本人から聞くまで安易に言うことではありません。ザックは一度必ず奥様の意見を聞きなさい。わたくしが命令を下すのはその後です」

グーテンベルク達の移動について行っても半年に一度はエーレンフェストに戻ってくる。長期出張と他領への移住は違う。いきなり離婚騒動にならないように話し合いは必須だ。

「ハイディは絶対に行くって言うと思うけど、親方はどうします？」

「……ハイディはまだしも、ヨゼフ、お前はベルーフ持ちの跡取りだぞ？」

ヨゼフとビアスは頭を抱えて唸り始めた。自分の娘のハイディよりもヨゼフがいなくなる方がビアスにとっては問題らしい。ヨゼフが「うーん」と考え込んで、頭をガシガシと掻く。

「ホレス、お前はベルーフの資格、取れそうか？」

「俺ですか⁉」

ホレスが素っ頓狂な声を上げた。でも、無理はないと思う。ベルーフの資格は親方になるために必須だ。各協会に所属している複数のベルーフから認められるような実績を残すことによって、協会の会長から与えられる資格である。工房だけ準備すれば名乗れる工房長とはまた違う、プロ中のプロに与えられる。

ちなみに、印刷協会や植物紙協会は今のところベンノが認めた者に与えられることになっているが、工房の数自体がまだ少なく、教えられたことをするのがやっとなのでベルーフがいない。在職期間が最低十年は必要なので、そのうちイルクナーで新しい紙を発明している面々がベルーフの資格を得るだろうと思っている。

「ハイディを抑えるよりは、ホレスが資格を取る方が簡単だと思うんだよな。それでターナと結婚すれば工房の方は何とかなるんじゃないか、と……」

ターナが誰か知らないけれど、親方であるビアスの血族の誰かだろう。ヨゼフの声の中には何とも言えない諦めが漂っている。ハイディを止めるのはかなりの難題のようだ。ビアスも諦めの顔で頷いた。

「ハイディを止めるよりはその方が現実的だな。インクの作り方はもうわかってるんだ。金食い虫の研究馬鹿はパトロンと一緒にしておいた方がいいだろう」

ものすごい理由で跡取り娘はエーレンフェストから離れて構わないことになった。代わりの跡取りに決定したホレスは愕然とした顔をしているけれど、どうか頑張ってほしいものである。

「オレは親方の孫娘との婚約が決まっているから……さすがに移住は……」

ちょっと照れた様子でそう言ってヨハンが首を横に振る。親方は少し微妙な顔でヨハンを見ながら、「ウチの工房から誰を出すのか、ちょっと考えさせてくれ」と言った。

「後でベンノを通して答えをください。まだ急ぎませんから」

「助かります」

後日、ベンノを通して答えがきた。どうやら親方の孫娘はヨハンではなく、ダニロと結婚したいらしい。無口で黙々と仕事をする職人肌のヨハンより、明るくてお喋りが得意なダニロの方が好きなのだそうだ。工房としても、何人ものパトロンを得られるダニロとわたししか大口のパトロンがいないヨハンを比べると、ダニロを手元に残したいらしい。

「嬢ちゃん、ヨハンをくれぐれもよろしく頼む、と親方から伝言だそうです。ヨハンはローゼマイン様と一緒に移住したいですって落ち込んでいるみたいです」

ギルがそう報告してくれた。ヨハンを不憫に思いつつ、頭の中でダニロとヨハンを並べてみる。女の子受けするのは間違いなくダニロだ。

……未成年の女の子だからね。ヨハンにはヨハンの良さがあるんだけど。

報告を聞いてハァと溜息を吐いていると、ギルが言い難そうにわたしを見ながら口を開いた。

「ローゼマイン様、オレは……」

下町の職人に囲まれて生活していたキルンベルガから戻ったばかりのせいか、言葉が少し乱れている。それがわたしの側仕えを辞めさせられるのではないかと不安がっていた昔のギルを思い出させた。わたしは少し懐かしい気分になりながら、引き出しから紋章入りの魔石を取り出す。

「ギルは三年後に来てもらうつもりです。嫌でなければ、これを受け取ってください。わたくしが三年後に連れていく者の印です」

わたしが紋章入りの魔石を差し出すと、ギルは嬉しそうに笑って受け取ってくれた。

……あと、ニコラとヴィルマにも紋章入りの魔石を渡さなきゃ。

ニコラはフィリーネの成人を待って一緒に移動してもらう予定で、ヴィルマは一旦エルヴィーラに預けて、わたしの成人後に引き取ろうと思う。

神殿長室に二人を呼んで魔石を差し出すと、ニコラは嬉しそうに「どこに行ってもローゼマイン様のために頑張ります」と言いながら、魔石を透かすようにして紋章を見つめて喜んでくれた。

「ヴィルマはわたくしの専属絵師となってくれますか？　それとも、お母様の専属絵師の方が良いですか？」

「ローゼマイン様の専属絵師になりたいと思います。エルヴィーラ様は良いお客様ですが、わたくしの主はローゼマイン様ですから」

ヴィルマはニコリと笑って魔石を手に取ってくれた。よかった。ヴィルマと笑い合っていると、扉の向こうでハルトムートの来訪を示す鈴が鳴る。

「ローゼマイン様、シャルロッテ様がそろそろ戻られるようです」

「あら、予定より早いですね。玄関まで迎えに行くので、お茶とお菓子の準備をお願いします」

収穫祭に向かった面々の中で、最後に戻ってきたのはシャルロッテだ。わたしはハルトムートと一緒に正面玄関へ出迎えに向かう。「ニコラやヴィルマ達にも紋章を渡したのですか」と言っているハルトムートの首元にも紋章入りの魔石が光っている。「一緒に行くけれど、どうしても紋章入りの魔石が欲しいのです」と言って、自分とクラリッサ二人分の魔石を持ってきたのだ。本当は後で連れていく者への身分保障として渡している物なので、ハルトムートとクラリッサに渡すのは違うと思う。だが、紋章をもらった者がいびられるとダームエルが心配していたので、紋章を刻んであげた。ハルトムートはご機嫌だ。

「ただいま戻りました、お姉様」

「おかえりなさい、シャルロッテ。長旅、大変だったでしょう？　少しお茶でもいかが？」

「喜んでご一緒させていただきます」

シャルロッテを神殿長室に招待してお茶とお菓子を食べながら収穫祭の話を聞く。北の方は春を呼ぶ儀式が行われるようになってから収穫量がグッと上がり、住民の生活はずいぶんと楽になっているらしい。

「グレッシェルのエントヴィッケルンが終わったので、来年からは魔力が溜まり次第、儀式の舞台を作り直すことができるかもしれない、とお話ししてきました。少し時間をかければ北の方の貴族達は領主一族の味方に取り込むことができそうです」

……貴族関係の社交はやっぱりシャルロッテがすごいね。

報告を聞いていると、ニコラがお茶のお代わりを持ってきてくれた。その胸元には急いで紐で付けたらしい紋章の魔石が光っている。基本的には装飾品をつけることがない灰色巫女が魔石を付けているのを見て、シャルロッテが目を丸くした。

「まぁ、それはローゼマイン工房の紋章ですよね？　先程ハルトムートもつけていましたが、何か意味があるのですか？」

シャルロッテの問いかけに、わたしは自分が成人した時に連れていく者が買い取られないように、主に捨てられたと思われないように与えた話をする。ついでに、ハルトムートとクラリッサは一緒に行くけれど、自分達も欲しいと言って自分で魔石を持ってきた話もした。

「お姉様、わたくしも欲しいです」

「え？　でも、あれはわたくしが連れていく者に与えている物ですから……」

まさかシャルロッテがハルトムート達のようなことを言うと思わなくてわたしが凝視すると、シャルロッテは少し恥ずかしそうに頷いた。

「えぇ。わたくしはお姉様について行くことはできませんし、ずっとエーレンフェストにいるつもりです。でも、あれはお姉様が庇護を与えた印のような物で、離れていても主であることを示す魔石なのでしょう？　わたくしもお姉様と離れてしまっても姉妹であることを示すような何かが欲しいと思ったのです」

主従関係ではなく、姉妹関係を示すような何かが欲しいという言葉はわたしの姉心を直撃した。これは何が何でも頑張らなくてはならない案件ではないだろうか。

「……だって、可愛い妹のおねだりだよ⁉　離れていても姉妹であることを示す何かが欲しいって言うんだよ？　作るしかないでしょう！　姉として！

「どういうのが欲しいですか、シャルロッテ？　わたくし、できるだけ要望に応えますよ！」

「そんな！　わたくしがお姉様のお時間を今以上に奪うわけにはまいりません。下町の職人に任せた金属の飾りで十分です」

「下町の職人に……？」

「えぇ。主従関係を示す物と紛らわしくなりますから、魔石である必要はありません。わたくしとお姉様の繋がりが他の方から見えればそれで良いのです」

コインくらいの大きさの金属にローゼマイン工房の紋章を彫り込んだ物で十分だとシャルロッテは言う。主従と姉妹では意味が違うので、素材を変えた方が良いらしい。

わたしはシャルロッテと話し合いながら大きさや素材を決めて、設計図を描いていく。それが完成すると、ギルを呼んでヨハンに依頼するように頼んだ。きっと冬のうちに作ってくれるだろう。

「ヨハンは腕が良いので、素敵に仕上げてくれると思います」

「楽しみにしています、お姉様」

エピローグ

神殿での話し合いを終えてプランタン商会へ戻ったルッツは大きく伸びをした。ローゼマインの貴族の側近が同席する会議はどうしても緊張する。自分より更に貴族と接し慣れていないグーテンベルク達は大丈夫だっただろうかと頭の隅で思う。

「ハァ、疲れたな」

「職人達が貴族達に睨まれることなく終わってよかったですね」

ベンノやマルクも体を解しながら着替えるために自室へ入っていく。貴族に対応するための服は肩が凝るらしい。見習いのお仕着せで特に着替える必要のないルッツは、二人が着替えて執務室へ来るまでにお茶の準備を進める。

「そういえば、旦那様は移動の詳細を知らされているんですか？」

着替えて執務室へ入ってきたベンノとマルクにお茶を出しながら、ルッツは問いかけた。今回集められたグーテンベルク達には教えられなかった詳細を、先に話を聞いていたベンノには知らされていてもおかしくない。

だが、ベンノは軽く手を振って「中央へ行くことになったとしか聞いていない」と言った。それも口止めされているらしい。特に印刷関係で接する下級貴族達には漏らさないようにと言われたそうだ。

「何か面倒臭いことになっているみたいですね」

「神殿でもこの店の中でもあまり余計なことを漏らすなよ。どこから広がるかわからんからな」

回り回って貴族達に広がることを懸念するベンノに、ルッツはコクリと頷いた。ローゼマインに関することを秘密にすることは慣れている。

「それと、あいつの計画は大体前倒しになる。しかも、規模がでかくなることも多い。油断せずにいつでも出発できるように準備を進めろよ」

今までの経験による警戒だ。ルッツはローゼマインの計画とその進行を思い出して頷く。ルッツも同じ心配をしていた。ローゼマインの専属に早めの準備は必須だ。

「俺達が移動した後、神殿の工房とのやり取りはダミアンとミロスに任せる予定だ。お前の出張中に代理で出入りしているから引き継ぎ自体は容易だと思う。だが、工房側の責任者に変更がないか、仕事上の相性に問題がないか、お前の目でもよく見極めてほしい。あそこは下手すると、お貴族様が工房へ乗り込んでくるからな」

下町の工房と違って、神殿の工房にはユストクスやハルトムートなど貴族が出入りすることもある。あまり知られていないが、お忍びの領主も入ったことがあるくらいだ。一つ対応を間違えると大変なことになる。

「旦那様もマルクさんも中央へ行くなら、プランタン商会は誰に任せるんですか？」

「妹のミルダだ。そっちはもう夏に引っ越してきて引き継ぎが始まっている」

ベンノはそう言いながら従業員の家族が住む部屋がある上を示した。ベンノの妹は二人いる。コリンナと、ギルド長の息子との結婚を嫌がって街の外の男と結婚したミルダだ。ルッツの洗礼式直前の頃、街の外に植物紙工房を作る時にミルダには世話になった。それから先もハッセの小神殿を整える時や他領の商人を受け入れる時に相談したり協力してもらったりしていた。妹のミルダ夫婦ならばプランタン商会を任せられるとベンノは判断したのだろう。

ルッツも何度か会ったことがある。見た目はコリンナと似ていて、一見ふんわりとした雰囲気だけれど、利益を得る時の笑顔がとてもベンノに似ていると思った記憶がある。

「ルッツはまず移動のことを考えろ。ローゼマインは自分の専属ならば家族ごと連れて行けると言っていた。お前は自分の家族にどうするか尋ねておけ。中央へ移動すると、次に戻れるのはいつになるかわからんからな」

そう言われたことで、ルッツは他領へ移動する実感がじわじわと湧いてくる。グーテンベルクの仕事でエーレンフェスト内のあちらこちらへ行くことで、既に自分の夢が叶っている気分になっていた。だが、エーレンフェストから出て他領へ行くことを実感すると、ルッツの胸には幼い頃の憧れが再び蘇ってくる。自分の世界が広がる予感にわくわくした気分が抑えられない。

「……オレ、親を説得して絶対について行きます。トゥーリ達も行くなら尚更。負けたくないですから！」

グッと拳を握って宣言すると、「力みすぎだ」と頭を軽くポンと叩かれる。そこには呆れたようなベンノと、苦笑気味のマルクの顔があった。

「張り切る気持ちも、お前の決意もわかるが、親とはきちんと話し合えよ。変に拗れてまた神殿へ呼び出されるのは勘弁(かんべん)してほしいからな」

「ちょっと、いつの話ですか⁉　あれからもう何年が経ったと思って……七年ですよ！」

来年の夏には成人するというのに、洗礼式を終えて間もない頃のことを持ち出されると恥ずかしくて仕方ない。けれど、そんなルッツの心情には全く気付かないのか、気付いても無視しているのか、ベンノは少し首を傾げただけだった。

「七年も経ったか？　ついこの間のような気がするが……」

「忙しすぎるせいでしょう。時の流れが速すぎますね。ルッツが大きくなっているはずです。あの頃は確かこのくらいの大きさではありませんでしたか？」

ベンノとマルクがしみじみとした口調でルッツの洗礼式前後の思い出話を始める。自分自身の成長もそうだが、あの頃はまだローゼマインと呼ばれていなくて、マインは青色巫女見習いだった。神官長はハルトムートではなく、フェルディナンドだった。思い返すと、ずいぶん色々な変化があったものだ。

当時のルッツとマインが商人の世界でどれだけ非常識なことをしていたか、二人につらつらと述べられてルッツは耳を塞(ふさ)ぎたくなった。幼い頃から家庭の事情に巻き込んでしまっているので反論しにくい。親戚のおじさんのような目で見られると、身の置き所がなくなる。

「もう勘弁してください。今とあの頃じゃ全然違うんですから。さすがに両親にも多少は評価されてますよ」

「まぁ、そうじゃなきゃ未成年の男が婚約なんて許されないよな」

ニヤニヤと笑うベンノをルッツは軽く睨む。下町の、特に貧民街では女性は成人前後で婚約するのも珍しくないが、男性は家族を養える収入を得られるようにならなければ結婚できない。未成年のルッツがトゥーリの婚約者になれたのは、お互いの事情に加えてルッツに稼ぎがあるからだ。

「休暇はやるから、ちゃんと親に話を通しとけ。……あぁ、それから、実家へ帰る前にトゥーリにも声をかけてやれよ。婚約してから全く会えてないだろ？」

マインがローゼマインになった事情を知っている上に、色々と融通を利かせてもらっているため、ベンノとマルクにはルッツやトゥーリの家庭事情は筒抜けだ。

「土産は準備しているか？」

「しましたよ。同行した皆に言われたので」

色々と事情があって出発直前に急いで婚約を整えたとはいえ、婚約者は婚約者だ。皆から「土産を準備しろ」と何度も言われた。

「ちゃんと機嫌取っとけよ」

これ以上からかわれたくなくて、ルッツは早々に自室へ飛び込んだ。

今の時間、トゥーリは工房にいるはずなので、ルッツはそちらへ向かう。ルッツは出張後の休暇を得られたけれど、トゥーリは別に休みではない。おそらく今は貴族院へ行くローゼマインの衣装や髪飾りの準備で忙しくしている時期だろう。もしかすると、中央への移動用に準備を始めているかもしれない。

「あら、ルッツ。戻ってきたのね。可愛い婚約者に会いに来たんでしょ？」

「土産だけでも渡したいんだけど、呼んでもらって大丈夫ですか？」

「お土産ですって。わぁ、相変わらず仲が良いわね。羨ましいわ」

ルッツが顔を出した途端、工房で受付をしている女性に冷やかされた。以前ならば「恋人ではない」と反論していたが、婚約者になったのは事実だ。反論できなくて言われるがままになる。

……トゥーリ、婚約してすぐはからかわれて大変だっただろうな。

ルッツはキルンベルガへ行っていたのでからかわれることはほとんどなかったが、トゥーリにとってはこれが毎日だったに違いない。そんなことを考えながら待っていると、足音が近付いてきた。

「おかえり、ルッツ」

手を振りながら出てきたトゥーリを見て、ルッツは軽く息を呑んだ。声は記憶にあるものと同じだ。けれど、見た目が違う。三つ編みがなくなっている。髪を上げていて、スカート丈が長くなっていた。それだけなのに、自分の知らない大人の女性に見える。

「ねぇ、ルッツ。時間もらってきたから、ちょっと外へ出ない？　せめて、中央広場辺りに」

トゥーリがニマニマしている受付の女性の視線を気にするように、体を寄せてきて小声で囁いた。以前と全く変わらない仕草なのに、成人したトゥーリを初めて見たせいで、ルッツは妙に心臓がうるさくなったように感じる。トゥーリの言葉を上手く咀嚼できず、何となく無意識の内に「あぁ」とか「そうだな」という声がルッツの口から出た。

トゥーリが急ぎ足でルッツの腕を引っ張って工房を出る間、ルッツは三つ編みのなくなって露(あら)わになった白い項(うなじ)を不思議な気分で見つめる。

……あれ？　視界も違うな。

トゥーリは成長が早くて大きい方だったせいか、一つ下のルッツはいつも少し見上げていた印象がある。トゥーリの成長が止まったのか、ルッツが成長期に入ったのかわからないが、今までと見え方が少し違う気がした。

……トゥーリと並んだか？　オレの方がちょっとだけ上？

そうだったら良いと思いながら、ルッツはトゥーリの頭を見ていた。

「何かボーッとしてるけど、どうしたの？　疲れてる？」

トゥーリに顔を覗き込まれるようにして問われ、ルッツはビクッとした。放心している内に中央広場に着いている。突然雑踏(ざっとう)に放り込まれたような気分になるくらい、声をかけられるまで周囲の様子が目に入らず、ざわめきも耳に入っていなかった。ルッツは少し気まずい思いでポリと頬を掻く。

「……いや、ちょっとビックリしただけだ。その、トゥーリの成人した恰好って、オレ、初めて見たからさ」

「え？　あ、そっか。……ルッツは初めてなんだよね。成人式からもう季節一つくらいが過ぎたし、わたしはこれが普通になってるけど」

成人式の直後は「一気に大人に見えるようになった」とか「成人か。年頃の娘さんになったな」

と仕事の関係者や近所の知り合いに声をかけられることも多かったらしい。さすがに季節が変わるほど時間が経てばそんな声もなくなるようで、トゥーリがクスッと笑った。長くなったスカートを少し摘まんで、照れたように頬を染める。

「ふふっ、ちゃんと大人に見える？」

「見える。一瞬知らない人に見えたくらいだ」

ルッツが正直に答えると、トゥーリは驚いたように一瞬息を呑んで「そう？」と視線を逸らして噴水のところに座る。軽く隣を叩きながら「中央行きの話、聞いたんでしょ？」と問われ、ルッツはそこに腰を下ろした。

「オレは親を説得してでもついて行くって答えたよ。これから家へ帰って話をするんだ」

多分許可を得られるとルッツは思っているけれど、ベンノに昔のことを引っ張り出されたことで少しだけ不安になった。その心情を話すと、トゥーリは「大丈夫だよ」と笑った。

「ウチは家族で移動するからルッツの面倒も見るって父さんがカルラおばさんとディードおじさんに話をしてたよ」

「そっか。ギュンターおじさんにお礼を言っておかないとな」

ギュンターの後押しがあれば、両親の説得は楽になる。ルッツはかなり気が楽になった。トゥーリにも「教えてくれて助かった」と礼を言う。

「婚約者だし、もう家族同然だって」

「家族同然か……」

「そうだよ。カミルはルッツが帰ってくるのを楽しみにしてたし、母さんも歓迎してるもの」

何となくくすぐったい気持ちになった。婚約してすぐにキルンベルガへ向かったので、ルッツ自身はまだ全然実感がわかない。それでも周囲はちゃんとルッツをトゥーリの婚約者として扱ってくれている。

……オレもちゃんと意識を切り替えていかないとダメだな。

そう思いながら、ルッツはトゥーリの家族の話に耳を傾ける。カミルは洗礼式が終わったらプランタン商会で見習い仕事を始め、中央に新しくできる店のダルア見習い一号になるらしい。

「プランタン商会を選んでよかったって言ってたよ。もし他の見習い先を選んでたら見習い先を探し直すか、住み込み見習いを選ぶかどっちかになったでしょ？」

「あぁ、そうなってたら大変だったよな。季節一つや二つで勤め先を変えなきゃならないんだから」

「ローゼマイン様のせいで大変なことになるところだったってカミルが怒ってたんだけど、それは内緒ね」

ルッツは思わず笑ってしまった。ローゼマインがそれを知ったら真っ青になるだろう。彼女にとってカミルは赤ちゃんの時に離れることになったが、その後もずっと絵本や玩具を贈り続けている大好きな弟だ。カミルを怒らせたと知れば、落ち込んで泣き出すに違いない。

「ねぇ、ルッツの話も聞かせてよ。キルンベルガってどんなところだった？」

「いい所だったよ」

国境門が閉ざされたことで人口が減っているためキルンベルガは閑散とした印象だが、ギーベがよく統治しているようでとても過ごしやすかった。住人は温和で、ハイディのために珍しい素材を探そうと奮闘するホレスに協力してくれたり、初めての出張に体調を崩した者達に親切にしてくれたりした。職人同士の揉め事も特になく出張を終えることができたと思う。

「トゥーリは成人式どうだった？　あいつ、暴走しなかったか？」

グーテンベルクが神殿に集まった時の雑談で、ザックが結婚した星祭りは神殿長からの祝福がいつもよりずっと多かったと笑い話になっていた。ザックでそれならばトゥーリの成人式はとんでもないことになったはずだ。ルッツが尋ねると、案の定、トゥーリが目を吊り上げる。

「暴走しないわけないでしょ！　大変だったんだから」

「やっぱりやらかしたか」

「お願いしてあったから、最初はよかったの。普通の祝福だったんだよ。やればできる子。でもね、扉が開いて皆が帰る時になった途端、ドパーッて儀式の時より多いくらいの祝福が降り注いで……」

扉が開いてからということは、きっとギュンターやエーファの姿が見えたからだろうとルッツは推測する。いくら中央広場のざわめきの中でもトゥーリはその部分は口に出さない。

「新成人だけじゃなくて神官達もビックリしてたんだよ。それなのに、おまけの祝福とか、祝福の手本を見せようと思ったとか適当なことばっかりを言って誤魔化そうとするんだから」

ルッツの脳裏に、自分でも予想外の事態になって必死に言い訳を考えるローゼマインの姿が簡単に思い浮かんだ。

「あははは、予想通りだったな」

「もう何やってんのって思わない？　父さんと母さんは笑いを堪えてたけど、わたしはこらっ！って睨んでおいたよ」

「それが一番効くんじゃね？　トゥーリの怒った顔、怖いからなぁ」

「ひどい、ルッツ」

トゥーリの膨れっ面にルッツは「悪い、悪い」と謝り、持っていた布袋から土産を取り出して機嫌を取る。

「これで機嫌を直してくれよ。キルンベルガの伝統文様の刺繍だって。あと、これはキルンベルガで咲いてるけど、こっちでは珍しい花の絵。ディモが描いていたのを一枚もらったんだ」

インゴの木工工房はローゼマインの専属だ。本棚や書箱などの注文を受けると、領主の養女に相応しくなるように装飾にはかなり力を入れなければならない。これからグレッシェルの宿泊施設に入れる窓や扉も適当に済ませられるものではないそうだ。そのため、ディモは彫り込む絵柄に使えそうな草花を探しては描いていると言っていた。

「トゥーリはいつだったか他領の注文で珍しい花の絵を見て、自分も珍しい花を見たいって言ってただろ？　さすがに現物は持って帰れなかったけど、これなら髪飾りの案として使えるんじゃないかと思ってさ」

「嬉しい！　ありがとう、ルッツ。毎回どの花を使おうか悩むんだよね」

やっぱり仕事に関係ある物の方が嬉しいようで、トゥーリは青い目をキラキラと輝かせて絵を見つめている。ディモに拝み倒した甲斐があったとルッツは苦笑する。

「あと、これを読んでみてくれないか？」

キルンベルガの住民から聞いた話を書き留めた紙の束だ。トゥーリはそれをパラパラと読んでいく。大昔、国境門が開いていた頃の外国人の話が残っているせいか、グレッシェルとは全く違う文化が入り込んでいて珍しい話が多かった。

「グレッシェルの話も面白かったけど、キルンベルガの話も面白いね」

「あぁ。これを本にできる言葉に書き直してもらって、冬の間に本にしたかったんだけど、ちょっと無理そうだな」

ベンノからもいつでも出られるように移動準備を最優先にしろと言われている。工房の引き継ぎをしていたらあっという間に春になるだろう。ルッツはキルンベルガにいたので他の者達より準備が遅れている。ローゼマインの予定が前倒しになった時に「準備ができていないからお前は留守番な」と置いて行かれたくない。ルッツの愚痴をトゥーリが笑う。

「中央に行ってからの初仕事にすればいいんじゃない？」

印刷する物が何もない状態で行くより良いかもしれない。ルッツはキルンベルガの話が詰まった紙を見る。

「確かに新しい工房には新しい本がいるよな」

「その前にルッツはおじさんとおばさんの説得を頑張らなきゃ」

トゥーリに背中を押されたルッツは一度大きく伸びをして、立ち上がる。土産物を抱えて工房へ戻るトゥーリを見送ると、帰宅するために歩き出した。

……まずは、食い物だな。

すぐに食べられるブーフレットを夕食用にいくつか、それに加えて冬支度に回せる肉類や蜂蜜、干しキノコなどを適当に買い込むと、ルッツは布袋に突っ込んだ。

ルッツが自宅前の井戸の広場に到着すると、母親のカルラを含めた近所の女性が何人か集まって話をしていた。昔から変わらない光景を目にしたルッツの胸では懐かしさと、色々なことを根掘り葉掘り尋ねられる煩わしさが混じり合う。

「母さん、ただいま」

「ルッツじゃないか！　あんたはいつも突然帰ってくるんだから。何度も言ってるけど、先に連絡しておくれ。夕飯が足りないだろ！」

カルラはルッツの姿を見た途端、目を吊り上げた。いつ帰れるかわからないので、ルッツが帰宅前に連絡できることは少ない。結婚して家を出たザシャは仕事の途中で顔を出したり、同業の父親伝いに事前連絡を入れたりしているようだが、ルッツは仕事場と家が離れているので同じようにはできない。連絡を入れられる時が帰れる時なのだ。

「自分の分は買ってきたから大丈夫だって」

ルッツが布袋を軽く上げると、カルラではなく周囲の女性の方が食いついてきた。

「カルラはたまにしか帰らない息子に適当に買った物じゃなくて、ちゃんと作った料理を食べさせたいんだよ。連絡くらいしておやり」

「おや、夕飯分だけじゃないね。ずいぶん袋が膨らんでる」

「冬支度用の物が入ってるみたいだね。いい息子じゃないか」

カルラは「どれどれ？」と言いながら水の入った桶をルッツに突き出し、代わりに食料の詰まった布袋を手に取った。ルッツの腕に水の重みがずしりと加わる。

「ちょ、母さん！」

「たまに帰ってきた時くらい親孝行しとくもんだよ」

久し振りの帰宅でも全く変わらない扱いに、ルッツはハァと溜息を吐いて水を自宅まで運ぶ。プランタン商会では二階に住んでいるし、キルンベルガでも二階に部屋を準備されていた。重たい水を持って六階まで階段を上がるのは久し振りだ。

ギシギシと軋む階段を上がるにつれて、近所の人達の声が遠ざかる。家の鍵を開けて扉を開ける頃には母親の表情と声音が井戸の広場にいた時とは全く違っていた。カルラは妙に真面目な顔でルッツを見つめる。

「……おかえり、ルッツ。重要な話があるんだろ？　ギュンターから少し話を聞いてるよ」

ルッツはゴクリと息を呑んだ。夕飯の支度を通いの下働きに任せるプランタン商会と違い、実家では手伝わなければ夕飯にありつけない。話し合いをするために じっくり向き合う時間などないのだ。夕飯の支度をするカルラを手伝いながら、ルッツはローゼマインが中央に移動することを伝え、同行する許可が欲しいと伝える。

「ダプラなのはわかるから反対はしないけど、春の終わりなら未成年だからね。せめて、成人する夏の終わりまでは待ってほしかったよ」

「母さん、オレは……」

成人するまでは親の責任だと言われ、ルッツは何とか説得しようと口を開く。だが、ルッツが声を出すよりカルラの言葉の方が早かった。

「まぁ、あんたはどうせ何を言っても聞かないし、余所の町へ行ったきりで一年の半分もここにいないのが普通だし、十歳を超えて店に住居を移した後は一年間に両手で数えられる程度しか家に帰ってこなかったからね。元々いなかったようなもんさ。どこに行っても大して変わらないよ」

憎まれ口に聞こえるけれど、それが許可をくれている言葉だとわかってルッツは苦笑した。ほとんど家に戻らない息子を案じてくれていることは伝わってくる。

「トゥーリの家族は一緒に行くんだ。父さんや母さんも望めば一緒に……」

「わたし達は行かないよ。今更余所の土地へ行きたいとは思わないし、ここには他の息子もいるし、わたしは孫の面倒を見なきゃいけないからね」

「そっか」

この街を離れられないと言われ、ルッツは頷く。余程の理由がなければ家族が一緒に移動することはできないだろう。出張の多いルッツは、他の土地へ移動すれば常識の違いに苦労することを知っている。家族の勧める職業を蹴って、自分の希望を押し通したのはルッツだ。一緒に来てほしいとは思わない。

「父さんも許可をくれるかな？」

「ギュンターの話を聞いた後は、グズグズと泣き言を吐かしたらタダじゃおかねぇって言ってたね」

「相変わらず言葉が足りなくてわかりにくいけど、仕事で認められた以上は悩まずに突き進めってことか？」

「多分そういうことだろうね」

色々な土地で過ごしたり、回りくどい言い方を好む貴族に対応したり、様々な経験を積んだことでルッツも父親の言動の裏が読めるようになった。仕事の出来を褒められているのだと思っておこう。間違っていたら、そこは父親の伝え方が悪かったと指摘すれば良い。勝手に誤解して傷ついていた子供だったのに、我ながら図太くなったものだとルッツは思う。

「何がおかしいんだい？」

「いや、反対されなくて良かったと思ってさ。旦那様にまた神殿へ呼び出されるような拗れ方は勘弁してくれって言われたんだ」

「わたしだってごめんだよ」

カルラの苦い顔にルッツは笑う。上手く収まったのに関係者全員から「二度目は絶対にごめんだ」と思われるくらい強烈な出来事だったことがおかしくてならない。

「今回はあんたを一人で送り出すわけじゃない。ギュンター達が一緒だから少しは安心だ。元々親戚だし、近所でよく知ってるからね」

狭い範囲で結婚するため、この辺り一帯が親戚みたいなものだ。ギュンターは木工関係ではなく兵士になったので親同士の繋がりが少なくてあまり血が近い気はしないけれど、ギュンターとディードは又従兄弟（またいとこ）である。ギュンターの父親とディードの母親が従兄妹（いとこ）なので、親戚と言えば親戚だ。

「それに、あんたはもうトゥーリと婚約してる。相手は決まっているし、いつでも結婚できるくらいの稼ぎがある。親が心配して回る時期は過ぎた。親の役目はほとんど終わったようなもんさ」

下町では子供が結婚すれば親の仕事は終わりと言われる。ルッツはまだ結婚はしていないけれど、もう親が口出しする年ではない。母親がそう自分に言い聞かせているように見えて、ルッツはまじまじとカルラを見つめた。そこには母親なりの心配や子離れを前にした寂しさが見て取れる。

「あんたが決めた道だ。しっかりおやり」

母の気持ちを受け取り、ルッツは「あぁ」と力強く頷いた。

ランツェナーヴェの使者

「こちらはディートリンデ様の承認が必要になります」

領主会議が終わって領地へ戻ると、つまらない日常が続きます。書類を持って執務室へ入室してきた文官が、書類の山に更に書類を重ねました。わたくしはうんざりとした気分で魔力をインクにする魔術具のペンで次期アウブとしてサインをしていきます。けれど、どうにもしっくりきません。わたくしは次期アウブではなく、次期ツェント候補なのです。

……次期ツェントになるべきわたくしがこのような雑事に煩わされるなんて！

憤慨したい気分になるのは当然でしょう。グルトリスハイトを手に入れれば、このような執務から解放されるのですから。

……わたくしがグルトリスハイトを手に入れられなかったのは、あの王族のせいですわ。

なかなか中央へ行けない身で貴族院の領主会議へ行ったというのに、わたくしの調査はことごとく王族に邪魔をされたのです。本当に口惜しいこと。

……あの地下書庫を調べることができれば、少しはわかったはずですのに。

失礼極まりない王の第三夫人に「まずは古語のお勉強からなさったら？」と嘲笑されたことを思い出して、とても不愉快になってきました。芋蔓式に「フェルディナンドに隠し部屋を与えるように」と命じたトラオクヴァールのことまで思い出して、わたくしは更に不愉快になります。

……「葬儀で訪問した際には王命が実行されているか確認する」ですって？

婚約者として滞在しているフェルディナンドに隠し部屋を与えろなどと非常識な命令をしてくるトラオクヴァールは、王位につけておくのも不安な程に頭がおかしくなっているようです。一刻も早くわたくしがグルトリスハイトを手に入れて、正当なツェントにならなければ、ユルゲンシュミットはきっと無能な王のせいで滅んでしまうに違いありません。

……もう本当に何ということでしょう。わたくしの肩にユルゲンシュミットの未来がかかっているなんて。

中央神殿の者達に「ぜひともグルトリスハイトを得て正当なツェントとなっていただきたい」と言われたことを思い出し、「困ったこと」と溜息を漏らしました。ですが、本当に困っているわけではありません。わたくしに対する正当な評価ですから。

考え事をしていたので書類にサインをする手が少し止まっていたようです。傍らでサインの終了を待つ文官と目が合いました。グルトリスハイトさえあれば、このように視線だけで急かしてくる失礼な文官と顔を合わせることもないでしょうと思いながら、わたくしは再びサインを始めます。

「……え？」

突然ざわりと腕に鳥肌が立ち、背筋がぞわりとしました。風邪で体調を崩した時の悪寒が一番似ていますが、わたくしは体調を崩しているわけではありません。夏が近付いている今、寒かったわけでもありません。

その悪寒と同時に境界門という言葉が脳裏に閃きました。それでわたくしには何が起こったのかわかりました。アウブの許可を得ずに境界門へ押し入ろうとする者がいるのでしょう。礎の魔術に魔力を供給している領主一族だけに感じられるものです。

お父様の死後はアウブが不在のため、アーレンスバッハ側から境界門を閉じることができません。

門を守る騎士から何の連絡もないままに侵入が可能な門は、アーレンスバッハに一カ所だけ。海の上にある国境門と連なっている境界門です。

「すぐに自室に戻ります。マルティナ、騎獣服とヴェールの準備をお願い。境界門の様子を見なくてはならないようです。側近達を集めてちょうだい」

コトリとペンを置いて、わたくしは立ち上がりました。突然のサイン放棄に驚く文官を「貴方、邪魔でしてよ」と一睨みします。

「わたくしの言葉が聞こえなかったのかしら？　境界門の様子を見なければならないのです。おそらくランツェナーヴェの使者でしょう」

ランツェナーヴェという言葉に反応した文官は、処理済みと未処理に手早く分けた書類を抱えて急ぎ足で退室していきます。おそらくフェルディナンド様に報告するのでしょう。

……文官達がフェルディナンド様に何もかも相談して全面的に執務を任せるから、王族に変な命令をされても誰も断れなくなるのですよ。本当に不甲斐ないこと。

婚約者に頼り切りの文官達の無能さを心の内で罵りながら、わたくしは自室に戻りました。側仕えが急いで持ってきた騎獣服に着替え、日差しを避けるためのヴェールをつけてもらいます。

「殿方は着替えなくても騎獣を扱えるので羨ましいですわ」

おそらく着替えなければならないわたくしより、文官から話を聞いたフェルディナンド様の方が先に境界門へ到着するでしょう。その場の采配を奪われないように、わたくしはバルコニーへ出ると騎獣で駆け出しました。

視界に青く光る海面が広がっています。肉眼では小さくしか見えない境界門に入ってこようとしている黒い物体に向かって、わたくしは側近達を連れて騎獣を走らせました。予想通り、海上にはフェルディナンド様や騎士団の姿があります。

「ディートリンデ様、あの門から入ってくる船はランツェナーヴェの物で間違いありませんか？　あまり見たことがない形の物なのですが……」

エーレンフェスト籍のフェルディナンド様はこれまでランツェナーヴェの船を見たことがないようです。わたくしより文官達の支持を集め、まるでアーレンスバッハのアウブのような態度で執務をしている彼にも知らないことがあるとわかって、わたくしは少し優越感を覚えました。

「えぇ。去年からランツェナーヴェの船の形があのように変わったのです。見慣れない形ですけれど、ずいぶんと速く進むようになったそうですよ」

わたくしはフェルディナンド様に答えながら、眼下の変わった形の船を見下ろします。大きさは全く違いますが、黒くて長い細身の魚のような形をしています。

「境界門を通れる大きさで、できるだけ荷物を積めるように長さを考えた結果だと去年の歓迎の宴で使者から聞きました。……ほら、ご覧になって。門を抜けると不思議な変化をするのです」

わたくしが指差すのとほぼ同時に、門を完全に抜けて港に向かって海を進んでいた船が海上で一度止まりました。直後、パタパタと小さなタイルが回転するような動きを見せながら、船が銀色に変わり始めます。

「一体何のためにあのようなことを？」

「どのような効果があるのか存じませんけれど、ランツェナーヴェの使者が滞在するためには必要な処置だそうです。太陽の光を反射して眩しくなるので黒のままでいてほしいのですけれどね」

わたくしはランツェナーヴェの船について知っていることを教えながら考えます。アーレンスバッハ以外の国境門が開いていない今、交易は領地の利益の要です。何も知らないフェルディナンド様には任せられません。交易に関してはわたくしが全面的に引き受けた方が良いでしょう。

「船が港に着いて、それから、城までやって来て謁見の申し出があり、許可を出して歓迎の宴が行われるのです。まだ何日もかかりますもの。門の侵入者がランツェナーヴェだとわかったのですから城へ戻りましょう」

「ディートリンデ様は先にお戻りください。まさか境界門に騎士がおらず、他国の侵入を容易く許す状況だとは思いませんでした。騎士団に命じて、あの境界門にも騎士を配して監視させます」

……フェルディナンド様は一体何をおっしゃっているのかしら？　意味がわかりませんわ。

「この門を通るのはランツェナーヴェの使者だけです。何もない海の上ですし、もう使者は到着したのですよ？　大した魔力も持っていないランツェナーヴェを警戒する意味などありません」

この境界門に騎士を配置するなど、ただの無駄ではありませんか。フェルディナンド様はそんなこともわからないのでしょうか。

「これから先、貿易のために次々と船が転移してくるならば監視は必要です。……騎士団長、境界門へ直ちに騎士を配してください」

「はっ！　人数はどのくらい必要でしょう？」

教えてあげたにもかかわらず、フェルディナンド様はわたくしの言葉を無視して騎士団長に声をかけました。騎士団長もわたくしに意見を求めることなく、命令を実行するために二人で詳細を決め始めます。二人してわたくしを無視するなんてあり得ません。

「わたくし、もう戻ります！」

二人の意識をこちらに向けるために声を上げましたが、フェルディナンド様は振り返りません。

「ディートリンデ様、例年の進行から歓迎の宴がいつになるのか予測ができるのでしたら、そちらの手配をお願いします」

それだけを言い残し、そのまま騎士団長と自分の側近達を連れて境界門へ騎獣を走らせ始めたのです。

……あまりにもわたくしを軽んじていらっしゃいませんこと？　信じられませんわ！

婚約者の態度に腹を立てながらわたくしは側近達と自室に戻りました。すると、今度は側近達までフェルディナンド様の言葉に従って歓迎の宴の手配をしようと動き始めたのです。

「お待ちなさい。誰の命令を聞いているのです？　貴女達の主は誰ですの？」

わたくしが咎めると、側近達は驚いたように目を見開きました。困ったように顔を見合わせる側近達の中からマルティナが進み出てきました。

「ディートリンデ様、わたくし達はフェルディナンド様の命令で動いているのではございません。

ランツェナーヴェの使者を迎える宴の準備ができていなければ、次期アウブであるディートリンデ様に不手際があったと他国の者には取られてしまいますもの」

「えぇ、マルティナの言う通りです。フェルディナンド様のご命令がなくても、わたくし達はディートリンデ様のために動きましたよ」

「ランツェナーヴェの歓迎の宴に不手際があって、ディートリンデ様に汚点（おてん）を付けるわけにはまいりません。宴の準備をお許しくださいませ」

側仕え達の言い分にわたくしは気を取り直しました。確かにその通りです。

「いいわ。最低限をこちらに残して、他は行ってちょうだい」

わたくしが軽く手を振ると、側近達はそれぞれ動き始めました。そんな中、マルティナが手紙を持ってきます。

「ディートリンデ様、ゲオルギーネ様からお話があるようですよ」

「お母様から？……またあのお話でしょうね。嫌だわ」

他の者からは次期アウブだとか次期ツェントだとか言われていますが、わたくしはまだどちらの立場にも確定していません。ですから、お母様の上に出ることはできませんし、どれだけ嫌だと思っても面会を断ることはできないのです。

仕方なく許可を出すと、すでに準備は整っていたようで、それほど時間も置かずにお母様がわたくしの部屋へやってきました。挨拶を交わすと、お母様はすぐに盗聴防止の魔術具を差し出します。

わたくしが魔術具を手に取った瞬間、予想通りの内容がお母様の赤い唇から飛び出しました。

「ディートリンデ、フェルディナンド様に隠し部屋を与えるのはまだなのですか？　葬儀までに整えておかなければ、貴女が、そして、アーレンスバッハが叱責を受けるのですよ」

「でも、婚約期間中に隠し部屋を与えるように、だなんて……。お母様はあまりにもひどいと思いませんの？　正式に結婚したわけでもない方に夫の部屋を与えるなんてあり得ませんわ」

　客室に隠し部屋を作れない以上、フェルディナンド様に隠し部屋を与えようと思えば夫の部屋に入れることになります。いつでもわたくしの寝台に夫でもない男が入れるようになるのです。式を挙げる前に閨に男を招き入れるようなものではありませんか。

　わたくしはグルトリスハイトを手に入れてツェントになれば、フェルディナンド様との婚約を解消するつもりです。彼はわたくしにとってできれば結婚を避けたい相手で、しかも、神殿に入っていたこともある方です。とても信用できません。神殿ではよくあるようなことがわたくしの身に起こった時、周囲から口さがないことを言われるのは、部屋を与えたわたくしになるでしょう。決して命じた王ではないのです。

「ですが、隠し部屋を与えなければフェルディナンド様をエーレンフェストに一旦戻さなければならなくなります。今のアーレンスバッハの状況でそれはできません」

　実の娘が下位領地の神殿に入っていた領主一族を王命によって宛がわれ、中継ぎアウブにされるのに、お母様の深緑の目には何の感情も映っていません。少しはわたくしの貞操を心配したり、理不尽すぎる非常識な王命に怒ったりしてくれるのではないかと本当は期待していました。けれど、小さな希望はまたしても潰されただけに終わったのです。期待するだけ無駄だとわかっていても期待してしまう我が身を恨めしく思いながら、わたくしはお母様から少しだけ視線を逸らします。

……でも、わたくしがツェントになれば……。

そうすれば、少しはお母様の目にわたくしの姿が映るかもしれません。わたくしが次期ツェント候補だとわかった時、「貴女がツェントを目指すのですか？　できる限りやってごらんなさい」と初めて背中を押してくださったのですから。

「なるべく早く与えなさい。ランツェナーヴェの使者がやってきたのですから、夏の葬儀までそれほど時間がありませんよ」

「トラオクヴァール王はアーレンスバッハに非常識な王命を下すのではなく、下位のエーレンフェストを王命で黙らせればよろしいのに……」

何故上位であるアーレンスバッハの方が非常識な王命を受けなければならないのでしょうか。理解に苦しみます。我慢させるならば下位であるエーレンフェストにさせるべきでしょう。

「エーレンフェストが何がしかの手段を講じたのでしょうね。どれほど非常識でも王命は王命です。隠し部屋を与えていなければ、他領のアウブ達が集まる中でアーレンスバッハが叱責を受けます」

お母様の言葉にわたくしは唇を引き結びました。叱責を受けるだけで、部屋を与えずに済ませられるのであれば、そちらの方が良いと思います。少なくとも、わたくしの身の安全は保障されるのですから。

そんなわたくしの考えを見透かしたように、お母様は呆れた顔になりました。

「ディートリンデ、王に命じられたのは隠し部屋を与えるということだけです。フェルディナンド様に与えるのは本館である必要はありません。西の離れのお部屋で良いではありませんか」

西の離れは第二夫人や第三夫人に与えられる部屋があるところです。女性のアウブの配偶者としてやってきたフェルディナンド様に西の離れの部屋を与えるなど、わたくしは全く思いつきませんでしたが、名案です。西の離れならば配偶者の一人としての処遇ですし、王命を聞き入れることもできますし、わたくしの貞操を守ることもできます。どうやらお母様はわたくしのことも少しは考えていてくれたようです。喜びがじわりと胸に広がっていきます。

「西の離れにお部屋を与えるなんて素敵な案があるならば、もっと早く教えてくだされば良かったのに……。そうすれば、わたくし、もっと早くにお部屋を与えたのですよ」

わたくしが甘えて膨れると、お母様は赤い唇をゆっくりと吊り上げて「今がわたくしにとっては最良の時だっただけです」と微笑みました。やはりその目にわたくしの姿は映っていません。

……いつものことですわ。期待なんてしていません。

言いたいことを述べると世間話をすることもなく退室していくお母様の背中を見送りつつ、わたくしは諦めの溜息を吐きました。

夕食時、わたくしはフェルディナンド様に西の離れの部屋を与えることを伝えました。

「葬儀の準備に加えて、ランツェナーヴェの使者との面会を控えた忙しい時に、お部屋を本館から西の離れに移すのですか？」

彼の側近が困ったように自分の主を見たけれど、そのような事情はどうでも良いのです。

「隠し部屋を望んだのはエーレンフェストで、命じたのはツェントですもの。わたくしが望んだことではございません。必要がなければ、ご自分でトラオクヴァール王に意見をなさってくださいませ。わたくしは王命に従っただけですもの」

葬儀までにわたくしが王命に従って部屋を与えた事実があれば充分です。後はフェルディナンド様の責任になるのですから。

「夏の葬儀までには移っておきます。格別のご配慮、ありがたく存じます」

フェルディナンド様はいつも通りの優しい微笑みでわたくしの言葉を受け入れました。

……この顔立ちでもう少し年が近くて、生まれ育ちと神殿にいたという汚点がなければよかったのですけれど……。本当に勿体ないこと。

ランツェナーヴェの使者から彼等が滞在するための館に入ったという知らせや面会依頼の書状が届くと、本格的に城の中が歓迎の宴や謁見の準備で忙しない雰囲気になっていきます。

歓迎の宴が行われる当日は、午後から準備を始めなければなりません。軽食を摂って、湯浴み(ゆあ)をし、着替えるのに時間がかかるのです。わたくしは公式の場に出るために襟(えり)が高く、顔以外の全身を完全に隠すような薄手の白い衣装を着て、その上に豪奢(ごうしゃ)な刺繍がされた青の上着を羽織りました。白の衣装には暑さを抑えるための魔法陣が刺繍されて、少しは暑さを和らげることができるのです。それがなければ、厚みのある青の上着など着ていられません。

「ディートリンデ様の金髪はとても豪奢で美しいので、成人したのが惜しく感じられますね」

側仕え達が残念だと口々に言いながら複雑に髪を結い上げていきます。更に、顔を隠すように薄いレース地のヴェールをつけるのです。ヴェールの生地は個人の好き好きで選べるけれど、ヴェールはアーレンスバッハの女性が公式の場に出る時に付ける物なので外せません。

準備を整えたら、わたくしは側近達と共に緊張感とも高揚感とも言えそうな心境で小広間に向かいます。去年までは未成年だったため、挨拶だけすれば退場させられていました。歓迎の宴に最後まで参加するのは初めてなのです。

毎年、歓迎の宴は比較的小規模に行われます。夏の盛りに行われる星結びの儀式のために領地内のギーベ達が集まった時、改めてランツェナーヴェの使者とギーベが交流を持つための宴が盛大に行われることになっています。

「ディートリンデ様がいらっしゃいました」

中にはすでにアーレンスバッハの重鎮達とフェルディナンド様とその側近がいました。フェルディナンド様の傍らには幼いレティーツィアとその側近の姿もあります。去年のわたくしはレティーツィアと共に退場させられましたが、今年は最後までいられます。少しばかりの優越感を持って、わたくしはレティーツィアを見下ろしました。

小広間の中にいる者は、女性全員がヴェールを付けていて、男性は襟の高い白の上下に薄くて大きな一枚布を体に巻き付けるようにしています。皆がアーレンスバッハの衣装で夏の貴色をまとっている中、フェルディナンド様だけはエーレンフェストの領地の色をまとっています。他領の者であることを示すはずのその色が、彼をまるでその場の支配者のように見せていました。

「あら、フェルディナンド様は夏の貴色ではないのですね」

「夏の貴色も考えましたが、こうしてエーレンフェストの色をまとうことで、たとえ色々と意見をしていても私には決定権がないと、一目でわかるようにした方が良いと思ったのです」

穏やかな微笑みと共にそう言われ、わたくしはどこか引っ掛かりを覚えながらも頷きました。普通は下位のエーレンフェストではなく、アーレンスバッハの者に見せたがるはずです。そんな中、敢えて他領の色をまとうのは謙虚（けんきょ）な態度の表れなのでしょう。きっと。

「ランツェナーヴェ、入場」

扉のところにいる側仕えが声を上げました。大きく開け放たれた扉からランツェナーヴェの使者が並んで入ってきます。ランツェナーヴェの使者もアーレンスバッハの衣装をまとっています。ランツェナーヴェはアーレンスバッハと気候が違うので、あちらの衣装ではこちらで過ごしにくいと聞いたことがあります。ただ、彼等も夏の貴色である青をまとってはいませんでした。ランツェナーヴェの使者であることを示すためなのか、珍しい銀色の布を身につけています。

小広間に入ってきたのは十二名。その半分はわたくし達と同じ外見ですが、もう半分は顔立ちや肌の色が違います。毎年見るけれど、どうしてこれほどに違って見えるのか、わたくしには不思議で仕方ありません。

使者の中から一歩前に進み出て、両腕を交差させながら跪いたのは、わたくしより二、三歳年上の男性でした。若くて美しい使者の姿に目を引かれます。わたくしの記憶にないのですから、去年はいなかったはずです。

金色と栗色（くりいろ）の中間くらいの髪が後ろでまとめられていて髪留めで留められています。祖母くらいの世代の頃にアーレンスバッハで流行していた男性の髪型です。今でも壮年の男性には背で髪を縛っている者もいるため、比較的馴染みがあります。

「お初にお目にかかります、アーレンスバッハの方々。ランツェナーヴェのキアッフレード王の孫、レオンツィオと申します。他の者を紹介する前に、水の女神フリュートレーネの清らかなる流れに導かれし良き出会いに、祝福を祈ることをお許しください」

「……許します」

まさかランツェナーヴェの使者に貴族としての挨拶ができるとは思いませんでした。わたくしは驚きつつ許しを与えます。

レオンツィオはユルゲンシュミットの貴族と同じように魔石の付いた指輪を左手の中指に付けていました。全属性の魔石のはまった指輪が彼の王族としての立場を示しています。ふわりと祝福すると、「以後、お見知りおきを」と彼は顔を上げました。

……あら？

レオンツィオ様は顔を上げた瞬間、フェルディナンド様を見つめて驚きの表情を一瞬だけ見せました。すぐに笑顔の下に隠れてしまったけれど、信じられない者を見たような顔でした。わたくしはちらりとフェルディナンド様の様子を窺ってみましたが、彼は特に何もないようです。

レオンツィオ様は一瞬の驚きなど全くなかったかのような笑顔で、使者の紹介を始めました。半分以上は去年も来ている者で、彼とその側近だけが初めての訪問者だったようです。

使者の紹介が終わると、次はアーレンスバッハの領主一族です。先代領主の死亡が告げられ、次期アウブのわたくし、その婚約者のフェルディナンド様が紹介された後、お母様とレティーツィアが紹介されました。

その後は歓談の時間です。未成年のレティーツィアは側近達と共に退場していき、大人の時間になりました。貿易を担当する文官達や政治的な情報を仕入れたい者達がお酒の入った杯を手に使者に近付いていき、入れ代わり立ち代わり話をします。後日の会議の前哨戦です。

「フェルディナンド様はお話にいらっしゃいませんの？」

「ディートリンデ様の隣にいられる機会はそう多くございません。執務が忙しく、時間が取れないのですから、今くらいは……」

ニコリと微笑んで自分の側にいたいと言ったフェルディナンド様にわたくしは気を良くして頷きました。最近は姿を見ることも少なく、何だか軽んじられているような気がしていましたが、それは忙しさのせいだったようです。

……それはそうですよね。下位領地の婚約者がわたくしを軽んじるわけがありません。

わたくしは機嫌良くマルティナが持ってきた飲み物に口をつけました。

「次期アウブであるディートリンデ様にお伺いしたいことがございます」

レオンツィオ様がランツェナーヴェの姫の受け入れがいつになったのかを尋ねてきました。

「会議の時に伺うべきでしょうが、少しでも早く国に知らせなければならないのです」

貿易のために行き来する船に手紙を持たせるそうです。確かに少しでも早く知らせた方が良いでしょう。彼の琥珀色の瞳を見上げ、わたくしはニコリと微笑みました。

「ランツェナーヴェの姫は受け入れられません。どうぞ早く知らせてあげてくださいませ。準備が無駄になっては大変ですものね」

「……え？　お、お待ちください。姫を受け入れられないというのは何故ですか？」

「何故と申されましても……。それがトラオクヴァール王の決定なのです」

わたくしは記憶にある領主会議での流れを伝えます。隣のフェルディナンド様の補足で、姫の受け入れ拒否が嘘でも冗談でもないと伝わったようです。呆然としていたレオンツィオ様が軽く頭を振って、わたくしに手を伸ばしてきました。それをフェルディナンド様がバシリと叩き落とします。

「落ち着いてください。あまり興奮されるようであれば、護衛騎士に任せなければなりません」

静かな声の中にある威圧的な響きが伝わったのでしょう。レオンツィオ様は一気に感情を抑え込み、穏やかな微笑みでフェルディナンド様に対峙しました。

「ユルゲンシュミットの王はランツェナーヴェを滅ぼすおつもりですか？　そのおつもりがないならば、姫を受け入れていただきたい」

姫を受け入れないことがランツェナーヴェの滅びに繋がるということが理解できず、わたくしは首を傾げました。わたくしがどういう意味か問いかけるより早く、フェルディナンド様は冷たい笑顔で話を打ち切ります。

「残念ながら、ツェントがお決めになったことですから我々ではお力になれません」

ランツェナーヴェの事情を聞こうともせず、あまりにもバッサリと切ってしまうフェルディナンド様の姿勢に、わたくしはレオンツィオ様が可哀想になってしまいました。

「フェルディナンド様、そのようにおっしゃらなくても……。ランツェナーヴェの事情を伺って、もう一度ツェントにお願いすれば違う答えが返ってくるかもしれません」

わたくしの言葉にレオンツィオ様は少し安堵したように肩の力を抜きました。けれど、フェルディナンド様はそれが面白くないようです。冷たい顔のままレオンツィオ様を見つめています。

「ツェントが前言を撤回することはないでしょう。……ツェントが代替わりした後、新しいツェントにお伺いを立てるのが妥当なところではございませんか？」

ランツェナーヴェに親身になるような姿勢はちらりとも見せず、切り捨てるようなフェルディナンド様の言い分が腹立たしく思えました。アーレンスバッハにある国境門しか開いていない以上、ランツェナーヴェはユルゲンシュミットにとって唯一の貿易相手です。ツェントにとっても大事な貿易相手なのですから、もう少し親身になって橋渡しをするべきでしょう。

……これだからアーレンスバッハやランツェナーヴェの関係に疎い田舎の方は困るのです。

わたくしはフェルディナンド様に対してツンと顔を逸らすと、レオンツィオ様に向けてできるだけ優しく微笑みました。アーレンスバッハから働きかけてツェントの意見を変えることはできないかもしれないけれど、当人が事情を話して真摯にお願いすれば受け入れてくれるかもしれません。ツェントはエーレンフェストの非常識なお願いを受け入れた常識外れの王なのですから。

「レオンツィオ様。幸いなことに、この夏はアウブの葬儀のために王族がアーレンスバッハを訪れます。その際にもう一度お願いしてみてはいかがでしょう？」

「ディートリンデ様、何をおっしゃるのです？　警備の都合上、ランツェナーヴェの者を王族に近付けるような行いは許可できません」

フェルディナンド様が驚愕（きょうがく）の顔になりました。何故そのように驚くのか、わたくしにはわかりません。それを決めるのはフェルディナンド様ではなく王族でしょう。

「面会許可を出すのは王族ですし、わたくしは貴方に許可を得なければならない立場ではありません。アーレンスバッハとしても、大事な貿易相手が滅ぶことは避けなければならないのですもの。わたくし、レオンツィオ様にお話を伺いたく存じます」

「聞く必要はございません」

わたくしの意見を次々と却下して、ちっともこちらの意見を受け入れようとしないフェルディナンド様に怒りを抑えられません。立場の違いを思い知らせる必要があります。

「わたくしは話を聞くと言っているのです。邪魔しないでくださいませ。側近を付けるので心配などいりません。いくらわたくしをゲドゥルリーヒのように思っていても、エーヴィリーベのような嫉妬は見苦しくてよ」

わたくしがきつく睨むと、フェルディナンド様は驚いたように薄い金色の目を見開いて動きを止めました。どうやら「エーヴィリーベのような嫉妬」が図星をついていたようです。

……嫉妬で我を忘れるなんて、フェルディナンド様も困ったこと。

わたくしは罰のためにも「エーヴィリーベの同席はいりません」とフェルディナンド様の同席を拒（こば）み、レオンツィオ様と話をするために側近達をぞろぞろと引き連れて個室へ向かいました。フェルディナンド様の側近が一人、「何の間違いもなかったことを報告するために」と同席を願ったので、それに関しては寛大な心で許可を与えました。

側近達を含めると十五人くらいの団体で大広間の近くにある会議室へ移動し、わたくしはレオンツィオ様に椅子を勧めます。

「ランツェナーヴェが滅ぶというのは、どういうことでしょう？」

わたくしが促すと、レオンツィオ様は少し考え込むようにして「ディートリンデ様はランツェナーヴェの起こりをどの程度ご存じでしょうか？」と尋ねてきました。

「アーレンスバッハの貿易相手として主要な輸入品については教えられましたけれど、歴史については貴族院の講義でも習いませんでしたわ」

輸入品はともかく歴史には全く興味がありませんし、知ろうと思ったこともありません。側近達が少し顔を顰めましたが、わたくしの記憶にランツェナーヴェの歴史は存在しないのです。

「ユルゲンシュミットでは知られていないのですか……」

それから、レオンツィオ様はランツェナーヴェの歴史を語り始めました。もう四百年近く昔、オイサヴァール王の時代のことだそうです。歴史で習った王の名前が出てきましたが、よく覚えていません。わたくしはわかったような顔で聞き流します。

「オイサヴァール王が年老いて、次代のツェントを選ばなければならなくなった時、グルトリスハイトを手に入れていた次期ツェント候補が三人いました」

「まぁ、三人もグルトリスハイトを手に入れて……？」

わたくしは驚きに息を呑みました。グルトリスハイトはツェントを決めるための魔術具だと考えていたからです。ユルゲンシュミットには一つしかなく、それを手に入れた者こそがツェントだと思っていました。まさか複数人が手に入れられるとは思ってもみませんでした。

「グルトリスハイトはシュタープに写し取る物ですから、複数人が持っていてもそれほど不思議ではないでしょう？」

当然のことのようにレオンツィオ様に言われて、即座に「そうですね」と相槌を打ちました。ユルゲンシュミットの貴族であるわたくしが他国の者より知らないとは言えません。

「オイサヴァール王が選んだのは、ディートリンデ様もご存じのようにハイルアインド王でした」

……そういえば、そのような名前のツェントもいましたね。何をした王だったかしら？

これといって特筆すべき功績がないため、講義でほとんど触れられることがない王の名前です。わたくしは笑顔で頷きながら考えますが、いくら考えたところで全く何も思い浮かびません。

「ツェントに選ばれなかったことに納得できなかったトルキューンハイトは自身の持っていた魔術具や魔石を抱えると、新天地を求めてユルゲンシュミットを飛び出しました」

自分の妻子や側近達を連れてトルキューンハイトは船に乗って国境門を越え、ユルゲンシュミットを飛び出したそうです。国境門にある転移陣の向こうはランツェナーヴェと呼ばれる土地で、魔術を使えない者しかいなかったとレオンツィオ様が語ります。

土地は痩せているけれど、人々が何とか生活できる場であることを確認したトルキューンハイトは、自分が手にしていたグルトリスハイトを使って領地の礎を作製し、エントヴィッケルンで自分達が住むための街を作り上げたそうです。

「突然何もないところから現れた船、一瞬でできた白い街に人々は驚愕し、トルキューンハイトを神の国からやってきた者と崇め始めました。トルキューンハイトは王としてランツェナーヴェに君臨することになったのです」

グルトリスハイトを手に入れた者が神のように崇められるのはユルゲンシュミットも同じです。手に入れられれば尊敬を受けるに違いありません。わたくしは皆から一斉に称賛と尊敬の眼差しを受ける自分を想像して悦に入ります。早くグルトリスハイトを手に入れなければなりません。

「しかし、神のように崇められるようになったトルキューンハイトには大きな問題がありました。ユルゲンシュミットからやってきたトルキューンハイト一行と魔力のないランツェナーヴェの者の間では子供ができません。また、グルトリスハイトはシュタープに写し取った物です。当然のことながら、トルキューンハイトの死と共に失われます」

……まぁ。では、それでユルゲンシュミットのグルトリスハイトは失われてしまったのですね。政変がどうして起こったのか、わたくしにはわかってしまいました。ツェントを継承するはずだった第二王子が亡くなり、グルトリスハイトが消えてしまったのでしょう。その後争った第一王子や第三王子もシュタープで写し取る物だと知らなかったに違いありません。第二王子の死と共に消える物だと知らずに争い、そして、今もグルトリスハイトの在り処はわからないままなのです。

……写し取るためにはどこに行けば良いのかしら？

レオンツィオ様の話が正しければ、どこかにあるグルトリスハイトを写さなければなりません。魔法陣を光らせ、次期ツェント候補になったわたくしならばできるでしょう。

「礎の魔術に登録された者であれば魔力供給できるので、トルキューンハイト亡き後も街を維持することはできるのですが、それはシュタープを持つ者がいてこその話です。シュタープを持たぬ者ばかりでは礎を維持することができないため、いずれは街が崩壊してしまいます。ディートリンデ様は次期アウブですからご存じでしょう?」

「えぇ、もちろんです」

礎の魔術を得るためにシュタープが必要だと、わたくしも習いました。その時は貴族院では一年生の時点で全員がシュタープを得るのですから、わざわざ講義で教える内容ではないと思いました。けれど、外国に出て、魔術で街を作ってしまった者達にとっては死活問題です。シュタープを持つ者がおらず、礎の魔術を継承できる者がいなければ、国は崩壊してしまいます。

「ランツェナーヴェに行ったのは王族とその側近だったので、魔力の高い子供が生まれます。貴族院での教育を受けてきた親達からこちらの貴族達と同じような教育を受けます。けれど、ユルゲンシュミット以外ではシュタープを得ることができません。トルキューンハイトは息子に礎の魔術を継承させるため、シュタープを与えてほしいとツェントに願い出ました」

でも、それは許されませんでした。シュタープを得られるのはユルゲンシュミットの貴族だけだからです。当時のツェントの意地悪でも何でもなく、ユルゲンシュミットの貴族として登録されていない者はシュタープを得ることができません。

「そのため、ランツェナーヴェの姫をユルゲンシュミットに送り、生まれた子が成人してシュタープを得てから王として返してもらうことになりました。ランツェナーヴェが力を持つことを警戒した当時のツェントは、一代につき一人だけしか返さぬという制約を付け、男を返すのか、女を返すのか選択を迫ったのです」

トルキューンハイトは悩んだそうです。生まれる子供の魔力は母親の魔力に左右されるため、ランツェナーヴェの王族が高い魔力を維持するためには女の子を返してもらう方が良いでしょう。けれど、一代に一人しか返してもらえないのに、シュタープを持つ女王が妊娠して魔術を使えない状態が続くのはランツェナーヴェにとって死活問題です。側近の家族や自分の娘達など、ランツェナーヴェにも魔力の高い女性は何人もいるし、男性を返してもらった方が子供は増やしやすい。トルキューンハイトは男の子を返してもらうことに決めたそうです。

「ユルゲンシュミットで姫を受け入れてもらい、姫の産んだ男子が成人してシュタープを得た後で王としてランツェナーヴェに戻るのが両国間の約束だったはずです。それなのに、姫の受け入れを拒否するなど……」

レオンツィオ様が苦しそうに表情を歪めました。国を守るために姫を差し出しているのに、それを拒否されれば途方に暮れるしかないでしょう。何だかわたくしの胸まで痛くなってきました。同時に、約束を破ったトラオクヴァール王に心底怒りを感じます。次から次へと非常識なことばかりをする彼を今すぐにでもツェントの座から引きずり降ろしたくなりました。

「もう十年程前にいくつもの魔石が届いて以来、貿易以外の関係がぷっつりと途絶えました。この上、姫の受け入れまで拒否されれば我々はどうすれば良いのか……」

テーブルの上で拳をきつく握ってレオンツィオ様が項垂れる様子に、わたくしは決意しました。

「わたくしからフェルディナンド様に事情をお話しいたしますし、ツェントにもお願いしてみましょう。安心してくださいませ。わたくし、次期ツェント候補ですから」

レオンツィオ様が琥珀色の瞳を驚きで染めて、「次期ツェント候補……？」と呟きながらわたくしを見つめています。その瞳にある称賛と期待はとても心地良いものです。わたくしはレオンツィオ様に向かってできるだけ優しく微笑みました。

わたくしは次の日に早速フェルディナンド様を呼びつけ、テーブルで向かい合わせに座って説明を行いました。昔からの約束でランツェナーヴェが滅ばないように、王族から姫が送られてくることを。そして、約束を破るツェントがいかにひどいのか訴えます。

「ですから、トラオクヴァール王に事情を説明し、考え直してもらいたいのです」

王族と対面して交渉するのはフェルディナンド様の役目です。夏の葬儀までにしっかりと対策を練ってほしいとわたくしは微笑みました。

事情がわかれば、少しはフェルディナンド様もランツェナーヴェに協力的になるだろうと思っていました。けれど、彼は全く心を動かされなかったようです。テーブルに頬杖(ほおづえ)を突き、じっとわたくしの様子を窺うように見つめながら「……それだけですか？」と言いました。

「それだけ、とはどういう意味ですの？」

「そのままです。ランツェナーヴェにとってずいぶんと都合の良いことしか述べていませんし、特に目新しい情報もありません。ツェントが意見を翻すような事情は見当たらないように思えます」

「何ですって⁉　ランツェナーヴェが滅ぶのですよ。ツェントやアウブを継承できる者がいないことがどれほど大変なことか、フェルディナンド様にはわかりませんの⁉」

信じられない発言でした。ランツェナーヴェが崩壊すると言っているのに、本当にこの人はわたくしの話を聞いていたのでしょうか。もしかしたら理解する頭がないのかもしれません。わたくしは力一杯フェルディナンド様を睨みました。

「ランツェナーヴェが滅ぶというのは大袈裟です。トルキューンハイトが移る前にも人々が生活できていたのですから、白の砂を魔力で満たして作り上げたユルゲンシュミットとは事情が全く違います。滅ぶといっても、精々トルキューンハイトが作った街が崩壊する程度でしょう」

わたくしが睨んでも、フェルディナンド様は何事もなかったかのような微笑みでそう言います。

「シュタープを得た男子がいなくなればランツェナーヴェにとっては死活問題でも、ユルゲンシュミットにとってはそうではありません。姫を受け入れる利点は非常に少ないのです。たとえランツェナーヴェが滅んだところで、グルトリスハイトがあれば国境門を閉ざし、別の場所に向けて開くこともできます。貿易相手がランツェナーヴェである必要はありません」

わたくしはじろりとフェルディナンド様を睨みました。

「今はそのグルトリスハイトがないのでしょう？」

「……そうですが、そう遠くない未来に手に入れる者が現れるでしょう」

「えぇ。もちろん、わたくしも全力を尽くして探すつもりではありますけれど、いつ手に入るかわからないではありませんか」

わたくしの言葉にフェルディナンド様は数回瞬きをした後、「まぁ、そうですね」と力なく同意しました。ここはわたくしに全力で協力すると誓うところでしょう。どうにも反応が鈍いのです。女心に疎すぎるのではないでしょうか。

「フェルディナンド様は利点が少ないとおっしゃいましたけれど、今の王族は人数が少ないのですから、姫が輿入れすることは大きな利点に繋がるはずでしょう？」

わたくしは胸を張って姫を受け入れる利点を示しました。けれど、フェルディナンド様は「今のユルゲンシュミットにグルトリスハイトを手に入れられる可能性の高い他国の者を入れるべきではありません」と首を横に振ります。

「姫を受け入れることによって王族が増えることは利点となりますが、今、魔力量の豊富な姫を受け入れると王位継承に混乱を招きます。それを良しとしないからこそ、王族は姫の受け入れを拒否したのでしょう。せめて、グルトリスハイトを手に入れた正当なツェントが立つまでは姫の受け入れを延期するのが妥当ですね」

今のままではユルゲンシュミットがランツェナーヴェに乗っ取られるのではないか懸念しているようです。のらりくらりと王族側の事情を自分の推測だけで語りながら決して動こうとしないフェルディナンド様の弱腰な姿勢に、わたくしは思わず顔を顰めてしまいました。

「もっともらしい理由を挙げてそんなことをおっしゃっても、フェルディナンド様はツェントに意見するのが怖いというだけではありませんの？」

「ランツェナーヴェで神と崇められていた一族がその力を失うだけですから、わざわざツェントの決定に異議を唱える意味を見出せないとは思っています」

ツェントの決定に異議を唱えて他国の肩を持つことが本当にアーレンスバッハのためになるのか、とフェルディナンド様は言いました。

「王族として君臨してきた彼等がどのような末路をたどるのか多少の想像はできますが、それがランツェナーヴェの滅びとは限りません。中心となっていた街が崩壊することで間違いなく文明は後退するでしょうが、奇妙な形の船を見るだけでもユルゲンシュミットとは違う技術が進んでいるように思えます。王族以外は大した痛手を負わないかもしれません」

見方を変えれば、ユルゲンシュミットが不安定な現在、ランツェナーヴェの力を削っておく好機だとか、何かあったら境界門を閉められるようにできるだけ早く礎を染めるべきだとか、フェルディナンド様はわたくしの望んでいないことばかりを口にします。

……わたくしがレオンツィオ様とお話ししたことで、ここまで冷たいことをおっしゃるなんて。話し合いから除け者にされただけなのに「ランツェナーヴェの王族が滅ぶだけならば構わない」と言うなんて、これほどエーヴィリーべという呼び方が似合う人もいないでしょう。

「フェルディナンド様。わたくしの望みを聞いてくださいませ。わたくしはレオンツィオ様達がひどい目に遭うことは望んでいません。どうかわかってくださいな」

「ランツェナーヴェの姫を受け入れろとおっしゃるのに、ひどい目に遭うのを望んでいないとおっしゃるのですか？　ランツェナーヴェの使者も女性である貴女には深くは語らなかったでしょうが、ランツェナーヴェの姫達は離宮に入れられると……」

フェルディナンド様が語ろうとしましたが、わたくしは「それはランツェナーヴェが望んだ扱いではありませんか」と遮りました。王がそれを望み、姫はそれを覚悟してやって来るのですから、わたくし達が考えることではありません。

「ディートリンデ様は覚悟してやってきた姫がどのような扱いでも受け入れるべきだ、と？」

フェルディナンド様が薄い金色の瞳で真っ直ぐにわたくしを見つめます。痛いほどの視線からは高ぶる感情を必死に抑制しているのがわかりました。おそらくわたくしが姫ではなく、男性であるレオンツィオ様の肩を持ったことがそれほどに耐え難いのでしょう。けれど、ここでわたくしが引くわけにはいきません。フェルディナンド様を見つめたまま、わたくしは大きく頷きました。

「こちらに来てからの待遇は実家に訴えるなり、ツェントと話し合って改善してもらうなり、姫が対処することですもの。ランツェナーヴェの崩壊に比べれば何ということもありませんわ」

フェルディナンド様はニコリと笑顔を深めて微笑みました。やっとわたくしの主張が通ったようです。

「夏の葬儀にいらした王族にはそのようにしっかりとお願いしてくださいませ」

「姫の受け入れに伴うユルゲンシュミットの混乱に比べれば、ランツェナーヴェの崩壊など何ということもありません。私はツェントの判断を支持します」

フェルディナンド様の言葉の意味が一瞬わかりませんでした。わたくしの要求が却下されたのだと理解するまでに数秒かかり、理解すると同時にわたくしは怒りのあまり怒鳴りました。

「どういうことですの、フェルディナンド様!?」

「王命でアーレンスバッハへやってきた私が、王よりランツェナーヴェを優先しなければならないと思える事情ではありませんでした。次代のツェントが立つまで待っていただきましょう」

どれだけわたくしが怒ってもフェルディナンド様は表情も意見も変えず、王族に取り次ぎもしなければ、異議も唱えないと言い切りました。

「貴方のようにわからずやで冷たい方は知りません！　婚約者がこんな方だったなんて……。しばらく顔も見たくございません。今すぐに出ていってくださいませ」

「かしこまりました」

フェルディナンド様はうっすらと微笑んだまま、言葉通りにすぐ席を立って退室していきます。わたくしがこれほど気分を害しているのに、一顧(いっこ)だにしなければ謝罪もありません。

……あんな方がわたくしの婚約者だなんて！

わたくしは思いつく限りの罵詈雑言(ばりぞうごん)を並べて、フェルディナンド様を罵りながらその日一日を過ごしました。レオンツィオ様に何と話をすれば良いのでしょう。わたくしを頼ってきた方を失望させることを悲しく思いつつ、わたくしはランツェナーヴェの使者が過ごす館に連絡を入れました。

「フェルディナンド様はとても冷たい方なのです。わたくし、今まであのような方だとは思いませんでした」

ランツェナーヴェの館と呼ばれている使者の館で、わたくしはフェルディナンド様を説得できなかったことを詫び、せめて、王族と面会が叶うように尽力することを伝えます。

「ディートリンデ様はお美しいだけではなく、お優しい方ですね。もっと早く出会いたかった」

レオンツィオ様の琥珀色の瞳に見つめられ、わたくしは何とも言えない恥ずかしさを感じました。ユルゲンシュミットでは丁寧な言い回しを使うことが多いため、そんなふうに直接的に褒められることは少ないのです。しかも、彼はうっとりする程に顔立ちの整っている美形です。嫌でも心臓が高鳴ってきました。ブルーアンファの訪れを感じて、わたくしはハッとします。

……ここで女神達に翻弄されてはなりません。

わたくしは次期ツェント候補で、ツェントになれなかったとしても次期アウブ・アーレンスバッハです。婚約者がいるのにレオンツィオ様と恋仲になることはできません。

「レオンツィオ様のお気持ちは嬉しいのですけれど……。わたくし、次期ツェント候補ですから、お心に沿うことはできません」

「ディートリンデ様はすでにグルトリスハイトを持っていらっしゃるのですか？」

レオンツィオ様の言葉にわたくしは少し目を伏せて、「まだ探し中なのです」と首を横に振りました。それから、レオンツィオ様に「ここだけのお話です」と盗聴防止の魔術具を差し出します。グルトリスハイトのことや王族に対する悪口はあまり公言しても良いことではありません。こうして盗聴防止の魔術具を渡すことで、公言してはならない私的な話し合いの場になるのです。

「実は、今のユルゲンシュミットではグルトリスハイトを持たぬ王族が情報を制限していて、他の者に探させないようにしているのです。わたくしも資格は持っているのですが、グルトリスハイトに近付けません」

「何ということだ……。そのようなことが許されるなど……」

情報制限をして、正当なツェントが立たないようにしている王族にレオンツィオ様は憤りを見せました。次期ツェント候補のわたくしを心配し、怒っているのでしょう。婚約者に冷たい態度を取られた直後の熱い想いと優しさに、わたくしは花の女神エフロレルーメの姿が見える気がしました。

「そのように怒ってくださるなんてレオンツィオ様はお優しいのですね。フェルディナンド様はただ嫉妬するばかりで、そのように心配はしてくれませんもの」

フフッと微笑むと、レオンツィオ様は少し悩むような素振りを見せながら「ディートリンデ様、貴女は今の婚約者を愛しているのですか？」と尋ねました。

「フェルディナンド様は王命で定められた婚約者です。わたくしに拒否権などなかったのですもの。愛されているのでしょうけれど、あのように冷たい姿を見せられては、わたくし……」

冷たい言動にわたくしは彼を愛せる自信がなくなりました。嫉妬ばかりするエーヴィリーべから逃れたいゲドゥルリーヒの気持ちが今のわたくしにはよくわかります。

「逃れられない婚約者なのです。レオンツィオ様。このことは秘密にしてくださいませ」

「……ひどい婚約者から逃がすことができると言えば、貴女は私の手を取ってくださいますか？」

信じられない言葉に、わたくしは戸惑いでレオンツィオ様を見つめます。

「何をおっしゃるのですか、レオンツィオ様？」

「私にはユルゲンシュミットのツェント候補ならば持っているはずのシュタープがありませんから、私がツェントになることはできません。……けれど、グルトリスハイトのある場所は知っています。貴女がツェントになるための手助けをすることはできます」

「何ですって……？」

レオンツィオ様の申し出にわたくしはコクリと唾を呑みました。知りたいと思っていたグルトリスハイトの在り処を知る者が目の前にいて、今の王族ではなくわたくしに対して援助を申し出ているのです。これはまさにドレッファングーアのお導きでしょう。

「ディートリンデ様が私を貴女の伴侶として受け入れてくださるのであれば、その場所をお教えしましょう」

ドキリと胸が鳴りました。レオンツィオ様が伴侶になるというのは、わたくしにとって抗いがたい程に甘美な誘惑です。フェルディナンド様と違って年も近く、神殿にいたような汚点もありません。他国で育っていることが難点ではありますが、ユルゲンシュミットの貴族と同等の教育を受けているようですし、ランツェナーヴェの王の孫ということは、ユルゲンシュミット王族の血も濃いと言えるでしょう。血筋に何の問題もありません。こうして近付くとほんのりと魔力を感じることもできます。少し差がありますが、魔力量もおそらく問題ありません。

「ですが、わたくしの婚約者は王命で決められていて……」

「貴女がツェントになれば、グルトリスハイトも持たぬ偽りの王の命令など何の意味もなくなります」

レオンツィオ様の方からふわりと甘い匂いがしてきました。もっと近くで感じていたい甘い匂いです。わたくしは少しだけ彼に向かって身を乗り出しました。

「大事な婚約者がいくら事情を説明しても取り付く島もない態度を取るような男なのでしょう？　可愛い婚約者の些細なお願いも聞き入れようとはしない冷たい男なのですよね？」

レオンツィオ様は優しい笑顔と言葉でゆっくりとフェルディナンド様を詰（なじ）っていきます。

わたくしが先程口にした文句がそのまま繰り返されているだけですが、何度か聞く内に「フェルディナンド様は他人から見てもひどい婚約者」とすんなり思えるようになりました。

「ひどい婚約者に義理立てする意味などないでしょう」

そういえば、当初からツェントになれば、わたくしは婚約を解消するつもりでした。

「フェルディナンド様は私の伯父（おじ）にとてもよく似ています。おそらくランツェナーヴェの血を引く者でしょう。ランツェナーヴェの血を引く者を婚約者にするならば、私が貴女の隣に立っていても良いと思われませんか？」

「……そうですね」

「次期ツェントになった時で良いのです。私を貴女の伴侶にしてください」

レオンツィオ様がとろけるように琥珀色の瞳を細め、優しい笑顔でわたくしを見つめています。

「ディートリンデ様、私の手を取ってください。貴女を次期ツェントにしたいのです」

盗聴防止の魔術具を握っているせいで何を話しているのかもわからない側近達ですが、レオンツィオ様がわたくしに手を差し伸べたことで顔色を変えました。マルティナが「いけません、ディー

トリンデ様！」と声を上げます。

「邪魔をしないでちょうだい」

マルティィナの制止を振り切ってわたくしは席を立つと、ふわふわとした夢見心地のままレオンツィオ様に近付きました。何だか上手く回らない頭で必死に考えます。この機会を逃せば、わたくしがグルトリスハイトを手に入れることが難しくなるのは間違いないでしょう。

……これは時の女神ドレッファングーアのお導きで、レオンツィオ様こそが縁結びの女神リーベスクヒルフェが結び付けようとしている運命の相手に違いありません。

わたくしはそんな確信を持って、自分の手をレオンツィオ様の手に重ねました。

わたくしの希望と問題点

わたくしの将来を大きく変えるオルドナンツがエルヴィーラ様から届いたのは、領主会議の休暇をいただいた日のことでした。

「リーゼレータ、エルヴィーラです。お休みのところを悪いと思うのですけれど、貴女に話があります。五の鐘に我が家へ来ていただいてもよろしくて？」

わたくしは三回伝言を繰り返して黄色の魔石になったオルドナンツを手にし、ゆっくりと目を瞬かせます。あまりにも急なお招きに驚きつつ、休日を一緒に過ごす約束をしていた婚約者のトルステン様を振り返りました。

「今日のお約束はどうしましょう？」

「どうもこうもありませんよ。エルヴィーラ様からのお招きならばちょうど良いでしょう。私とリーゼレータは婚約者ですからいつでも会えます。今日のところはエルヴィーラ様を優先させてください。良い報告を待っていますよ」

トルステン様は機嫌良くそう言って帰宅準備を進めていますが、わたくしは曖昧に微笑むだけで明確な返答は避けました。言葉だけを聞けば、わたくしの都合を優先させてくれる優しい婚約者です。けれど、彼が口にした「良い報告」を考えると気が重くてなりません。

……トルステン様は急な呼び出しのお詫びとして、エルヴィーラ様にボニファティウス様との面会を要求できる絶好の機会だと考えているのでしょうけれど……。

エルヴィーラ様からの呼び出しはおそらくローゼマイン様の移動についてでしょう。わたくしを緊急で呼び出すとすれば、それくらいしか思い当たりません。そんな中でボニファティウス様との面会を求めるなどできるでしょうか。しかも、面会の目的は粛清で捕らえられたトルステン様の親族について取りなしをお願いすることです。

「まだ結婚もしていない相手の親族についてボニファティウス様にお願いするなんて、わたくしのような中級貴族には荷が重いのですけれど……」

訓練でボニファティウス様とよく接するお姉様と違い、わたくしとボニファティウス様に接点はほとんどありません。個人的なことをお願いできる立場ではありませんし、領主一族に粛清時の減刑を願い出るなど気が進みません。昔のことでヴェローニカ様に命じられたとはいえ、罪を犯しているならば償いをきちんとするべきだという思いが強いせいでしょう。

……婚約中からこれでは先が思いやられますね。

上級貴族のトルステン様が中級貴族の我が家へ婿入りするのは、お姉様を通じてボニファティウス様と縁を持ちたいからだとわかっていました。それでも、婚姻前から圧力をかけてくる様子に溜息を隠せません。

「急に呼び立ててごめんなさいね。今日は貴女がお休みだとコルネリウスに聞いたものですから」

おそらくローゼマイン様がいらっしゃらないところで話をしたいのでしょう。わたくし達は領主会議中のローゼマイン様について当たり障りのないことを話しながらお茶の支度が調うのを待ちます。側仕え達を排すると、当たり前のように盗聴防止の魔術具を手にして本題に入りました。

「フロレンツィア様が出産を控えているため、わたくしがローゼマインの移動準備を主導することになりました。同行する側近の調整も行うつもりです」

エルヴィーラ様は漆黒の瞳でわたくしを見つめました。わたくしにも同行を望んでいることが伝わってきます。それを嬉しく思う反面、お姉様のように自分の希望だけで同行できない立場を恨めしく思いました。

「城で過ごす時間が少ないローゼマインは、側仕えの人数が少なくても問題ないと減らしていましたね？　ですが、中央へ同行する側仕えが側近入りして半年も経っていない未成年の中級貴族一人では心配です」

側仕えは主の生活を整える者です。最も生活に密着するため、嫁入りなどで他領へ移動する際に自分の信頼する側仕えを連れていくものです。けれど、王の養女として中央へ移動するローゼマイン様に付いていく側仕えは、未成年で新入りのグレーティアだけ。あまりにも心許（こころもと）ない人数です。

……でも、ローゼマイン様の上級側仕えは……。

最も長くローゼマイン様にお仕えしていたリヒャルダは、元々アウブ・エーレンフェストの側仕えです。粛清で側近が減って大変な領主の元へ戻りました。それに、アウブの命令で主を替える特殊な側仕えで、粛清がなくてもエーレンフェストから出ることはなかったでしょう。

ブリュンヒルデは春を寿（ことほ）ぐ宴でアウブと婚約しました。アウブの第二夫人となる彼女が中央へ移動することはできません。王族や上位領地とも交流が多く、社交面で非常に心強いので、ブリュンヒルデが同行できないのはローゼマイン様にとって痛手でしょう。

オティーリエは夫のレーベレヒト様がフロレンツィア様の側近です。レーベレヒト様がローゼマイン様の側近となるか、離婚するかしなければ中央へ移動できません。領主夫妻の側近が少ない状況でレーベレヒト様が主を替えることはできないでしょうし、ローゼマイン様に同行するために離婚するのは現実的ではありません。

「貴女も同行しないようですけれど、わたくしの娘は主として失格なのかしら？」

「いいえ。ローゼマイン様はわたくしから求め、自分で決めた主です。お側でお仕えしたい気持ちはございます。けれど……」

わたくしは口を閉ざしました。家庭の事情をエルヴィーラ様に伝えることに躊躇(ちゅうちょ)したからです。トルステン様やその一族の要望を伝えて、お忙しい方々の手を煩わせたくありません。

「リーゼレータ、事情を聞かせてくださいませ」

「わたくしは跡取り娘です。両親に相談できない現状ではどうしようもございません」

お父様に何の相談もせずに後継ぎの立場から外れることはできません。ローゼマイン様の移動に関しては口外法度を命じられているため、一族内での調整もできないのです。

「それに、わたくしはヴィルフリート様の側近トルステン様と婚約しました。どちらの一族も婚約解消を許さないでしょう」

「恋情が優先ということですか？　この夏に星結びを前倒しにすればトルステン様と夫婦として同行できるように手を打つこともできますよ」

わたくしはそれを想像し、首を横に振りました。トルステン様と結婚して中央へ移動したとしても、彼はローゼマイン様の側近に馴染みません。根本的な考え方が旧ヴェローニカ派貴族なので、むしろローゼマイン様の負担になるでしょう。

「わたくしに恋情はありません。おそらく一族のためには婚約解消した方が良いのですけれど、上級貴族との縁組を中級貴族の我が家から解消することはできませんから」

わたくしがそっと息を吐くと、エルヴィーラ様が少し心配そうにこちらを見ながら頬に手を当てました。

「わたくしもトルステン様のような旧ヴェローニカ派貴族では、輿入れしてきた当初からフロレンツィア様に誠心誠意お仕えしている貴女の一族に馴染まないと思います。もう無理難題を押しつけられているのではなくて？」

粛清の減刑を求めてボニファティウス様と渡りをつけるように望まれただけではありません。ヴィルフリート様とローゼマイン様の溝が深くならないように情報交換を求めても「養女が譲るのが筋ではありませんか。其方の主によく言って聞かせてくださいね」という内容を笑顔でやんわりと押しつけてくるだけで歩み寄る姿勢は全く見せてくださいませんでした。

……おまけに、「そんなことよりボニファティウス様に親族の取りなしを頼みます」ですもの！

「わたくしとしてはトルステン様と協力し合って次期領主夫妻を支えていきたいと思っていたのですけれど、なかなか希望通りにはいきません」

側近同士の考え方に大きな違いがあり、ヴィルフリート様とローゼマイン様の溝を更に深めた結果に終わった気がします。

「リーゼレータ自身は同行を希望するので間違いありませんか？」

「はい。けれど、わたくしは中級貴族です。わたくしが王の養女の側仕えになるには、社交の部分が不足しています」

今まで王族や上位領地とのやり取りはブリュンヒルデがほとんど担（にな）っていました。領主会議においてはオティーリエが筆頭側仕えとして采配を振っていました。そのため、わたくしにできることはローゼマイン様のお部屋や生活を整えることだけです。その仕事も、あと一年もすればグレーティアがこなせるようになるでしょう。

「……その、ローゼマイン様が求めてくださるならば、わたくしは心からお仕え続けたいと思います。けれど、主からの求めも命令もなく、相応しい身分でもないわたくしが同行を希望することはできません」

「貴女の意見は尤もです。ローゼマインはいつも相手の希望を尊重するけれど、自分の希望を述べなければならない時があると教えなければなりませんね」

それはわたくしが同行できるようにローゼマイン様から希望を引き出してくださるということでしょうか。わたくしは自分の望みが叶いそうな雰囲気に、何だか都合の良い夢を見ているような心地になってきました。

「エルヴィーラ様、何故それほどわたくしのために手を尽くしてくださるのでしょう？」

「貴女のためではありません。ローゼマインのためです。よく倒れるあの子の薬の扱い、倒れた際の看護などは一朝一夕（いっちょういっせき）で身につくことではありません。冬に側近入りしたばかりの新入りや今まで接触のない中央貴族に任せられると思いますか？　貴女を側に置けるように計らうのは、移動準備を任されたわたくしの役目です」

クスと笑ってエルヴィーラ様はわたくしの質問を一蹴しました。けれど、その明言にわたくしはとても安心したのです。娘であるローゼマイン様のためならば、途中で手のひらを返されることはないと信じられます。

「それに、貴女はローゼマインのための側仕えです。あの子のために一族内で婚姻相手が見つからなくなるほど魔力を増やし、あの子のために医者の資格を得ようとしていたでしょう？　それほどの忠義者を手放すなんて勿体なくて……」

わたくしは思わず息を呑みました。確かにローゼマイン様のあまりの虚弱さを目の当たりにし、わたくしは貴族院で医者の資格を得られないかと講義を選択しました。けれど、側近になった時期が遅かったため、資格を取るには時間が足りませんでした。

「……わたくし、元々資格を得られる自信がなく、少しでも医療関係の知識を得たかっただけなので、家族にも側近仲間にも誰にも話していません。エルヴィーラ様は何故ご存じなのですか？」

「側近達の動向にはコルネリウスが目を配っていますからね。とはいえ、最初に気付いたのはハルトムートのようですけれど」

選択した講義、薬の調合をハルトムートから学ぼうとしたことから気付かれたようです。一応隠しているつもりだったのですが、甘かったのですね。

「わたくしはローゼマイン様の常用する薬を調合することができず、資格を得ることができませんでした。それに、中級貴族なので社交面では力不足です。それでもよろしいのですか？」

わたくしがエルヴィーラ様の漆黒の瞳をじっと見つめて問うと、エルヴィーラ様は真っ直ぐにこちらを見つめ返してくださいます。

「薬の調合はハルトムートやクラリッサに任せられます。社交ならば一部分を文官に任せることも可能ですし、中央の貴族が得意とすることでしょう。けれど、彼等にはローゼマインの普通の生活を守ることはできません」

「普通の生活……」

「えぇ。側仕えの最も重要な仕事は主の生活を整えること。王の養女となるあの子には普通の生活を守ってくれる側仕えが必要なのです」

自分に求められていること、エルヴィーラ様に評価されたことが明確になったことで、わたくしは胸の奥が熱くなりました。

「わたくし、全力を尽くしてローゼマイン様にお仕えしたいと思います」

わたくしの気持ちが決まると、エルヴィーラ様は早々に動きました。ローゼマイン様の望みを引き出し、すぐさまお父様と話し合いの場を設けたのです。

エルヴィーラ様の招待を受け、わたくしはお父様と一緒に向かいました。内密の話になるので側仕えを排した上で盗聴防止の魔術具を渡されます。その重要性が理解できるのでしょう。お父様の横顔が強張りました。

「本日は折り入って相談したいことがございます。リーゼレータを後継ぎから外し、ローゼマインの側仕えにくださいませ」

「それは……」

「口外法度ですが、ローゼマインは王の要望によって中央へ移動する予定です」

突然の言葉に息を呑むお父様に、エルヴィーラ様は淡々と状況を説明していきます。一年後に婚約と養子縁組の解消が行われること。ローゼマイン様の上級側仕え達が誰も同行できず、このままでは冬に名捧げをした旧ヴェローニカ派貴族一人だけになること。

「リーゼレータに打診したところ、跡取り娘でヴィルフリート様の上級側近と婚約済みであるため移動は難しいと言われました。けれど、他領へ移動する者にとって側仕えの存在がどれだけ重要であるか、側仕えの一族の長である貴方ならばご存じでしょう？　わたくしは娘の側にリーゼレータが必要だと思っています。そのためには協力を惜しみません」

問題解決のために協力するのでわたくしを同行させろという事実上の命令です。少し考えるように俯いていたお父様が顔を上げました。

「リーゼレータ、其方は同行を希望しているのか？」

「はい。ローゼマイン様から直々にお願いされました。我が家の事情が片付けば、わたくしは主と共にありたいと考えています」

自分の希望を明らかにしなさいとローゼマイン様を諭していたエルヴィーラ様の声を思い出しつつ、わたくしはお父様にはっきりと自分の希望を述べました。

「そうか……。エルヴィーラ様にご協力いただけるならば、後継ぎは構わない。行きなさい」

「よろしいのですか？」

「後継ぎにはウーデリックを指名すれば良い」

ウーデリックは一族の男性で、元々わたくしの結婚相手に指名されていました。残念ながら、色合わせで魔力量が釣り合わず婚約は成立しませんでしたが、彼ならば一族も納得するでしょう。

「ウーデリックは元々リーゼレータの夫として一族の長となれるように教育していました。新たな後継者に任命しても問題ないでしょう。個人的にはリーゼレータに一族の長は難しいと思っていたので助かります」

お父様はむしろホッとしたように肩の力を抜きましたが、わたくしは「一族の長は難しいと思っていた」という言葉に少し俯きました。

「お父様、わたくしの力不足でご心配をおかけしていたようで申し訳ございません」

「いや、逆だ。魔力がありすぎる。其方は私達の自慢の娘だが、一族の魔力量と乖離が大きくなりすぎて一族の長には向かなくなった。それだけの話だ」

お父様はゆっくりと息を吐きました。一族の長になれば、一族の結婚相手の斡旋や相談に乗る仕事があります。けれど、魔力量の乖離が大きすぎると難しいそうです。そう言われて思い返せば、お父様は魔力を増やしすぎたわたくしのお相手を探すのに苦労していらっしゃいました。

「ローゼマイン様の魔力圧縮方法が今後も広がっていくならば、それでもよかったのです。リーゼレータとアンゲリカがエーレンフェストにいて、ローゼマイン様やボニファティウス様との縁が続くならば問題ありませんでした。数代かけて我が家は上級貴族を目指したでしょう」

お父様の言葉にエルヴィーラ様が頷きます。

「ローゼマインが移動すると、全ての前提がひっくり返るということですね」

「はい。我が家に領主一族との繋がりはなくなります。また、ローゼマイン様との婚約解消によってヴィルフリート様のお立場が変化します。トルステン様の立場もどうなるかわかりません。……早々にウーデリックに長の立場を譲った方が一族のためになるでしょう」

「貴方もリーゼレータの婚約解消を望んでいるということですね？」

エルヴィーラ様の確認に、お父様は眉を寄せて深く頷きました。

「わたくしは周囲から噂を聞いただけです。一族の長である貴方から事情を伺いたいと思います」

「ボニファティウス様に融通を利かせるように頼んでほしいと求められ、今もほとほと困っているのです」

わたくしとトルステン様の婚約において、彼の親族は領主一族との縁を求めました。ライゼガングの姫であるローゼマイン様にお仕えしているわたくし、それ以上に、ボニファティウス様のお気に入りで、その縁者との婚姻を求められているお姉様との繋がりです。

粛清によって旧ヴェローニカ派が次々と罰されていく中、彼の一族にも捕らえられる者が出ました。まだ結婚したわけではありませんが、「親族の誼（よしみ）でよろしく」とお父様はボニファティウス様に渡りをつけるように頼まれたそうです。

「私はヴェローニカ様の言動に心を痛める領主夫妻と間近に接していました。何とか昔の膿を出し切ろうと領主一族が奮闘している時に、罪から逃れるために領主一族との繋がりが欲しいと言われても困るのです」

お父様は額を押さえて溜息を吐きました。エルヴィーラ様は感心したように「今までよく断れましたね」と言います。粛清の起こったのが冬の初め、今は領主会議を終えた春の終わりです。半年ほど要求を退けていたことになります。

「冬の間は誰もが忙しく、婚約したリーゼレータが貴族院にいるので我が家との接点自体がほとんどありませんでした。春も領主夫妻の側近が大幅に減り、領主会議の準備に忙しい中でボニファティウス様に面会を望むと余計に心証が良くないのでは？と断りました。けれど、領主会議がとうとう終わってしまい、都合の良い断り文句がなくなってしまったのです」

「それで最近はトルステン様からの要求があからさまになってきていたのですね」

わたくしが休日にエルヴィーラ様から呼び出しを受けたことと引き換えに話し合いの場を設けてほしいと求められたことを伝えると、お父様もエルヴィーラ様も顔を顰めました。

「仮に、このまま二人が結婚したとしてもアンゲリカとリーゼレータがローゼマイン様と共に移動すれば、我が家に領主一族との繋がりはなくなります。何のための婚姻かとトルステン様の親族からは悪し様に言われることでしょう」

トルステン様の格を中級貴族に落として作ったはずの繋がりがまったく意味を為(な)さないと彼の一族は機嫌を損ねるでしょう。それでも中級貴族の我が家は耐えるしかありません。目に見えるようです。

「わかりました。では、あちらから婚約解消を申し出るようにいたしましょう。その代わり、貴女はローゼマインの筆頭側仕えとなりなさい」

「中級貴族のわたくしが筆頭側仕えですか？」

「貴女の魔力量自体は問題ないのです。次の結婚相手に上級貴族を選べば、結婚で格を上げられるでしょう。わたくしはローゼマインの一番近くに貴女が付くことを望みます」

王の養女の側近と繋がりを求める者は中央貴族にもいるとエルヴィーラ様はおっしゃいました。今まで婿を得ることしか考えていませんでしたが、跡取り娘でなくなれば結婚相手によってはわたくしが上級貴族になることができます。

「中級貴族の我が家から領主一族の筆頭側仕えが……？」

驚きのあまり動揺しているお父様を一瞥（いちべつ）しただけで、エルヴィーラ様は話を続けます。

「社交は追い追いで構いませんが、なるべくオティーリエやブリュンヒルデから引き継ぎを受けなさい。冬の貴族院に貴女をローゼマインの成人側仕えとして向かわせます。ブリュンヒルデから教育を受けるように」

「かしこまりました。エルヴィーラ様、よろしくお願いします」

「そういうわけで、エルヴィーラ様のご協力で婚約を解消できましたし、一族の長も親族の殿方にお願いすることができました。わたくし、ローゼマイン様と共に移動いたします」

城の側近部屋でわたくしは側近仲間に報告しました。「……え？」と目を丸くする者と、カルステッド様の館でのやり取りを知っている者で反応が完全に分かれます。

「上手くまとまってよかったな、リーゼレータ。ローゼマインも喜ぶだろう。あのように可愛くおねだりしていたのだから」

「リーゼレータに来てほしいとお願いするローゼマイン様はとても可愛らしかったですものね」

コルネリウスのからかうような笑みを見て、レオノーレも思い出したようにクスクスと笑います。わたくしも恥じらいながら必死にお願いするローゼマイン様の姿を思い出しました。

「レオノーレには心から同意いたします。本当に、本当にローゼマイン様のおねだりは可愛らしいものでした。側近冥利に尽きます」

それを聞いたハルトムートとクラリッサが「ローゼマイン様から望まれたのですか⁉」と驚愕の顔を見せました。そうです。わたくしはローゼマイン様とエルヴィーラ様に望まれたのです。

「……コルネリウス、私は招かれていないし、そもそもリーゼレータのためにエルヴィーラ様が動いていたことも聞いていないのだが？」

「アンゲリカとリーゼレータについて話をする場だったのだ。既に同行が決まっているハルトムートを招待したり、リーゼレータの事情や母上の動きについて報告する必要があるかい？」

ガシッと肩をつかむハルトムートと、その手を払うコルネリウスの攻防にそっと背を向け、わたくしはオティーリエに向き合いました。

「わたくしがローゼマイン様の筆頭側仕えになれるように教育をお願いします」

「ええ。正直なところ、貴女が同行できることになって、わたくしは安堵いたしました」

社交に重点を置いて教育を進めようとオティーリエと話し合っていると、不意にグイッと腕を取られました。

「ダメです！　ひどいです！　あんまりです！　リーゼレータの意地悪！　裏切り者～！　一緒に残ると言ったではありませんか。また、わたくしだけ仲間外れですか⁉」

　振り返ると、わたくしの腕を取ったユーディットの菫色（すみれいろ）の瞳に涙が盛り上がっているのが見えます。一緒にエーレンフェストで頑張りましょうと約束したことを思い出しました。

　……困りましたね。どのようにユーディットを慰めましょう？

騒動の事情聴取

「アウブ・エーレンフェスト、ここはアーレンスバッハです。もう少し領主らしくしてください」

「ここは暑いのだ。自室でいる時くらいは良いではないか」

長椅子に寝そべっている私を見下ろしてカルステッドが顔を顰める。私に向かってわざわざ丁寧な言葉を使うことで、領主らしい態度を要求しているのだろう。わかるが、無視だ。アウブ・アーレンスバッハの葬儀で騒動が起こったため、現在は客室で待機という名の隔離中である。せっかく他領にいて、葬儀が終わったのに出歩くこともできない。

私が文句を言いながら椅子を指差すと、カルステッドは仕方なさそうな顔で他の側近達を見回した。視線を受けた他の騎士が苦笑しながら「アウブのお守りはお任せします」と長椅子の後ろに立つと、カルステッドは私の指差す椅子に座る。

「どう考えても暑くはなかろう。フェルディナンドが魔法陣をくれたではないか」

私の話し相手を押しつけられたカルステッドは口調を崩して自分の首元を指差した。アーレンスバッハの夏はエーレンフェストと比べものにならないほど暑い。そのため、「葬儀の正装時にはこれを下着に描き込むか刺繍しろ」と簡易的な魔法陣の見本を一つくれた。すぐに描き込めるように、また、中級や下級貴族でも使えるように非常に簡易な魔法陣だ。

「周囲に対する気遣いが細やかになっていて、フェルディナンドも成長したではないかと喜んでいた私が馬鹿だった。あれは一種の嫌がらせではないか？　葬儀の最中も魔力調整に気を遣って大変だったのだぞ」

魔法陣が簡易的過ぎて流し込む魔力量を自分で調整しなければ、魔力が多い私は気を抜くと寒くて風邪を引くかと思ったくらいだ。

「フッ、其方が葬儀の最中に居眠りしないようにというフェルディナンドの気遣いだろう。少なくともいつも盗聴防止の魔術具を持たされている私は助かった」

長くて詰まらない儀式や催しの時はカルステッドに盗聴防止の魔術具を持たせて話し相手になってもらったり、眠たくなった時に起こしてもらったりしている。だが、今回は寝ている場合ではなかった。うっかり寝たら魔力制御ができず、夏のアーレンスバッハで凍死するという不思議な現象を起こしたかもしれない。

「居眠りをしなかったおかげで、この後の事情聴取において自分の目で見たことをそのまま言えるではないか」

「起きていても見えなかったぞ。見ようとしたら、其方が肩を押さえつけたからな」

あれは本当に突然だった。葬儀の最中に前方で突然黒いマントがいくつか立ち上がって走り始め、すぐさま同僚達に取り押さえられたのだ。私は少し後ろにいたのでよく見えず、立ち上がろうとした途端、「アウブが野次馬根性丸出しで立ち上がるな」とカルステッドに肩を押さえられた。中央騎士団がごそっと動いたのが見えただけで何事もなかったかのように葬儀が続けられたため、正直なところ、実際に何があったのか全くわからない。

「何があったのだ？　立っている其方ならば見えただろう？」

「何度も聞くな。私もよくわからぬ。立ち上がって駆け出した者が見えたかと思えば、すぐに取り押さえられたからな。中央騎士団の中で片付いた印象だった」

騒動が起こった後はカルステッドだけではなく他領のアウブに同行してきた護衛騎士達もシュタープを構えていたが、何事もなく葬儀は終わった。

「事情聴取をされたところで私から何も言えることなどないな。事情聴取というよりは説明を受けるだけだろう」

たとえ何か裏があったとしても、こちらに全てが伝えられるわけではない。こういうことだったと説明されるだけに決まっている。

「そのために長時間待たされるのが嫌だ。詰まらぬ」

部屋から見える海も、三日も見ていれば飽きる。風もないのにずっと水面が揺れているのは面白いが、近付くことも許されないのだ。すぐに興味は失せた。エーレンフェストから持ってきた書類仕事さえ残っていないくらいに暇だ。

「合図が来ました」

どうやら私がうだうだと文句を言っている内に順番が来たらしい。扉の前で待機している騎士の声に私はすぐさま起き上がる。側仕えが急いで崩れている私の衣装と髪を整え始めた。カルステッドは立ち上がり、事情聴取について行く者と残る者にそれぞれ指示を出していく。

「アーレンスバッハの者が入室を求めています」

「通せ」

テーブルの上にあった茶器や果物も一度下げられて綺麗に片付いた部屋の中、私はアウブらしい恰好で遣いの者を迎え入れる。

……フッ、完璧だ。

「アウブ・エーレンフェスト。大変恐れ入りますが、事情聴取にご協力ください」

「わかった。何がどうあれ、アウブの葬儀で騒動が起こったのだ。事情聴取は必要であろう」

いかにも真面目そうな顔で私は立ち上がり、護衛騎士を連れて部屋を出た。

「では、少し話を聞かせてほしい」

遣いの者に連れて行かれたのはかなり広めの会議室だ。入ると、正面にジギスヴァルト王子とその側近がいる。王族がいることは予想通りだ。向かって右側にはフェルディナンド、エックハルト、ユストクスの三人とアーレンスバッハの文官達がいる。フェルディナンドの顔色が午前中の葬儀の時より良さそうに見えるのは気のせいだろうか。

……さては葬儀中に寝ていたな。

王命による隠し部屋と私がローゼマインから預かった調合道具や素材の数々を得たことで、フェルディナンドが夜に隠し部屋へ籠もることをユストクスが予想していた。午前中に気になっていた顔色の悪さは、おそらく久し振りの調合に没頭していたせいだろう。

やれやれと呆れた心地になりながら左側へ視線を移す。そこには何故かゲオルギーネ姉上とその側近の姿があった。

……待て、普通は次期領主であるディートリンデ様がいるはずだろう？

彼女は次期領主だ。未成年ならばともかく、既に成人して領主会議にも出席した。それなのに、王族が同席する公的な場に同席させないのは、アーレンスバッハが彼女を次期領主と認めていないと示すようなものだ。

……色々と酷い言動を見知っているので外に出したくない気持ちはわかる。わかるが……。次期領主を全く信用していないと公的に示すことで、彼女に婿入りさせられるフェルディナンドの立場も軽んじられる。婚姻が延期になった上に、更に軽んじられる要素が積み重なっていくことに歯噛みしたい気分だ。

……これも姉上の差し金か？

厳しく躾けようと思えばできるだろう。それなのに、末娘には全く手をかけていない。娘の愚かささえ計算されているように見えるのは穿ちすぎだろうか。薄いヴェールの向こうに見える赤い唇が笑っている。

「アウブ・エーレンフェスト、何が起こったのか知っていることを教えてください」

「私にわかったのは前方で中央騎士が立ち上がったことくらいです。私の席からはほとんど見えませんでした。周囲に立っていた護衛騎士からは中央の騎士が動いたこと、それを止めたのも中央騎士団だと聞いています」

全て話し終わったところで、中央の騎士団長とジギスヴァルト王子が視線を交わし合う。

「それだけですか？　他には？」

「暴れ出したのは、エーレンフェスト出身の騎士ばかりだった。そのことについてお伺いしたい」

二人の言葉に私は眉を寄せて思わず「中央騎士団にも移籍者がいたのか」と呟いてしまった。母上のやり方が気に入らず、一芸に秀でた成績優秀な者は母上から逃れるために中央へ移籍していた。それは知っている。だが、彼等が帰省しないこともあり、中央にエーレンフェスト出身者が何人いるのか、側仕え、文官、騎士、それぞれに何人所属しているのか、私は詳細を知らない。

「は？」

「あぁ、申し訳ない。私が領主に就任してから中央へ移籍した者は文官ばかりだったもので、中央騎士団にエーレンフェスト出身者がいると思いませんでした」

騎士団にいる者は、私が就任する前に移籍したはずだ。姉上が次期領主から下ろされた時に私に仕えることを拒否した者が中央へ移動したと母上から聞いたことがある。私に仕える気がない者などエーレンフェストには必要ない、と。だが、冬の粛清を越えた今だから思う。中央へ移動した者達が姉上に名を捧げていた可能性はないだろうか。

……その暴れた者達にも何か裏があるのでは……？

疑いすぎかもしれない。だが、冬の粛清で判明した姉上に名を捧げていた貴族達は、当初の予想より多かった。私が知らないところで何が起こっていても不思議ではないと思う。

私は姉上に視線を向けた。薄いヴェールとはいえ、顔を隠されているとその表情は見えない。だが、何か企(たくら)んでいる気がしてならない。

「まぁ、貴方はアウブなのに中央へ移籍した貴族のことを認識していないの？　それでは中央へ移籍した者達も張り合いがないでしょうし、中央との連携も取れないでしょうに」

同母の姉弟らしい親しさを見せる言い回しで注意するような声に私は軽く眉を上げる。私達の仲が良かったことなど一度もない。冬の粛清でそれをよく理解した。

「それで特に問題がなかったのですよ、エーレンフェストは」

私はその注意を軽く受け流す。今はフロレンツィアの出産とその穴埋め、グレッシェルの建て替え、ローゼマインの移動準備と引き継ぎや急ぎの仕事で手一杯だ。特に緊急でもなく、冬までに確認しておけば良い中央移籍者の調査などは後回しにしている。

……む？

視線を感じて顔を向けると、フェルディナンドが私を軽く睨んでいた。おそらく「もう少し取り繕え」とか「説明が足りぬ」と言いたいに違いない。

「王族もご存じの通り、中央へ出た貴族は冬も帰省しないため、全く接点がないのです」

私は「王族もご存じの通り」をやや強調して告げる。こちらは大して困っていなかったが、中央ではエーレンフェストやローゼマインの情報が得られずに困っていたはずだ。

「私が領主に就任してからはヒルシュールの推薦で文官ばかりが移籍しています。昔は騎士も移籍していたのですね。初めて知りました」

優秀な騎士でなければ中央へ移籍できない。ボニファティウスが騎士団長として騎士達を鍛えていた頃の話だろうか。他人事のように感心してみせる。騒動さえ全く見えなかった上に、顔を合わせた記憶もないのに騎士の責任を押しつけられては堪らない。

「アウブ・エーレンフェストは自領の出身者が騒動を起こしたことをどのようにお考えですか？」

「私がアウブとして考えるべきことは特にございません。エーレンフェストは無関係です」

余計な責任を押しつけられないように私はハッキリと言い切る。顔も名前も知らない移籍者のことなど考えるつもりはない。

「移籍者が起こした騒動です。全くの無関係ではないでしょう」

ジギスヴァルト王子はエーレンフェストを巻き込みたいのか、そう言って微笑む。少しは責任を持てと無言で訴えているようだが、完全に無視だ。口に出して言われていないので、私は気付かなかったことにする。察しが悪いとか愚鈍と思われようと、余計な責任を負わされるより良い。

「彼等のことは姉上の方がよくご存じでは？　年齢的に私に覚えがないならば、姉上と同世代か、それより上……。嫁ぐ前に顔を合わせたことがあるでしょう？　それに、大領地の第一夫人として中央で接触したことがあるかもしれません」

名捧げをしていた者ではないかという疑いから、私は笑顔で責任の一端を姉上に押しつける。一方的な被害者面をさせるつもりはない。

「あら、そのように根拠のない憶測（おくそく）を口にすべきではありませんよ。大体、わたくしが嫁いでから何年が経ったと思っているのです？」

「昔から他領の貴族と関係を持つのは姉上の方が得意でしたから、未だに関係があっても全く不思議ではないでしょう。私は姉上の人望を羨ましく思っています」

疑惑を向けた謝罪はせず、私は冬の粛清のことを言外に匂わせていく。アーレンスバッハへ嫁いで何年経っても、あれだけエーレンフェストに影響を及ぼせるのだ。その手腕と執念深さは素直にすごいと思う。少なくとも私にはできない。

「ほぅ、それほど人望があるのですか？」

「わたくしの人望というよりは、領地の違いです。以前のエーレンフェストと、大領地アーレンスバッハでは中央貴族がどちらに繋がりを求めるか、考えるまでもないでしょう」

姉上は移籍者の中央貴族との繋がり自体は否定せず、「けれど、今は違います」と言った。

「ローゼマイン様のおかげでエーレンフェストは順位を上げ、王族とも懇意にしています。それに比べて、アーレンスバッハはアウブも亡くなり、次期領主がアウブを継ぐこともできていません。今の中央貴族がどちらを求めるか、次期王となるジギスヴァルト王子ならばおわかりでしょう？」

「確かにここ数年の変化は大きいですね。エーレンフェストがこれほど重用されるようになると考えていた者はいないでしょう」

ジギスヴァルト王子は感心したように頷いているが、私は不敬にならないならば彼の胸ぐらをつかんでやりたい気分になった。「アーレンスバッハに注意せよ、と私はアナスタージウス王子を通じて伝えただろう！」と。

……トルークがアーレンスバッハから出ている可能性があると言ったはずだが⁉

だが、この場でそれを口にする気はない。マティアスの記憶や文官の言葉からトルークが使われていたのではないかと推測されているが、証拠や現物はない。王族が詳細を調査しているはずだが、結果待ちの状態である。姉上と大領地アーレンスバッハに喧嘩を売るにはあまりにもお粗末で、疑惑を持ち出したエーレンフェストが返り討ちにされるに違いない。

……おそらくジギスヴァルト王子もアーレンスバッハにトルークの疑惑がかかっていることを知

らせたくない故の演技だろう。うむ、きっとそうだ。

情報を伝えてあるのに、王族が何も考えていないとは思えない。そう自分に言い聞かせつつ、アーレンスバッハだけではなく中央に対しても多少の警戒を見せることにする。

「中央貴族を冬に帰省させると伺っていますが、この分では受け入れを拒否した方が良いかもしれません。どのような騒動を起こされるかわかりませんから」

「アウブ・エーレンフェスト、それは王命を拒否するという意味ですか？」

「冬の帰省は中央貴族に課せられた命令であって、私に対するものではありません。彼等が王命を遂行できるように中央が力を尽くすべきでしょう」

王命通りに帰省させたかったら今回の騒動の始末は中央でつけろと遠回しに言いつつ、私は中央騎士団長へ視線を向けた。

「冬にも貴族院で暴走した騎士がいましたが、あの時はエーレンフェスト出身の騎士ではありませんでした。ならば、エーレンフェストではなく、明らかに中央騎士団の不始末です。二度も騎士を暴走させるなど、中央騎士団の管理が問われる事態では？」

「あぁ、その通りだ。前回は騎士達を解任して出身領地へ帰したが、それでは甘かったようだ。今回はすでに処分した」

中央騎士団長の言葉に、それまで無言でやり取りを記録していたフェルディナンドの眉が寄った。

「すでに？　彼等の話を聞くことが重要にもかかわらず、ですか？」

「尋問しても無駄だ。彼等の主張は前回も今回も変わらぬ。会話が成り立たない。まるでこちらの言葉が通じないように同じ言葉ばかりを繰り返すだけだ。それに、貴族院でディッターに乱入した時とは状況が違う。王族が臨席する他領のアウブの葬儀で暴れたのだ」

「だからこそ、再度同じことが起きぬように尋問し、原因を追及する必要があります」

中央騎士団長とフェルディナンドの間で言葉が飛び交う。フェルディナンドの表情と言葉の鋭さが少し妙に思えて私は腕を組んだ。二人に以前から何か因縁でもあったように感じたのだ。

「私も可能であれば原因追及に時間をかけたかった。ですが、領主一族に攻撃するような危険人物はさっさと処分しろと他ならぬアーレンスバッハの次期領主から命じられました」

皆の視線が中央騎士団長に向かった。ディートリンデ様はどうやら自分の命を狙う貴族を生かしておくなど許さないと言い切ったらしい。領主一族は領地の要だ。彼等に襲いかかれば問答無用で重罪人だ。その場で切り捨てられても文句は言えない。それはわかるが、事情聴取も済まないうちに処分など普通ではない。

「私としては今回の騒動を有耶無耶にするため、婚約者である貴方がディートリンデ様にそう言わせたのかと思ったくらいです」

「ふむ、そういう考え方もあるのですか」

フェルディナンドに疑惑の目を向ける中央騎士団長とジギスヴァルト王子に、私は思わず顔を顰めた。今まで疑惑の向けられたのがアウブである私、第一夫人の姉上、次期領主の婚約者とエーレンフェスト関係者ばかりなのだ。私は姉上の関与を疑っているが、余所から見れば間違いなく姉上もエーレンフェストの関係者である。

……このまま押し切られるのはまずいな。

あまり状況は良くない。中央騎士団長の言い分を退ける何かを探していると、アーレンスバッハの文官が挙手して発言を求めた。

「フェルディナンド様はそのようなことをする方ではありません。むしろ、ディートリンデ様が熟考せずに思ったことを安易に口にする方なので、この場をご遠慮いただいたのです」

「なるほど。だが……」

アーレンスバッハの文官の言葉を聞いて尚、ジギスヴァルト王子は疑わしそうな視線をフェルディナンドに向ける。その視線に私は苛立ち(いらだ)を隠せなかった。

「フェルディナンドやローゼマインを始め、エーレンフェストは王族からの要望に応じています。これでもまだ忠誠が足りぬとか疑わしいと王族はお考えですか？」

いい加減にしろと言いたい気持ちを視線に込める。おそらくとても冷たい目になっているだろう。ジギスヴァルト王子は驚いたように軽く目を見張った。

「全員の話を一応聞くだけです。別にエーレンフェストを疑っているわけではありません」

「そのお言葉に安心いたしました。王族に忠誠を疑われると、こちらもそれに応じた対応が必要になりますから」

忠誠を見せるためにもっと尽くすのか、愛想を尽かして距離を取るのかは明言しない。だが、領地として対応の見直しは必要になる。

……できるならば中央貴族の受け入れを拒否してやりたいが……。

今の時点でできそうな自己防衛を考えていて、私は少し眉を寄せる。騒動を起こしたとはいえ、遠目からは何が起こったのかわからない状態で終わった。他領からの批判はさほど大きくないだろう。異例の早さで処分された騎士達は全てがエーレンフェスト出身者だ。おそらく私より姉上との縁が深い。

私はゆっくりと姉上に視線を向ける。ヴェールの奥はよく見えないが、何となく目が合った気がした。

「もしかすると、今回の騒動の裏側には私と中央の騎士を会わせたくない理由があったのでは？」

「どういう意味ですか？」

私はジギスヴァルト王子ではなく姉上に視線を向けたまま先を続ける。

「この冬にエーレンフェスト出身者は王命で帰省することになっています。それを防ぎたい者がいたのではないかと思ったのです」

「それに何か根拠があるのですか？」

「さて、根拠と言えるかどうか……。ただの勘です」

何の根拠もないのかと少しばかり白けた空気になったが、私は気にしない。何となく、としか答えられないからだ。フェルディナンドは「余計なことを言うな」と言わんばかりの顔をしているが、私の勘を補強する形で情報を集めようとするだろう。

……そう、ただの勘だ。

だが、私は自分の勘を大事にしている。こちらへ行けと何となく道を示されているように感じられる時があるのだ。重要な局面でその勘が外れたことはない。私と付き合いの長い者は根拠がなくてもそれなりに警戒するはずだ。

「では、エーレンフェストからの聞き取りは以上とする」

いくつかの確認を交わした後、ジギスヴァルト王子がそう言ったことで事情聴取は終了した。私は退室のために立ち上がる。薄いヴェールの奥に笑みの形を作っている赤い唇が見えた。

……あぁ。どうやら姉上ときっちり決着をつけなければならない時が来るな。

これもまたただの勘だ。だが、その時はおそらくそれほど遠くない。

あとがき

お久しぶりですね、香月美夜です。

この度は『本好きの下剋上　～司書になるためには手段を選んでいられません～　第五部　女神の化身Ⅵ』をお手に取っていただき、ありがとうございます。


プロローグはフロレンツィア視点。領主会議が終わって領地へ戻るまでの間に領地の者達にどのように報告をするのか領主夫妻で話し合う部分を書きました。フロレンツィアから見て、ローゼマインが王の養女になるとどのような影響があると予想したのか。

本編は領主会議の決定を聞かされた領主一族の反応から始まります。孫娘を王族に奪われるボニファティウスの怒り、神殿引き継ぎを行うメルヒオールの焦燥、次期領主を目指せるようになったシャルロッテの喜び、ヴィルフリートの感情の爆発。一つのことに対して、それぞれ反応は違います。

ローゼマインの移動準備を任されたエルヴィーラによる調整。実母として動くエルヴィーラの思いや彼女のこれまでを丁寧に書きました。ちょっと横道に逸れすぎると感じたエルヴィーラの過去の話を、同時発売のドラマＣＤ６のおまけＳＳに入れてみました。エルヴィーラ役の井上喜久子さんの熱演と共に楽しんでいただけると嬉しいです。

その後は引き継ぎと移動準備。まったりとした日常に見える中で、ローゼマインがエーレンフェストを離れるための準備が着々と進んでいきます。同行する者、残る者。どちらが良いわけでも悪いわけでもなく、それぞれの選択が大事なのです。

第二部の終わりで寝返りしていた赤ちゃんのディルクがもう洗礼式直前で、領主やハルトムートと会話して貴族になる道を選ぶのです。書いていて「ちょっと見ないうちに大きくなったな」と親戚目線になってしまいました。

エピローグはルッツ視点です。下町の視点は久し振りですね。成人式を終えたトゥーリと初めて会うルッツは書いていて楽しかったです。ここはどうしても欲しくて、トゥーリの成人姿のイラストを入れてもらいました。それから、カルラとの会話。この巻は母と子の関係をテーマに色々と加筆したので、下町の親子の様子も楽しんでください。

今回の書き下ろし短編は、リーゼレータ視点とジルヴェスター視点です。

リーゼレータ視点では本編でローゼマインが同行希望をするまで&リーゼレータの父親に対する事実上の命令。リーゼレータの同行が決まったことに対する側近仲間の反応などを詰め込んでみました。

ジルヴェスター視点は葬儀の後に行われた事情聴取の様子を書いてみました。本編での報告は公式見解で、実際に見たものが短編です。ジルヴェスターにとって重要なのは王族よりゲオルギーネとの関係。「ただの勘」がどう影響するのか、今後をお楽しみに。

この巻で椎名様に新しくキャラデザしていただいたのはラザファムとレオンツィオ。ラザファムはフェルディナンドに名を捧げている下級側仕え。今回ようやくキャラデザができました。レオンツィオはランツェナーヴェの王の孫。予想以上にカッコ良くて、よろめくディートリンデの気持ちもわかるなって……。(笑)

お知らせです。

・TVアニメ第三期

帯にもあるように、二〇二二年春にTVアニメ『本好きの下剋上』第三期の放送が決定しました。ティザーイラストも公開です。現在、鋭意製作中。ジルヴェスターがカッコいいです。悪役達のデザインや祈念式で着るマインの新しい衣装にもわくわくが止まりません。

・【十月十五日】第二部コミックス六巻発売。

子供用聖典の完成がメインになるコミックス。マインにとって初めての本です。書籍の第五部と比べると非常に懐かしい気分になれると思います。

・【十一月十日】ふぁんぶっく6発売。

このあとがきを書いている時点ではまだ私の作業が始まっていませんが、発売される頃はおそらく作業のど真ん中でしょう。今回は椎名さんのキャラ設定を楽しみにしていただきたいですね。「そのうち第四部の漫画に出てくるけれど、このキャラはどうしても椎名さんに」とお願いして、貴族院時代のフェルディナンド、ケントリプス、ラザンタルクの三名のキャラデザをしていただきました。

・【十一月二十五日】第四部コミックス三巻発売。

貴族院の講義や図書館登録の騒動が詰まっています。小説ではイラストのなかった学生や先生達を勝木光先生がたくさんキャラデザしてくださいました。

今回の表紙はエルヴィーラとの話し合いのイメージです。ローゼマインとエルヴィーラ、それから、移動する者に渡す紋章入りの魔石を中心にエルヴィーラとの話し合いによって同行が決まった側近達を優先してできるだけ多く詰め込んでいただきました。タイトルに隠れてしまった側近達もいますが、それはカラー口絵の裏側でご確認ください。(笑)

カラー口絵は最高品質の魔紙作りの様子。ハルトムートとクラリッサが活躍する割にモノクロイラストには出番がないので、手紙で指示を出すフェルディナンドを加えてババーンとカラーにしてもらいました。椎名優様、ありがとうございます。

最後に、この本をお手に取ってくださった皆様に最上級の感謝を捧げます。

第五部Ⅶは冬の予定です。そちらでまたお会いいたしましょう。

二〇二一年六月　香月美夜

毎度おなじみ
巻末おまけ

ゆるっとふわっと日常家族

作：しいなゆう

異世界＋平民＋非常識貴族
＝
超非常識の塊

叔父上は領主一族の常識ではないぞ

残念ながらそうですわね

えええええ!!!

超非常識

爆裂シスコン

ボニファティウス化が進むローゼマイン

より良いサービス

広がる
新刊、続々発売決定!
コミックス 第四部
貴族院の図書館を
救いたい! Ⅶ
漫画:勝木光
好評
発売中!
コミックス 第二部
本のためなら
巫女になる! Ⅹ
漫画:鈴華
2023年
12/15
発売!

マインとして
ローゼマインとして
ドラマCD10
12/9発売!
詳しくは原作公式HPへ
tobooks.jp/booklove

大切な記憶へ
愛する者達へ

シリーズ累計
170万部
突破！
（紙＋電子）
小説
第15巻
2023年
12月20日
発売！
TOKYO MX・MBS・BS11にて
絶賛放送中!!!
ティアムーン
帝国物語
餅月望——著
Gilse——イラスト
式HPへ！
原作HP
TVアニメHP

コミックス
第8巻
2024年
発売予定!
漫画：杜乃ミズ
TVアニメ
ティアムーン
断頭台から始まる、
姫の転生逆転ストーリー
詳しくは公

世界を正しい姿に
戻すためですよ、

出来損ないと呼ばれた
元英雄は、
実家から
追放されたので
好き勝手に
生きる
ことにした

紅月シン
Shin Kouduki
イラスト：ちょこ庵

アレン君。
新教皇に仕える
聖女リーズの思惑とは——
望まぬヒロイック・サーガ
第7巻！
Next Story 2024年春発売！

リーズ累計120万部突破!（紙＋電子）

TO JUNIOR-BUNKO

※第4巻書影

イラスト：kaworu

TOジュニア文庫第5巻
2024年発売!

NOVELS

※第25巻書影

イラスト：珠梨やすゆき

原作小説第26巻
2024年発売予定!

COMICS

※第10巻書影

漫画：飯田せりこ

コミックス第11巻
2024年春発売予定!

SPIN-OFF

漫画：桐井

スピンオフ漫画第1巻
「おかしな転生～リコリス・ダイアリー～」
好評発売中!

甘く激しい「おかしな転生」

TV ANIME

Blu-ray&DVD BOX
2023年12月22日
発売決定!

CAST
ペイストリー：村瀬 歩
マルカルロ：藤原夏海
ルミニート：内田真礼
リコリス：本渡 楓
カセロール：土田 大
ジョゼフィーネ：大久保瑠美
シイツ：若林 佑
アニエス：生天目仁美
ペトラ：奥野香耶
スクヮーレ：加藤 渉
レーテシュ伯：日笠陽子

STAFF
原作：古流望「おかしな転生」(TOブックス刊)
原作イラスト：珠梨やすゆき
監督：葛谷直行
シリーズ構成・脚本：広田光毅
キャラクターデザイン：宮川知子
音楽：中村 博
OP テーマ：sana(sajou no hana)「Brand new day」
ED テーマ：YuNi「風味絶佳」
アニメーション制作：SynergySP
アニメーション制作協力：スタジオコメット

アニメ公式HPにて新情報続々公開中!
https://okashinatensei-pr.com/

GOODS

おかしな転生
和三盆

古流望先生完全監修!
書き下ろしSS付き!

大好評
発売中!

STAGE

舞台
「おかしな転生」
～アップルパイは笑顔とともに～

DVD
好評発売中!

GAME

TVアニメ
「おかしな転生」が
G123で
ブラウザゲーム化
決定! ※2023年11月現在

▲事前登録はこちら

只今事前登録受付中!

DRAMA CD

おかしな
転生
ドラマCD
第②弾

好評
発売中!

詳しくは公式HPへ!

（通巻第27巻）
本好きの下剋上
～司書になるためには手段を選んでいられません～
第五部　女神の化身Ⅵ

2021年　9月　1日　第1刷発行
2023年 11 月 20 日　第5刷発行

著　者　香月美夜

発行者　本田武市

発行所　TOブックス
〒150-0002
東京都渋谷区渋谷三丁目1番1号　PMO渋谷Ⅱ　11階
TEL 0120-933-772（営業フリーダイヤル）
FAX 050-3156-0508

印刷・製本　中央精版印刷株式会社

ISBN978-4-86699-241-9